説7

怒濤篇

田中芳樹

短い退役生活に別れを告げ，“不正規隊《ザ・イレギュラーズ》”を率いて独立を宣した星系自治体エル・ファシルに合流したヤンは，イゼルローン要塞奪還に着手する。二度目のイゼルローン攻略でヤンが仕掛けた奇計とは？ 一方，自由惑星同盟《フリー・プラネッツ》を完全に粉砕するため，首都ハイネセンへ艦隊を差し向けたラインハルトに，同盟軍の老将ビュコック率いる艦隊が最後の抗戦を試みる。圧倒的に不利な状況の下，護るべきもののために立ち上がったビュコックとの激戦を経て，ラインハルトの胸に今はもういない親友の思い出が去来する。徐々に安定へと向かう新銀河帝国だったが，要《かなめ》である人物にかけられた謀反の疑惑によって，再び暗雲が兆そうとしていた……。

銀河英雄伝説 7

怒濤篇

田 中 芳 樹

創元ＳＦ文庫

LEGEND OF THE GALACTIC HEROES VII

by

Yoshiki Tanaka

1986

目次

登場人物

●銀河帝国

ラインハルト・フォン・ローエングラム……皇帝

パウル・フォン・オーベルシュタイン……軍務尚書。元帥

ウォルフガング・ミッターマイヤー……宇宙艦隊司令長官。元帥。〝疾風ウォルフ《ウォルフ・デア・シュトルム》〟

オスカー・フォン・ロイエンタール……統帥本部総長。元帥。金銀妖瞳《ヘテロクロミア》の提督

フリッツ・ヨーゼフ・ビッテンフェルト……〝黒色槍騎兵《シュワルツ・ランツェンレイター》〟艦隊司令官。上級大将

エルネスト・メックリンガー……後方総司令官。上級大将。〝芸術家提督〟

ウルリッヒ・ケスラー……憲兵総監兼首都防衛司令官。上級大将

アウグスト・ザムエル・ワーレン……艦隊司令官。上級大将

コルネリアス・ルッツ……艦隊司令官。上級大将

ナイトハルト・ミュラー……艦隊司令官。上級大将。〝鉄壁ミュラー〟

アーダルベルト・フォン・ファーレンハイト……艦隊司令官。上級大将

アルツール・フォン・シュトライト……皇帝高級副官。中将

ヒルデガルド・フォン・マリーンドルフ……皇帝首席秘書官。大佐待遇。ヒルダ

フランツ・フォン・マリーンドルフ……………国務尚書。ヒルダの父
ハイドリッヒ・ラング………………………………内務省内国安全保障局長
アンネローゼ・フォン・グリューネワルト……ラインハルトの姉。大公妃
ヨブ・トリューニヒト………………………………同盟の元国家元首
ルドルフ・フォン・ゴールデンバウム…………銀河帝国ゴールデンバウム王朝の始祖

†墓誌
ジークフリード・キルヒアイス…………………アンネローゼの信頼に殉ず
ハインリッヒ・フォン・キュンメル……………ヒルダの従弟。皇帝暗殺に失敗
ヘルムート・レンネンカンプ………………………同盟駐在高等弁務官。私怨に自滅

●自由惑星同盟
ヤン・ウェンリー……………………………………イゼルローン要塞司令官、駐留艦隊司令官。元帥。退役
ユリアン・ミンツ……………………………………ヤンの被保護者。中尉
フレデリカ・グリーンヒル・ヤン………………ヤンの副官にして妻。少佐
アレックス・キャゼルヌ……………………………後方勤務本部長代理。中将

ワルター・フォン・シェーンコップ……要塞防御指揮官。中将。退役
フィッシャー……要塞艦隊副司令官。艦隊運用の達人。自宅待機
ムライ……参謀長。少将。自宅待機
パトリチェフ……副参謀長。准将。自宅待機
ダスティ・アッテンボロー……分艦隊司令官。ヤンの後輩。少将。退役
オリビエ・ポプラン……要塞第一空戦隊長。中佐
アレクサンドル・ビュコック……宇宙艦隊司令長官。元帥
ルイ・マシュンゴ……ユリアンの護衛役。少尉
カーテローゼ・フォン・クロイツェル……伍長。カリン
ウィリバルト・ヨアヒム・フォン・メルカッツ……老練の宿将。ヤン艦隊の残存兵力を指揮
ベルンハルト・フォン・シュナイダー……メルカッツの副官。中佐
チュン・ウー・チェン……総参謀長。司令長官代理。大将
ジョアン・レベロ……元首

●フェザーン自治領《ラント》

アドリアン・ルビンスキー……第五代自治領主《ランデスヘル》。〝フェザーンの黒狐〟

ニコラス・ボルテック……代理総督

ボリス・コーネフ……独立商人。ヤンの旧知。〝ベリョースカ〟号船長

注／肩書き階級等は［飛翔篇］終了時、もしくは［怒濤篇］登場時のものです

銀河英雄伝説7

怒濤篇

「ラインハルト・フォン・ローエングラム伯爵閣下か！　卿《けい》もずいぶん高くのぼりつめたものだ。平民も恥じいるような生活からここまで来るには、さぞ苦労が多かったことだろうな」

「ごあいさつ、いたみいります。きっと侯爵閣下にはご理解いただけるものと思います。私の人生の出発点が、閣下の終着点でしょうから」

――旧帝国暦四八七年一月一日、新無憂宮《ノイエ・サンスーシー》黒真珠の間においてもよおされた新年の祝宴の席上、ウィルヘルム・フォン・リッテンハイム三世侯爵と、ラインハルト・フォン・ローエングラム伯爵とのあいだにかわされた会話より。この翌々日、ローエングラム伯爵は出征軍をひきいてイゼルローン要塞《ようさい》へむかう。

第一章　黄金獅子旗《ゴールデン・ルーヴェ》の下に

Ⅰ

銀河帝国軍統帥《とうすい》本部総長の地位にあるオスカー・フォン・ロイエンタール元帥が、御前会議に出席するため、指定された会議室に長身をはこびいれたとき、すでに二名の先客が席についていた。軍務尚書パウル・フォン・オーベルシュタインと、宇宙艦隊司令長官ウォルフガング・ミッターマイヤーの両元帥である。いわゆる〝帝国軍三長官〟が、ひさびさに一室に会したわけであった。

この三者は、外見だけからいっても、非凡で異色な三重奏をなしていた。半白の髪と義眼の、やせて血色のよくない軍務尚書。ダークブラウンの髪、黒い右目と青い左目の金銀妖瞳《ヘテロクロミア》をもつ美男子の統帥本部総長。蜂蜜《はちみつ》色の髪、グレーの瞳の、やや小柄な宇宙艦隊司令長官。あとの二者はたんなる僚友ではなく、長く生死をともにしてきた仲である。三者とも少壮の年齢であった。

宇宙暦《SE》七九九年、新帝国暦一年一〇月九日。

惑星フェザーンは銀河帝国皇帝ラインハルト・フォン・ローエングラムの大本営所在地としての歴史を開始したばかりだった。この年九月、二三歳の若い皇帝は、五世紀にわたって帝国の首都であった惑星オーディンを棄《す》て、昨年まで治外法権の春を謳歌《おうか》していたフェザーンに玉座を移動したのである。帝冠を頭上にいただいて、一〇〇日にもみたぬ時期であった。フェザーン到着後、皇帝《カイザー》ラインハルトが大本営を設置したのは、彼がいまだ帝冠をいただかぬ時期に、〝神々の黄昏《ラグナロック》〟作戦の際に臨時の元帥府として使用したホテルだった。当時も現在も、このホテルは設備や格式において最高級との評判を有してはいなかったが、宇宙港や都心との連絡が便利で、それがおよそ唯一の商品価値とされていた。その点がラインハルトの選定の理由でもあったわけだが、この若い美貌の征服者は、彼自身の容姿や才能の華麗さと並行して、散文的なまでに実用性をとうとぶ精神をもちあわせており、ホテル内の私室さえ、シングルルームですませようとしたほどである。

ロイエンタールが歩みいった部屋にしても、豪壮とはいいがたい平凡な一室で、調度は高価ではあろうが吟味されてはいなかった。ただ、いっぽうの壁面をしめて、先日制定されたばかりのローエングラム王朝の軍旗が飾られており、無個性なホテルの一室に、圧倒的なかがやきを投げかけている。

それまで、ゴールデンバウム王朝の軍旗は、黒地に黄金で双頭の鷲《わし》を配したものであった。

それが廃されて、ローエングラム王朝の軍旗となったのは、黄金の縁と真紅の地を有する旗で、中央に黄金の獅子像を配したものであった。

〝黄金獅子旗《ゴールデン・ルーヴェ》〟と呼ばれる華麗をきわめた軍旗である。意匠としてはとくに独創的なものではない。それが当時と後代の人々に強烈な印象をあたえるのは、あくまでも、軍旗をかかげもつ黄金の髪の若者と、彼にしたがう群像とを象徴する存在だからである。

三名の元帥は、その群像を代表する人物だった。彼らの地位、功績、知名度は皇帝自身につぐものであり、オーベルシュタインは総司令部や後方にあって、他の二名は前線にあって、無数の戦いに参画し、それと同数の勝利に貢献してきたのである。ことにミッターマイヤーとロイエンタールは、〝帝国軍の双璧《そうへき》〟と称され、若くして逝去《せいきょ》した赤毛のジークフリード・キルヒアイスとともに常勝を謳《うた》われる身であった。であればこそ、〝疾風ウォルフ《ウォルフ・デア・シュトルム》〟は三一歳、〝金銀妖瞳《ヘテロクロミア》〟は三三歳の若さで、軍人としての最高位をきわめえたのである。彼らにつづく者はいるが、彼らにさきがける者は存在しなかった。

先着のふたりに目礼して、ロイエンタールは座についた。公式の場であるから、不仲な軍務尚書を無視してミッターマイヤーとのみ歓談するわけにはいかなかった。そのような機会と場所はほかにもとめるべきであろう。

「陛下はいつごろお見えになる？」

ロイエンタールは尋ねたが、それは形式的なものだった。まもなくだろう、という返答を親友からえると、彼は今度は軍務尚書に問いかけた。陛下が吾々《われわれ》を呼ばれた理由はなにか。

「あるいはレンネンカンプの件か？」

それこそが重要なことである。

「そうだ。シュタインメッツ提督から報告があったのだ」

「それで？」

さらに問うロイエンタールと、かるく身をのりだしたミッターマイヤーとを等分に義眼でながめながら、オーベルシュタインは答えた。

「レンネンカンプは、すでに冥界《めいかい》の門をくぐったということだ。近日中に、遺体がとどく」

自由惑星同盟《フリー・プラネッツ》領のただなか、ガンダルヴァ星系の惑星ウルヴァシーに駐屯している上級大将の名を、軍務尚書はあげた。この年七月、同盟駐在の高等弁務官たるヘルムート・レンネンカンプ上級大将が同盟軍の不穏分子によって拉致《らち》され、シュタインメッツは犯人グループや同盟政府との交渉に奔走させられたのである。

「そうか、やはりな……」

予想外のことではなかった。拉致の報がもたらされたときから、レンネンカンプの生還はなかば絶望視されていた。平和ならざる時代に、平和ならざる人生をえらんだ者たちの、それは嗅覚であり常識というものであった。

「それで、レンネンカンプの死因は？」

「自縊《じい》」

　軍務尚書の返答は簡潔をきわめ、声も低く乾燥していたが、聞く者の精神にたいする浸透力は大きかった。ふたりの名将は、三色の瞳を見あわせた。活力に富んだグレーの瞳の所有者が小首をかしげた。

「ではレンネンカンプの死にかんして、ヤン・ウェンリーの罪を鳴らすわけにはいかないか」

　ミッターマイヤーは質問するというより問題を提起してみせたのだった。今後の軍事上の決定と行動について、皇帝《カイザー》ラインハルトと軍務尚書の意思を知っておかねばならない。

「レンネンカンプが順境にあれば、自殺すべき理由もない。その事態に彼を追いこんだ責任の一端がヤン・ウェンリーにあることは明白だ。まして弁明もなく、現在も逃亡中であるからには問罪《もんざい》されてもやむをえまい」

　ヤン・ウェンリーという名は、同盟軍にとっても帝国軍にとっても、かるからぬ意味をもつ。同盟軍の提督として不敗の名声をほしいままにした彼は、同盟がラインハルトの前にひざを屈したあと、退役して年金生活にはいっていた。レンネンカンプはかつて戦場で二度にわたってヤンのために敗者の地位にすえられ、その屈辱を忘れることも許容することもできなかった。彼はヤンを監視し、物証なき疑惑にもとづいて逮捕をこころみたすえ、したたかな逆撃《ぎゃくげき》をこうむったのであろう。

　表面化しない事情のかずかずは、推測するしかない。だが、敗北感の荷重がレンネンカンプの判断力のレンズをくもらせたであろうことは、疑問の余地がなかった。彼は器量以上の職責をおわされたのであり、皇帝《カイザー》ラインハルトの人事が失敗した、おそらく稀少な例になったようであった。

ミッターマイヤーが両腕をくんだ。

「レンネンカンプは部下には公正な男だったのだがな」

「残念ながら、ヤン・ウェンリーは彼の部下ではなかった」

敵にたいする寛容さ、思考の柔軟さにおいて欠ける点があったのだ。認めざるをえない、それは事実だった。ロイエンタールにせよ、ミッターマイヤーにせよ、僚友を悼《いた》む心情はあるのだが、じつのところ彼らは敵手たるヤン・ウェンリーの力量を不幸な僚友のそれより高く評価していたので、現実と正反対の事態が生じていたら、はるかに強く落胆したかもしれなかった。その点で彼らふたりは認識を共有していたが、いまひとり、軍務尚書オーベルシュタインの心情はやや不透明であった。

かつてラインハルトがヤンの力量に感歎して、彼を麾下《きか》にくわえたいとのぞんだことがあった。現在も、完全には断念していないかもしれない。主君の希望を知ったとき、ミッターマイヤーとロイエンタールは心でうなずいたが、オーベルシュタインは礼儀正しく、だが強硬に異をとなえたとされている。そのときオーベルシュタインは、どうしてもヤンを麾下にとお望みならつぎの条件をかなえさせる必要がある、と、主張したと。

「そのとき、卿《けい》がどのような主張をしたか、興味があったものだ」

「聞きたいのかね、ロイエンタール元帥」

「いや、聞かずともわかる」

「ほう……？」

「ヤンを旧同盟領の総督に任じ、彼の生まれた祖国を支配させ、かつての味方を討伐させるというのが卿の意図するところだろう」

オーベルシュタインは両手の指をくみかえただけで、顔面筋肉も声帯もうごかそうとはしない。その横顔に金銀妖瞳《ヘテロクロミア》のするどい視線を射こみながら、ロイエンタールは唇の片端だけをわずかにつりあげた。

「卿の考えそうなことだ。陛下のもとに人材を集めるより、それに試練をかすほうが重要か」

「人材を集めるのは重要だが、その人物が信頼に値するかどうか、見きわめる責任を吾々はおうているのではないかな」

「陛下のもとにつどう者は、ことごとく卿の審問をうけねばならぬというわけか。けっこうなことだが、審問者自身が公正にして陛下に忠実であることを、誰が確認するのか」

苛烈なまでの皮肉に、義眼の軍務尚書は、すくなくとも表面は平然と応じた。

「卿らがそれをおこなえばよかろう」

どういう意味か、と、ロイエンタールは声ではなく色のことなる両眼でただした。

「帝国の兵権は、制度としてはともかく、実質は卿ら両名の手中にある。私が公正を欠くとみられるときには、卿らには私を排除する手段があろう」

「軍務尚書はなにやら誤解しておられる」

ロイエンタールの声には、露骨な反感が飽和状態をしめしており、ミッターマイヤーは自分自身の怒声をのみこんで、気づかわしげな視線を親友にむけた。ロイエンタールは逆上しやすい男ではないが、しばしば言語表現が過激になることを、一〇年来の友は知っていたのである。

「誤解とは？」

「兵権の所在についてだ。われらがローエングラム王朝においては、兵権はすべて皇帝《カイザー》ラインハルト陛下の掌握したもうところ。私にしてもミッターマイヤー司令長官にしても、陛下のたんなる代理人にすぎぬ。軍務尚書のおっしゃりようは、吾々に兵権の私物化を使嗾《しそう》しておられるように聞こえたが……」

これはむしろオーベルシュタインがもちいるにふさわしい辛辣《しんらつ》な論法であった。軍務尚書が義眼にひややかな光をたたえて論敵の弱点をつくと、相手は顔面皮膚下を流れる血の量を変化させて絶句するのがつねであった。だが、守勢にまわっても、オーベルシュタインは冷静だった。

「これは意外なことだ。卿の論法を用いるなら、私が陛下にたいして公正であるか否かを、卿が気に病《や》む必要など最初からあるまい。私の公正さは、ただ陛下のみが判断なさることではないか」

「たいした詭弁《きべん》だな」

「やめぬか、卿《けい》ら！」

机を左手の甲でひと打ちしてミッターマイヤーが叫んだので、軍務尚書と統帥本部総長は、ごく小規模だが深刻で苛烈な戦いを中断した。低い呼吸音は、いずれが発したか判断しがたいところだったが、一瞬ののち、ロイエンタールはソファーに深くすわりなおし、オーベルシュタインは座を立って洗面室へ姿を消した。

ミッターマイヤーは、おさまりの悪い蜂蜜色の頭髪を片手でかきあげると、故意にからかうような声を発した。

「軍務尚書と舌戦をまじえるのは、おれの役だと思っていたが、このところ卿に出番をとられつづけだな」

親友に言われて、ロイエンタールはみじかく苦笑した。

「皮肉を言わんでくれ、ミッターマイヤー、おとなげなかったと自分でもわかっている」

事実、彼は自分でも肩をすくめたくなるほど戦闘的な気分に支配されており、それがオーベルシュタインのもつ冷気に刺激されて理性の制御を一時的にうけつけなくなったように思われた。

ミッターマイヤーはなにか言いかけて、彼らしくもなくためらった。

そこへオーベルシュタインが表情に灰色のカーテンをかけたままもどってきたので、空気に微電流がたゆたったが、気まずい沈黙は長くはつづかなかった。豪奢な黄金の髪をエア・コンの微風になぶらせつつ、彼らの皇帝が黒と銀の軍服につつまれた姿をあらわしたのである。

Ⅱ

「皇帝《カイザー》はみずからの生命と生涯によってみずからを表現した。彼は詩人であった。言語を必要としない詩人であったのだ」

とは、〝芸術家提督〟の異称を有するエルネスト・メックリンガー上級大将が彼の若い主君を評した言葉である。それは、この若い覇者につかえた勇将たちが、ひとしく有した思いであった。時間の大河がいずこをさして流れさるか、ということにさほど思いをはせない者でも、この若者にしたがうことで自分たちの名が歴史に刻印されるであろうことを、うたがわなかったのである。

「ゴールデンバウム王朝は宇宙を盗み、ローエングラム王朝は宇宙を征服した」

という一部の歴史家の評は、かならずしも公正であるとは言えないのだが、即位前の政略と即位後の弾圧を使いわけて歴史を逆行させたルドルフ・フォン・ゴールデンバウムに比較すれば、ラインハルトの覇業は、はるかに人々のロマンチシズムを刺激する光彩にみちていた。

ラインハルトは一五歳の初陣以来、月日の七割を軍神の祭壇にささげてきた。戦場とその周辺における、比類ない成功は、彼自身の智略と勇気によってもたらされたのである。かつて彼を〝生意気な金髪の孺子《こぞう》〟とののしった者たちは、勝利の女神がいちじるしく彼を偏愛することに呪詛《じゅそ》の声をあげたものだ。だがラインハルトは女神に命じて彼の力量にふさわしい結果をさしださせただけのことであり、一度として女神の裾にすがったことはなかった。

ラインハルトは、歴史上に屹立《きつりつ》する名将であることを、すでに証明していたが、君主としてはいまだ時の試練をうけていなかった。

彼が旧銀河帝国の宰相としておこなってきた政治的・社会的改革のかずかずは、賞賛に値するものであった。それまで五世紀にわたって歴史の深みに沈澱《ちんでん》してきた腐敗と頽廃《たいはい》はほぼ一掃され、特権階級は時の墓場へ放りこまれた。わずか二年の短期間に彼ほど偉大な業績をあげた統治者はほかにいないであろう。

だが、名君にとって最大の課題は、名君でありつづけることなのである。名君として出発し、暗君または愚君として終わらなかった例は、ごく珍しい。君主たる者は、歴史の審判をうける以前に、みずからの精神の衰弱にたえねばならないのだった。立憲君主であれば、憲法や議会に責任の一部あるいはたいはんをゆだねることができるが、専制君主がたのみうるものは自分自身の才能と器量と良心のみであった。最初から統治者としての責任感を欠く者ならかえって始末がよい。名君たろうとして挫折した者こそ、往々にして最悪の暴君となるのである。

ラインハルトはゴールデンバウム王朝第三九代の皇帝ではなく、ローエングラム王朝初代の皇帝であった。そして後継者が誕生しないときは、唯一の皇帝になってしまうはずであった。現在のところ〝新帝国《ノイエ・ライヒ》〟は伝統や制度ではなく、至高者の個人的な力量と人格によって、歴史の激流のなかにそびえ立っていた。その基盤が脆弱《ぜいじゃく》なものであるとみなし、制度と血統によって永続化と強化をはかる立場は、軍務尚書オーベルシュタインのしめるところであろう、と、一般に思われていた。

皇帝ラインハルトは、レンネンカンプの死についてすでに知っていたが、軍務尚書の口からあらためて整理された報告をうけると、しばらく無言だった。どちらかといえば沈んだ気分にあるとき、この眉目《びもく》秀麗な若者は、病人や死者のようではなく水晶で造形された彫像のように無機質にみえることがある。やがて、像は声を発し、生気をよみがえらせた。

「レンネンカンプは、もとより完璧な人格者ではなかった。だが、このような死にかたを強制されるほど、罪深い男でもなかった。気の毒なことをした」

「なにびとに罪を帰するべきだ、と、陛下はお考えになりますか」

静かに、だがするどく、ロイエンタールが問いかけた。これはラインハルトを非難する目的からではなかった。誰に罪があると皇帝が考えているか、それによって統帥本部総長たるロイエンタールは、帝国軍の動員を準備しなくてはならないのである。逃亡中のヤン・ウェンリーを探索して撃つのか、無為無策どころか事態を悪化させたとみられる同盟政府を、〝バーラトの和約〟履行の義務をおこたったとして撃つのか、それとも逆に同盟政府をしてヤンを撃たせるのか。いずれにしても判断は純軍事的な範囲をこえる。

同時に、ロイエンタールの心には、若い主君に平凡な回答をしてほしくないという個人的な感情がある。これは明敏な彼にとっても整理しがたい心理上の要素だった。いまだゴールデンバウム王朝の権力構造が不動にして不可侵のものとみえていたころ、ロイエンタールは親友とともにみずからラインハルトの麾下に身を投じた。門閥《もんばつ》の背景を有しない二〇歳前後の若者に、みずからの未来をゆだねたのである。その選択は正しくむくわれ、ロイエンタールは三二歳にして帝国元帥、帝国軍統帥本部総長の座をわがものとした。むろん彼は、その地位にふさわしい才腕と功績の所有者である。戦場において無数の武勲を誇り、ローエングラム独裁体制および王朝の覇権の樹立に、多大な貢献をなしてきたのだ。

その間、彼は戦場以外の場所でも勲功をたてている。二年前、いわゆる〝リップシュタット戦役〟の末期に、ラインハルトの半身的存在であった赤毛のジークフリード・キルヒアイスが暗殺者の銃口から盟友をかばってみずからの生命を失ったとき、ラインハルトは衝撃と悲哀のため人格崩壊におちいったかと思われた。圧倒的な勝利の直後に、ローエングラム一党は最大の危機に直面したのである。そのとき、オーベルシュタインの辛辣な策謀をいれて、背後の敵たるリヒテンラーデ公爵を撃ちたおした実行者群を主導したのは、ロイエンタールとミッターマイヤーであった。オーベルシュタインの主張のみでは、ほかの提督たちはおそらくうごきえなかったであろう。その決断力と指導力とによって、彼らふたりは〝帝国軍の双璧〟——かがやかしい一対の宝石としての地位を確立したのである。

それらの行動も、勲功も、すべてはラインハルト・フォン・ローエングラムという巨星の光芒をいやますためであった。その点について、ロイエンタールは不平をいだいたことはない。彼の心の不穏な部分がするどくうごめくのは、巨星の光芒に翳《かげ》りを見いだすときであった。ロイエンタールは、彼の忠誠の対象に、完璧をのぞんでいたのかもしれない。

彼の自負においても、おそらく客観的な論評においても、ロイエンタールの器量と才腕は、ゴールデンバウム王朝歴代の皇帝たちの多くをうわまわるものであった。その彼を統御する者は、彼より高い才能と広い器量と深い人格とをそなえているべきではないのだろうか。

彼の親友であるウォルフガング・ミッターマイヤーは、単純なまでに明晰《めいせき》で一貫した生きかたをみずからにかしていた。その姿勢の正しさをロイエンタールは敬愛していたが、自分がそれにならうことは不可能だと思っていた。

……統帥本部総長のみじかい質問に、圧縮された膨大な心情が封じこまれていたことを、ラインハルトは洞察しえたであろうか。若い皇帝が白皙《はくせき》の額にかかる髪をわずらわしげにかきあげると、黄金の光が室内にゆらめいた。

むろんそれは無意識の動作であった。彼は生涯、その美貌を武器としてもちいたことは一度もない。それがどれほど卓越したものであれ、それを勝ちえるために彼自身はなんらの貢献もなしてはおらず、その功績は彼の憎悪する父と、姉にくらべていちじるしく印象の薄い母との血統に帰するのである。ゆえに美貌は彼の誇りとするところではなかった。だが、彼自身の思いとはべつに、彫刻もはじらうほどの美貌と流麗きわまる動作とは、事実として他者の賞賛をさそわずにいられないのである。

「去年のワインのまずさをなげくより、今年植える葡萄《ぶどう》の種について研究しよう。そのほうが効率的だ」

かわされたような気もするが、ロイエンタールは不快ではなかった。ラインハルトの才華や機略はいつも彼を不快にはしなかった。

「予はむしろこの際、ヤン・ウェンリーと同盟政府との間隙《かんげき》を利用し、あの異才を予の麾下にまねきたいと思っている。軍務尚書の考えはどうか」

「それもよろしいでしょう」

意外そうな表情を、若い皇帝は長い睫毛《まつげ》のあいだにゆらめかせ、それを両の義眼でながめやりながら、オーベルシュタインは語をついだ。

「ただ、そのうえは、ヤン・ウェンリーをして自由惑星同盟《フリー・プラネッツ》の命脈《めいみゃく》をたたせること、これが条件となるやに思えますが」

ラインハルトは古典派画家の筆で細密に描きあげられたような眉をわずかにうごかした。ミッターマイヤーとロイエンタールは、舌打ちしたげな表情を見あわせた。つい先刻、統帥本部総長によって批判された思案を、いっそ堂々と、軍務尚書は口にしてのけたのだ。

「ヤン・ウェンリーが陛下に臣従するということは、彼が今日まで属してきた国家を捨て、彼が今日まで戦ってきた理由を否定することです。であれば、彼の今後に未練となって残るがごとき要素は、ことごとく抹消してしまうのが彼自身のためでもありましょう」

「………」

「ただ、彼にそのようなことが可能とは、小官には思えませんが……」

ラインハルトはソファーの上で長い脚をくんだ。肘《ひじ》かけに肘をつき、突きぬくような視線の槍先を軍務尚書にむける。

「ヤン・ウェンリーが予に臣従するはずはない。つまるところ、卿《けい》の主張したいところはそれか」

「御意《ぎょい》……」

主君に器量が不足している、と釈《と》られかねない返答を、軍務尚書はむしろ冷然としてのけた。この大胆さ、あるいは無神経さは、彼を嫌っているほかの二元帥さえ一目おかずにいられないところであった。

「さらに申しあげますが、かりにヤン・ウェンリーが陛下の御前にひざを屈したとして、どのような地位職責をもって彼におむくいになりますか。むくいること過小であれば彼が不満でしょうし、過大であれば他者の不安をよびましょう」

彼は口にはださなかったが、ひとたびヤンが皇帝の臣下となれば、ミッターマイヤーやロイエンタールの競争相手ではすまなくなるという気がするのだった。彼らをしのぎ、旧同盟の勢力を統合してナンバー2の座をしめるのではないか。

ナンバー2は排除しなくてはならない。それはローエングラム王朝の開祖たるラインハルトが、一代というより半代と称すべきほどに急激に勃興《ぼっこう》したなりあがり者であって、主君と臣下との関係が制度化されておらず、伝統として成立もしていないからである。ナンバー1にとってかわりうるナンバー2など存在を許してはならない。ロイエンタールにせよ、ミッターマイヤーにせよ、ラインハルト・フォン・ローエングラム個人の臣下であって、ローエングラム王朝の廷臣であるという意識はいまだすくないであろう。まして、臣下ではなく盟友などという考えがあるとすれば、君臣の秩序がたもたれえない。組織化され伝統となった忠誠心こそ、ローエングラム王朝の永続を約束するもので、〝皇帝と友人〟ではなく〝皇帝と臣下〟こそがあるべき唯一の姿なのである。

「……わかった。ヤン・ウェンリーの件は、ひとまずおこう」

完全に断念するとはラインハルトは言わなかった。それ以上の追及をひかえたか、オーベルシュタインも沈黙する。

「それにしても、ヤン・ウェンリーひとりを容《い》れることもできない民主政治とは、なんと偏狭なものではないか」

ラインハルトはそう思い、そう口にだした。それにたいして反応したのは、ウォルフガング・ミッターマイヤーである。

「お言葉ですが、陛下、問題は制度よりむしろそれを運用する人間にありましょう。陛下の英才がゴールデンバウム王朝の容れるところとならなかった、つい先日の例をお考えください」

「なるほど、たしかにそうだな」

ラインハルトは苦笑したが、端麗な顔からは熱っぽさが失われていた。それをななめに見やってからロイエンタールが問う。

「それで、陛下、いかがなさいます。レンネンカンプの死に乗じて、この際、一気に同盟全土を併呑《へいどん》いたしますか？　ひとたびは猶予《ゆうよ》いたしましたが」

「帝国全軍が出撃して、一刀に乱麻《らんま》をたってやってもよいが、せっかく共和主義者どもが踊りくるっているのだ。いましばらく、奴らが踊り疲れるまで高みの見物を決めこんでもよかろう」

むしろ自分の覇気を制するようにラインハルトは言った。三人の元帥は、やや意外に感じた。フェザーンへ大本営をうつしたのみで、皇帝の英気は満足したのだろうか。その白い手が胸のペンダントをもてあそんでいる。

若い美貌の皇帝の、黄金色にかがやく髪の上方で、その髪と同じ色の獅子《しし》が声をたてずに咆《ほう》哮《こう》している。三人の元帥は、あらたな軍旗と皇帝に、同時に敬礼した。それぞれの瞳にそれぞれの感懐や思惑をこめて。答礼するラインハルトの表情に、このとき、自分自身にたいするいらだちの薄いもやがかかっていた。

ロイエンタール元帥の副官エミール・フォン・レッケンドルフ少佐は、二、三の統帥本部の事務について上官の裁決をあおぐため、室外で待機していた。御前会議が終わって退出してきた金銀妖瞳《ヘテロクロミア》の青年元帥は、蜂蜜色の髪の親友とかるいあいさつをかわすと、廊下を歩きながら部下の手から書類をうけとり、目をとおしながら指示をあたえた。明晰だがやや機械的な口調に、副官はやや違和感をおぼえて元帥を見やったが、ロイエンタールの心の唇がうごくさまなど透視できようはずもなかった。

……どうか、皇帝《カイザー》よ、私に反抗の隙をあたえないでいただきたい。私はあなたを歴史の舵手《かじとり》にえらび、あなたを擁立《ようりつ》し、あなたの軍旗を誇らかにあおいできた。そのことを後悔させないでほしい。あなたはつねに私の前をあゆみ、しかも光輝にみちているべきだ。消極や安定などがあなたの光源になりえるのか。

比類なき覇気と行動力こそあなたの真価であるものを……。

Ⅲ

皇帝の首席秘書官であるヒルダことヒルデガルド・フォン・マリーンドルフは、当然ながらラインハルトにしたがってフェザーンに身をうつしていた。国務尚書である父、フランツ・フォン・マリーンドルフ伯爵は、年来の帝都である惑星オーディンに残留して国事の処理にあたっている。皇帝と首席閣僚とが数千光年の距離をへだてていては、いかに超光速通信《FTL》を活用したところで国事の円滑《えんかつ》は期しがたい。だが、このような変則的な体制は一時のことで、遠からず国務尚書が皇帝のあとを追ってフェザーンへうつることになろう。その逆はありえない。もはやオーディンが帝国の中枢となる日は二度とくるまい。

ヒルダはラインハルトの政務処理を補佐するいっぽう、急速に、しかも急角度に変転する状況の分析をすすめていた。レンネンカンプの暴走と同盟政府の昏迷《こんめい》によってヤン・ウェンリーが自立し、現状を構成する政治的・軍事的な要素は、当然ながら複雑さをました。いずれ群小の勢力ばかりなどと安堵してはいられない。ローエングラム王朝も自由惑星同盟《フリー・プラネッツ》も、一滴の水から大河となったのだから。

A、新銀河帝国＝ローエングラム王朝

B、自由惑星同盟《フリー・プラネッツ》の現政権
C、ヤン・ウェンリーの独立勢力
D、フェザーンの旧勢力
E、旧帝国＝ゴールデンバウム王朝の残党
F、独立を宣言したエル・ファシル
すこし考えてから、ヒルダは第七項を書きくわえた。
G、地球教団の残党
これはいささか猜疑心《さいぎ》がつよすぎるというべきだろうか。ヒルダは卓上の小さな鏡に視線を投げ、しかつめらしく思案をめぐらせる自分自身の顔に片目を閉じてみせた。そのような表情をつくると、髪のみじかい、美貌の少年めいた伯爵令嬢の顔は、いっそう少年っぽく見える。

ヒルダはひとつ肩をすくめると、両腕を高々とのばして深呼吸した。活力にみちた彼女の脳細胞も、ときとして休息を要求する。

思えば往古《おうこ》の政治状態は単純明快だった。半世紀ほど以前に、帝国と同盟、双方の刑事警察が協力してサイオキシン麻薬の密売組織を摘発したことがある。双方の首脳部さえ合意すれば、そのような曲芸も可能だったのだ。その当時さえ、二度はこころみられなかったことではあるが。現在では、分裂した人類世界の細胞のひとつひとつが、それぞれ自分につごうのよい辞書をふりかざして、正義のなんたるかを他者にお説教しようとこころみているかのようだ。

ヒルダの属している陣営は、ほかの何者よりもぶあつい辞書をもっているはずだった。だが、ラインハルト自身、大貴族たちの手にする金縁の辞書に屈することをいさぎよしとしなかったのだ。ラインハルトに敵対する陣営のなかに、かつてのラインハルト自身が存在しないと誰が言えるだろう。

ヒルダはあらためてAからGまでの各勢力を見やった。こうしてみると、いずれの勢力も大なり小なり弱点を内包していることがわかる。DとGは本拠地を失い、公然たる武力を有しない。BとEは人材を欠く。Fは乳児同様の無力さである。そしてAとCは、統率者の個人的力量がすべてを決する。統率者がいなくなれば組織じたいが瓦解《がかい》するであろう。この五月、バーミリオン星域会戦でラインハルトが後継者なきままにヤンの手で倒されていたら、と想像すると戦慄を禁じえない。

もっとも警戒すべきは、BとCとDとFの結合、つまりヤン・ウェンリーの人望を核《コア》として、同盟軍とフェザーンの不平分子が結集することである。軍事力と経済力が合体し、化学反応を生じたとき、わずかな毒煙が巨竜を地に撃ちたおすような事態を呼びよせるかもしれない。ヤンにしても、たんに少数の軍事力のみでラインハルトを打倒しうると考えているはずがない。もしそう考えているならヤンなどおそれる必要はなかった。たんなる英雄的自己陶酔《ヒロイツク・ナルシズム》の精神病者にすぎない。

皇帝を打倒しえたとして、

「ヤン・ウェンリーにはその後の展望があるのかしら」

その疑問が、ヒルダの胸中にわだかまっている。彼女はむろん宇宙の事象のすべてを見とおしうるはずもないが、きわめて正確な分析能力は、ヤンの行為が計画にもとづいたものではなく、緊急避難というべきものであることを察知していた。バーミリオン星域会戦のときをみてもわかる。市民によってえらばれた政府の命令は、本来、彼にとって神託にもひとしいはずだ。ヤン・ウェンリーという人物にも興味ぶかいものがある。ヒルダのみるところ、才能と性向との不一致が、かなりはなはだしいのだ。きわめて現実処理性の高い才能を有しながら、自分自身でそれをうとましく思っているようで、若くして一国の最重要人物となりおおせたわが身を憮然としてながめている光景が、ヒルダには想像できるのだった。

バーミリオン星域会戦の直後、ヤンは会見のためラインハルトの愛艦ブリュンヒルトに招かれた。親衛隊長ギュンター・キスリング准将ら数名からヒルダが聞いたところでは、無数の武勲に履歴書を埋められた男にはとうてい見えなかったという。元帥だの司令官だのというより、線の細い若手の学者ていどとしか印象づけられなかった。ただ、敵艦に単身で来訪しながら、ひるんだ色はないようだった、と。おそらくはその微妙なあたりにヤンという人間の真価があるのだろう。

ヤン・ウェンリーという、いささか特異な人格《キャラクター》が存在しなくなれば、同盟軍の武力もフェザーンの金力も、化合すべき触媒《しょくばい》を失う。だがそうなれば、群小の諸勢力がそれぞれほしいままに蠢動《しゅんどう》をこころみるのを、ひとつひとつつぶしていかねばならないかもしれない。それはそれでめんどうなことではある。

明敏きわまる皇帝《カイザー》ラインハルトすら、状況の処理にここ数週間、明快な決断をくだしえないでいるようなのだ。

「それにしても、陛下はどう考えておいでなのかしら」

ヒルダは若い皇帝の才能について、半グラムの不安もいだいてはいない。だが、ラインハルトの精神の糸が、強靭な超高度鋼と、繊細な銀との二種類でよりあわせられている点が気にかかるのである。戦場ではつねに前者が機能して、ラインハルトの不敗の神話をささえてきたし、行政府にあってもそうであった。しかし、歴史上に類をみない覇業を完成させようとしている若者の精神の基調は、銀糸のほうでこそ織りなされているのではなかろうか。ラインハルトの内蔵する炎は激しくまばゆいが、激しい炎は、より早く燃えつきるものではないか。その危惧《きぐ》が、明敏な伯爵令嬢の脳裏に影を落としているのだった。

Ⅳ

皇帝《カイザー》ラインハルトのフェザーン移転は、新帝国の技術官僚《テクノクラート》たちにとっては魅力的な刺激剤となっていた。工部尚書と帝国首都建設長官をかねる少壮のシルヴァーベルヒは、大本営にちかい古ぼけたビルに起居して昼夜をとわず激務を遂行していた。一週間の病気休暇をとっただけが例外であった。

工部省の次官はグルックという中年の官僚政治家で、それなりに有能なはずの男だったが、シルヴァーベルヒの病気休暇のあいだ、精励《せいれい》したにもかかわらず事務をとどこおらせてしまった。復帰した工部尚書が、たちどころに案件を処理してしまうのを見て、自信を喪失した次官は、皇帝に辞表を提出した。

若い美貌の皇帝は、〝無能者〟との怒声を待ちかまえる次官に、意外にも笑顔をむけた。

「次官の職責は尚書につぐものだ。卿《けい》の才幹がシルヴァーベルヒをしのぐものであれば、彼ではなく卿を尚書に任じたであろう。卿は恭謙《きょうけん》にして自分自身を知る。それでよし」

皇帝の意向によって、グルックは工部省次官職にとどまった。ラインハルトは、口にだして説明こそしなかったが、工部省の巨大な機構と権限を永続させる意思はなかったのだ。いずれ国家機構と社会体制が安定化すれば、現業部門を民間にゆだね、組織を縮小するつもりであった。創業と拡大の時期には、シルヴァーベルヒのような異才のパワーが必要であるが、縮小と安定の時期にはむしろグルックの堅実さがのぞましい。グルックを一種の計器として、彼の手にあまるような部分を削減していけば、適正な規模と権限の組織がのこるであろう、と皇帝はみたのである。

ラインハルトの人事は、同盟駐在高等弁務官レンネンカンプ上級大将の任用にみられるとおり失敗の例もあるが、このような寛大さと識見によって成功した例のほうがはるかに多かった。皇帝からも異才と認められるシルヴァーベルヒは、膨大なエネルギーの一部をさいて、惑星フェザーンを全宇宙の中心に変えるべく構想をねっていた。

彼はゴールデンバウム王朝で、というより人類宇宙史上はじめての工部尚書として、すでに後世に名が残る身であったが、それをどうせなら黄金と真紅とできらびやかに飾りたてたかった。惑星フェザーンが宇宙に存在するかぎり、彼の名が忘れさられることのないようにしたかった。

いっぽうフェザーン人の心境は平静ならざるものがあった。これまでは彼らの父祖の惑星は、帝国に占拠されていたのだが、いまや呑みこまれ、消化されつつあった。「つぎは排泄される番さ」とは、下品な冗談にまぎらわせようとこころみて失敗した、彼らの深刻な敗北感を証明する発言であった。帝国と同盟、二大勢力の中間に位置する地理的条件を最大限に利用し、富と権謀術数を駆使して実質的に宇宙を支配しようと努力してきたのに、すべてが水泡と帰しさったのである。

「文明人の知恵が、野蛮人の腕力に負けた」

と評する者もいたが、けっきょく、それは敗北を認めざるをえなかったあとの自己憐憫《れんびん》にとどまるものでしかない。なにしろ、相手が腕力にうったえるであろうことを彼らは洞察しえなかったのだ。

「右を見ても左を見ても、帝国人の不愉快な面《つら》ばかりが目につく」

「それにしても、一年たらずのうちに、なんという状況の変わりようだ」

フェザーン人たちが慨歎《がいたん》の視線をかわすなかで、帝国軍の黒と銀の制服は一日ごとに数をまし、大気のなかばは彼らの呼吸に奉仕するように思われるありさまだった。

大半のフェザーン人は皇帝《カイザー》ラインハルトに好意的であるべき理由をもたなかったが、彼の構想力の壮大さ、決断と行動の迅速さにたいしては、不本意ながら賞賛の思いを禁じえなかった。その思いには、多少の不純物が混入していたことはたしかである。ラインハルトを無能とののしれば、その無能者にしてやられた自分たち自身を汚名の泥沼に突きおとすことになるのだ。圧倒的ですらあったはずの経済力は武力の前に無為であり、独占していたはずの情報はなんらの益ももたらさぬまま帝国軍の手にうばいさられた。保守的な世界観の温室に安住していたのは、才略ゆたかなフェザーン人のほうであって、金髪の若者にたたき破られるまでガラスのもろさを知らなかったのだ。

いずれにせよ、皇帝《カイザー》ラインハルトが歴史を創りつつあることはうたがいようがなかった。同時にフェザーン人としては、創られつつある歴史の豪華な舞台のなかで彼らがどのような役割をあたえられるか、その点に無関心ではいられなかった。

積極的な展望と行動を、みずからにかした者もいる。もともとフェザーン人の長所は、あたえられた政治的状況のなかで最大の利益をあげることにあったはずである。旧来のフェザーンといえども万人平等の天国であったわけではなく、既得権をほしいままにする豪商の横暴に泣いた中小商人もおり、商戦に敗れて零落した一家もある。このような人々にとって、ラインハルトの征服によってもたらされた時代の激変は、いわば敗者復活戦のまたとない好機であった。彼らは征服者たちの歓心をもとめ、軍需品の調達、兵士宿舎の建設、経済や交通や地理や市民感情にかんする情報の提供などに奔走した。ことに若い世代は、長老たちへの反発と若い征服者への情緒的《エモーショナル》な支持とを加速させつつあり、帝国政府も意図的に若いフェザーン人を好遇して、共存への道をローラースケートで走りはじめたのである。

V

さらに巨大な変動が人々の足もとを揺るがすにいたるのは、一一月一日のことである。この日、故ヘルムート・レンネンカンプ上級大将の密葬がおこなわれた。軍務尚書オーベルシュタイン元帥が葬儀委員長となり、皇帝《カイザー》ラインハルトと政府および軍部の高官が列席したが、故人の地位にくらべればささやかなものであったといえる。帝国政府としては、高官の死を公然化するか否かについて、いまだ皇帝の裁決がえられておらず、さらに先年のケンプ提督の場合とことなり、故人の死因が自縊という不名誉なものであったことが原因で、列席した提督たちも、その死をもって戦意昂揚の糧《かて》とするのはむずかしかった。

砂色の髪と砂色の瞳のナイトハルト・ミュラーが隣席のミッターマイヤーにささやきかけた。

「すると、レンネンカンプ提督は元帥への昇進ははたせませんか」

「戦死ではないからな」

「殉職ではありますが、それでも?」

無言でミッターマイヤーはうなずく。ミュラーの言うようにたしかにレンネンカンプは殉職したのではあるが、それは功績より罪科をともなってのものであった。おそらく彼が本来の任務を逸脱したがために、〝バーラトの和約〟にもとづく新秩序は、建設と整備に必要な時間を奪われようとしている。一時的なものにせよ平和が時代の水面に浮上しかかったのに、その足をつかんで深淵へひきずりこんだ責任の一端を、レンネンカンプはまぬがれるわけにいかないであろう。

葬儀の直前に、ミッターマイヤーは、レンネンカンプ艦隊に所属していた一少将から懇願されていた。

「小官は五年間にわたってレンネンカンプ閣下におつかえしました。多少、融通のきかない点はたしかにおありでしたが、よき上官でおありでした。どうか皇帝陛下に、復讐戦の決行を具《ぐ》申《しん》くださいませんか」

少将の訴えは、ミッターマイヤーにも納得できる。ただ、彼の見解を明言するなら、レンネンカンプは少将か中将でとどまっていれば自他ともに幸運な男だったのだ。人間には器局《うつわ》というものがあり、それは大きさもかたちも千差万別で、たとえば有能な艦隊指揮官が優秀な弁務官でありうるとはかぎらない。そこを見あやまったのはたしかに皇帝《カイザー》の失敗ではあるが、レンネンカンプが自分自身の価値を下落させた点も否定しえないのだった。むろん、皇帝の期待にそむき、新王朝の権威をそこなった罪も小さからざるものがある。

したがって、レンネンカンプは元帥への昇進に値しない。皇帝《カイザー》ラインハルトが、彼に元帥号をあたえようとしないのは、情においては冷厳に思えるが、理においては正しいのである。もし皇帝が情に負けてレンネンカンプに元帥号をあたえるとしたら、皇帝の錯誤は二重のものとなる。最初の誤りを、二度めの誤りによって矯正することはできないのである。

臣下に高い位階をあたえさえすればよいというものではない。賢帝マクシミリアン・ヨーゼフ二世の後継者となったコルネリアス一世が、名君と称されるにやや欠ける点があるとすれば、それは才能や業績の面においてではない。彼は臣下に元帥号を濫発し、小艦隊の指揮官までが元帥杖《じょう》を手にするにいたった。自由惑星同盟《フリー・プラネッツ》の征服に失敗したあと、さすがに思うところがあったか、逝去にいたるまで、あらたに元帥号をあたえることはしなかったが……。

ミッターマイヤーは話題を転じたくなって、若い僚友にグレーの瞳をむけた。

「ところで、どうだ、卿《けい》のあたらしい旗艦の乗りごこちは？」

「極上です」

周囲をはばかりつつも、表情をわずかにかがやかせてミュラーは即答した。

ローエングラム王朝が開かれたのち、兵器廠《しょう》で最初に完成した戦艦は〝パーツィバル〟であったが、これを皇帝より下賜される栄誉にあずかったのは、彼ナイトハルト・ミュラー上級大将であった。彼は〝バーミリオン星域会戦〟において主君ラインハルトの危機を救い、激戦の渦中で三度にわたって乗艦を破壊されるという勇戦ぶりをしめして、〝鉄壁ミュラー《ミュラー・デア・エイゼルン・ウオンド》〟の名を敵味方に知らしめたのである。彼によって完勝をはばまれた敵手ヤン・ウェンリーまでが、彼を良将とたたえ、ミュラーの武名は〝帝国軍の双璧〟につぐものとなった。だからといって、彼は驕《おご》るでもなく、同僚間の最年少者として誠実な態度をくずさないのだった。

さらにミッターマイヤーに答えかけたミュラーの砂色の瞳に、あらたな人影が映った。皇帝《カイザー》ラインハルトの次席副官が、ふたりのほうへ身をかがめかけていた。

テオドール・フォン・リュッケは少佐に昇進している。過日、キュンメル男爵邸において皇帝暗殺未遂事件が発生したとき、犯人グループの一員を射殺した功を賞されてのことであった。皇帝と同年齢の彼は、主君とややことなった表現のしかたながら、少年っぽいところがあり、いまだに士官学校のものなれぬ下級生を思わせる。

「元帥ならびに上級大将のかたがたは、一六階のみかげ石の間へお集まりください。皇帝陛下が諸卿のご意見を聞きたいとおおせです」

話の内容とやらをリュッケが知っているはずもなかったので、ミッターマイヤーはそれについて問わなかった。彼の脳裏には、つい数日前の御前会議で、決断と選択に迷っているらしい皇帝の姿がたゆたっていた。

みかげ石の間は会議室というよりサロンめいた広い部屋で、提督たちのためにコーヒーの用意がされていた。

「皇帝親征があるかな?」

フリッツ・ヨーゼフ・ビッテンフェルト上級大将が誰にともなくつぶやいたが、それは疑問ではなく期待の表現であることが、僚友たちの目には明白だった。ビッテンフェルトは新王朝の武断的な性格を、もっとも強く体現する男であり、みずからそれを認めていた。薄い茶色の瞳で興味なさそうに室内の装飾を見まわしている。

「陛下は敵を欲しておられる。戦うために生まれていらした方であるのに、戦いが終わるのがあまりに早すぎた……」

ナイトハルト・ミュラーはそう思う。彼自身も武人であるし、戦いに疲労する年齢でもない。栄光にみちた若い皇帝に、尊敬とともにいたましさをおぼえると言えば、不敬になるだろうか。だが彼はキルヒアイス提督が亡くなったときのラインハルトの姿を見ているのだった。

「陛下がフェザーンにうつられることはよいが、私はすこし軍制改革が不安だ。軍事力は中央集権でよい。軍管区のそれぞれに兵権をあたえれば、ひとたび中央の統制力がおとろえたとき、割拠《かっきょ》の原因となるのではないか」

オーディンに残留して後方総司令官の要職に座することになったエルネスト・メックリンガー上級大将が、ミュラーにそう語ったことがある。皇帝《カイザー》ラインハルトは若く、生命力と可能性にみちているが、天才であれ英雄であれ不死ではいられない。存在が巨大であればあるほど、死後の空隙《くうげき》は巨大なものとなろう。それをメックリンガーは心配しているのだが、そこまではミュラーは同調しえないでいる。年齢からいえば、メックリンガーもミュラーも皇帝にさきだつにちがいなく、そののちの課題はのちの世代にゆだねるべきだろう。

彼がコーヒーカップを手にしたとき、〝帝国軍の双璧〟の小声の会話が耳に流れこんできた。

「ところで、同盟の政府や軍部は、今度の事態にどう対処しているのだ」

「右往左往、それにつきる」

ことに軍部の混乱と昏迷がはなはだしい。レンネンカンプ弁務官の横死《おうし》とヤン退役元帥の失踪について、同盟政府はいまだ正式なコメントを発表していない。前者については、帝国政府の秘密主義に責をおわせ、後者にかんしては、一民間人の動静を政府が知るはずもないと強弁し、結果として不安色の卵をうみおとし、不信色の雛《ひな》を孵化《ふか》させている。

「もはやあれは統治能力《ガバナビリティ》を失っているとみるしかない。ひとたび箍《たが》がはずれれば、煮えたぎったスープが噴きだして、あとは混乱あるのみだろうな」

勢いよくコーヒーカップをテーブルにもどして、ビッテンフェルトが会話にくわわった。

「ではその箍はずしを、吾々の手でおこなうべきではないか。同盟政府の混乱は、大神オーディンが同盟領を吾々にあたえたもうゆえんだ」

「出兵するとしても、補給の用意がととのっていない」

ミッターマイヤーが冷静に指摘した。

「三年前のアムリッツァ会戦、あれを鏡に映すようなものだ。今度は吾々が飢えることになるぞ」

「同盟の補給基地をおさえればよい」

「どのような法的根拠で？」

「法的根拠⁉」

ビッテンフェルトは鼻先で笑った。オレンジ色の長めの髪が揺れる。このようなことをしても、この猛将には奇妙に邪気のないところがあって、ミッターマイヤーは真剣に憎むことができない。ビッテンフェルトはコーヒーカップをかるく押しやった。

「法的根拠などがそれほど重要なのか」

「同盟政府が、政府に反抗する武装勢力を鎮圧する意思と能力を有するかぎり、吾々はヤン・ウェンリーにたいして手のだしようがない。内政不干渉はバーラトの和約に明記されたところだからな」

「なるほど、意思はあるかもしれんが、能力の欠如はあきらかではないか。ヤン・ウェンリーはいまどこにいる？　レンネンカンプはどこへ行った？　この疑問がすなわち、奴らの限界をしめしていると思うが」

ビッテンフェルトの台詞は痛烈をきわめ、ミッターマイヤーは苦笑めいた表情で沈黙した。じつのところ、彼も似たようなことを考えているのだ。通常であれば、ビッテンフェルトの急進論を制するのはメックリンガーあたりの役割なのだが……。

「つまるところ、わが帝国と、同盟政府とのいずれがヤン・ウェンリーを不法に待遇するに主体的であったか、それが問題ということになるかもしれんな」

腕をくんで沈黙しているオーベルシュタインに、皮肉っぽい視線の一閃《いっせん》を投げかけて、ミッターマイヤーは言った。レンネンカンプの暴走が、全面的ではないにしてもオーベルシュタインの使嗾によるものではないか、との疑念を彼はいだいている。

それはおくとしても、帝国軍の選択はそう簡単ではない。ヤン・ウェンリーが新銀河帝国の公敵であると確認されれば、帝国軍は彼を抹殺するために直接行動をおこすことができる。だが、それは同時に、雑多で無秩序な反帝国運動がヤンをシンボルとして統一される契機をつくることともなろう。

「たとえ烏合《うごう》の衆であっても、ヤン・ウェンリーの智略があれば実力以上の力をだすことはあきらかだ。いっぽう、吾々に敵対する勢力が分裂したままならひとつひとつつぶしていくしかない。めんどうな話だな」

「であれば、いっそヤン・ウェンリーに、反皇帝《カイザー》勢力を糾合《きゅうごう》統一させてしまえばよい。しかるのちにヤンを処断すれば、一撃で火山脈は絶ちきれる。熔岩がいくら流れでようと、冷えきって無力になるだけではないか」

ビッテンフェルトの意見は、粗雑なもののように聞こえるが、戦略論としてはまちがっていない。有機的に統一された組織の中枢を撃ちくだくほうが、分立する群小組織を各個撃破するより効率的ではある。ただし、そうなると、ヤンを中核として統一された勢力が、帝国がわの制御能力をこえて巨大化する危険も発生するであろう。新生ローエングラム王朝は、軍事面において圧倒的な力を有し、それを親率《しんそつ》する若い皇帝は戦争の天才である。だが、軍事力のみが、歴史と空間をささえるすべての要素ではないし、フェザーンの併呑と同盟の屈伏によって膨張した部分は、当然ながら構造密度が薄い。そこが破れたとき、修復が可能かどうか。

「ヤン・ウェンリーもさることながら……」

ナイトハルト・ミュラーが小首をかしげた。

「そもそも一連の騒ぎの原因となった噂、あれの真偽はどうなのです？　メルカッツ提督が生きておられるという……」

提督たちはたがいの顔に視線を投じあった。ミュラーの言うがごとく、レンネンカンプがヤンの逮捕を同盟政府に強要し、恐慌《パニック》をおこした同盟政府をして暴走させた契機《けいき》は、バーミリオン星域会戦で戦死したと公表されているメルカッツ提督の生死にかんする噂だったのだ。

「こうなると、生きているとみるべきだろうな……」

アーダルベルト・フォン・ファーレンハイト上級大将が、あわい水色の瞳をするどく光らせている。メルカッツ提督と彼は旧知の仲である。かつてアスターテ星域会戦において、彼とメルカッツはラインハルトの指揮下に同盟軍とアスターテ星域で戦った。またリップシュタット戦役においては、貴族連合軍の総指揮官たるを余儀なくされたメルカッツにとって、もっとも信頼すべき僚将となったのが、彼ファーレンハイトであった。リップシュタット戦役の終結時に、メルカッツは副官のすすめで同盟へ亡命し、捕虜となったファーレンハイトは罪を問われることなくラインハルトの麾下に迎えられたのである。

「いまや、おれとあのお人とでは、あおぐ旗がことなる。たかだか二、三年のあいだによくも変転したものだ」

それほど感傷の深くない性格だが、未来を見やる前に過去をかえりみれば、平然としていられないものがある。

この変転がどのような帰結をむかえるか、それを見とどけるまではなかなか死ねないな、と、ファーレンハイトは胸中につぶやいた。

このとき、みかげ石の間にいるラインハルトの幕僚は、元帥三名、上級大将四名だけであった。リップシュタット戦役勝利直後にくらべると、キルヒアイス、ケンプ、レンネンカンプの三名が天上《ヴァルハラ》へ去り、メックリンガー、ケスラー、シュタインメッツ、ルッツの四名が任地に残り、ワーレンは負傷療養中である。生者とはいずれ再会しえるとしても、ラインハルトの側近にある幕僚の数が半減していることに気づくと、歴戦の勇将たちも一瞬、寂寥《せきりょう》の思いにうたれた。

「さびしくなったものだ」

ビッテンフェルトがかるく頭をふった。

彼の傍にすわっている提督は、エルンスト・フォン・アイゼナッハ上級大将だった。年齢は三三歳、やや痩身《そうしん》で、さびかけた銅の色をした髪をきれいになでつけているのに、後頭部の小さなひとふさだけが天をむいて直立している。

アイゼナッハは無言でうなずいた。極端なほど無口な男で、皇帝《カイザー》ラインハルトの前でさえ、〝御意《ヤー》〟と〝否《ナイン》〟以外の台詞を口にしない、という評判である。むろん評判とは、つねに誇大につたわるものではあるが、彼の副官や従卒が、司令官の声ではなく表情や動作に反応するよう慣らされている、という噂はほぼ事実であった。たとえば、指を三度鳴らすと、従卒がほとんど音速で飛んできて、角砂糖を半個いれたカップ半分のコーヒーをさしだす。ミュラーは二度その場面に遭遇している。

彼が士官学校に在学していた当時、食事のとき以外に口を開いたのを見た者がいない、とか、くすぐられたときでさえ声をたてずに笑う、とか、彼が高級士官クラブ『海鷲《ゼー・アドラー》』でコーヒ

ーカップを床に落として、

「しまった」

とつぶやいたとき、同席していたミッターマイヤーとルッツの両提督がまじまじと彼を見つめ、

「あいつは口がきけたのか」

とのちに語りあったともいわれる。

だが、どのようなエピソードがあれ、アイゼナッハの指揮官としての能力をうたがう者はいなかった。守護天使が非力なためか、巨大な会戦で華麗な場面に登場する機会にはあまりめぐまれなかったが、敵の後方を攪乱《かくらん》したり、敵の増援部隊を阻止したり、味方の補給線を防衛したり、さらに陽動作戦や上陸支援など、地味だが重要な任務を、文字どおり黙々とはたしてきたのである。ラインハルトは、これまで一度も期待をうらぎることなく若い主君につかえてきたアイゼナッハを、武勲かずしれぬ勇将たちと同列に遇し、上級大将の地位をあたえていた。ラインハルトの武官人事に、しばしば異をとなえる軍務尚書オーベルシュタイン元帥でさえ、それをむしろ積極的にすすめた。どのような命令をうけても嫌悪や不平の表情をみせることなく、味方の勝利に貢献してきた彼を、考課に厳格なオーベルシュタインも高く評価していたのであろう。

またアイゼナッハには妻と生まれたばかりの乳児があるが、この無口すぎる男がどのように

して現在の夫人をくどいたか、ミッターマイヤーなどは本気で不思議がっていた。

ラインハルト麾下の最高幹部たちのなかで、既婚者はむしろ少数派であった。元帥ではミッターマイヤー、上級大将ではワーレンとアイゼナッハ、以上の三名のみで、ワーレンは妻と死別していたから、世間なみに家庭を所有しているのは二名きりである。ミュラーやビッテンフェルトでさえ戦場往来のあいだに結婚の機会を逸してきたのに、〝沈黙提督〟ことアイゼナッハだけが妻子をそろえているのだ。ミッターマイヤーには愛妻はいるが残念なことに子供がいない。彼の親友にいたっては、元帥の高位にまでのぼりつめながら、道徳業者たちが眉をひそめてやまない漁色家ぶりを、帝都オーディンでもここフェザーンでも平然と発揮している。

オーディンを発《た》つときも、ミッターマイヤーは親友に結婚をすすめてみた。

「結婚?」

ロイエンタールは低く笑ったものである。親友の真情を感謝しつつも、笑う以外に感情の均衡をとる手段が彼には見いだせなかった。やがて笑いがおさまると、女性を魅了してやまない金銀妖瞳《ヘテロクロミア》に名状しがたい光がちらついた。

「おれにはまともな家庭などもつ意思もないし、その資格もない。誰よりも卿《けい》はそのことを知っているはずではないか」

「さあ、そんなことは知らぬ」

ミッターマイヤーがつきはなしたように応じると、金銀妖瞳の名将は彼らしからぬ不安げな表情を一瞬だがあらわにした。

「おい、気を悪くしたのではないだろうな」

「そう心配する理由が卿《けい》にあるのか」

ふたりは顔を見あわせ、苦笑して和解することにした。

「ところで、例の女は卿についてフェザーンにまで行くそうだが、それほど卿の気にいったのか」

「それさ。あの女がおれの傍にいるのは、おれが破滅するありさまを自分の目で見とどけたいからだそうだ。なかなか、こった趣味というべきではないか」

彼の宿舎にいついているエルフリーデ・フォン・コールラウシュは、ロイエンタールによって処刑されたリヒテンラーデ公爵の姪《めい》の娘だった。ミッターマイヤーは幾重にも心配の鎖をまきつけていた。オーベルシュタインがどう思うか。あるいはどう思っているのか……。

「どういうつもりでそんなことを言ったのかはわからぬが、とにかく、ロイエンタール、その女はよくないぞ」

「ではどうしろというのだ?」

「金銭《かね》をあたえて追いだせ。それしかあるまい」

「卿らしくないことをすすめるのだな」

やや意外そうにロイエンタールが親友を見なおした。

「どんなかたちであれ、とにかく出口をつくることだ。卿は迷路の奥へ奥へとはいりこんでいる。おれにはそうとしか見えぬ」

「たしかに卿にはそう見えるだろうな」

「ちがうのか」

「いや、じつはおれ自身もそう思わぬではないのだが……」

青くするどい左目と、黒く深い右目とが、そのときおなじ色に翳った。それから、ロイエンタールは笑顔をつくって友の肩をたたいた。

「心配するな、ミッターマイヤー。いちおうおれも武門の男だ。滅びるなら剣に滅びる。女に滅んだりはせぬよ」……

ミッターマイヤーが回想の小径《こみち》からぬけだしたとき、金銀妖瞳《ヘテロクロミア》の元帥が背筋をのばして起立した。

〝疾風《ウォルフ・デア・シュトルム》ウォルフ〟もいそいでそれにならった。皇帝《カイザー》ラインハルトが入室してきたのである。

Ⅵ

ラインハルトは不機嫌だった。レンネンカンプがヤン・ウェンリー一党の手で拉致されて以来、彼は迷っていた。そして黄金の髪の若者は、迷うことに慣れていなかったのだ。

レンネンカンプの横死が明白になった今日、その責任を問うて自由惑星同盟《フリー・プラネッツ》を討つべきか。それともひとたびさだめたように、敵の混乱と自滅を待って、しばらくは時の流れにことをゆだねるか。

帝国軍三長官が、先日の皇帝の思案に納得しがたい心情であったのは無理からぬことであった。皇帝自身が、自分の消極性に納得しえずにいたのだ。彼にそうさせた理由は、無制限にちかい権力をもっとも高圧的なかたちで行使することにたいする自戒の念であった。バーラトの和約を締結してわずか四、五カ月のあいだに、敗敵にたいしてふたたび武力をふるうことに、彼の若い美意識はためらいをおぼえたのだった。

それを吹きとばしたのは、ビッテンフェルトの熱弁である。皇帝に意見をもとめられた彼は、先刻ミッターマイヤーにむけた弁論を、若い主君にむけたのだが、最初はさほどの感銘をあたえたようにもみえなかった。ビッテンフェルトが主戦論をとなえるのは当然すぎることだと皇帝は思っていたのだ。だが、つぎの一言が事態を決した。

「陛下がこれまで常勝を誇られたゆえんは、歴史をうごかしていらしたことにあります。今回にかぎり、御手をつかねて歴史にうごかされるのをお待ちになるのですか」

その台詞が金髪の若者にあたえた効果は、おどろくべきものだった。彫刻に生気が吹きこまれたようにすらみえた。

「ビッテンフェルトの言《げん》やよし」

ソファーから立ちあがった皇帝の蒼氷色《アイス・ブルー》の瞳が、苛烈な光彩にみちてかがやいた。その瞳のなかに、恒星のコロナが乱舞していた。彼はビッテンフェルトにうごかされたのではない。自分自身のもとめていたものを再発見したのである。

「予は考えすぎた。大義名分の最大にして至高なるものは、宇宙の統一である。その名分の前には、区々《くく》たる正当性など考慮に値せぬものであったのにな」

空気が結晶化したかのような静寂のなかで、皇帝の声が律動の波をたてた。

「ビッテンフェルト提督!」

「はっ」

「卿《けい》に命じる。黒色槍騎兵《シュワルツ・ランツェンレイター》をもって可及的すみやかに同盟領へおもむくべし。惑星ウルヴァシーにあるシュタインメッツ提督と合流し、予の本隊がいたるまで当地の治安を維持せよ」

「御意!」

オレンジ色の髪の下で、若い猛将の顔が紅潮した。彼の期待は最上のかたちでむくわれたのである。ついで、ラインハルトは蒼氷色《アイス・ブルー》の瞳を、随従の首席秘書官にむけた。

「フロイライン・マリーンドルフ、ちかく、レンネンカンプの死を公表し、同盟政府の責任を問うための出兵を宣言する。今週のうちに演説の草稿を完成させよ」

「はい、陛下」

ヒルダもラインハルトの覇気に圧されて、忠告や反論をなしえなかった。彼女の目にも、皇帝はまぶしいほどきらめいて見えた。

「それにしても、陛下、ご居城が完成するまで、常座《じょうざ》がございませんな」

ビッテンフェルトが言うと、ラインハルトは歩をとめてふりかえった。豪奢な黄金の髪が風をおこした。そして若い覇王は、後世の歴史家が彼の伝記をしるすにあたって、かならず書きとめる台詞を、端麗な唇から撃ちだしたのである。

「予に居城など必要ない。予のあるところがすなわち銀河帝国の王城だ。当分は戦艦ブリュンヒルトが玉座のおきどころとなろう」

ほとんど戦慄にちかい昂揚感が、提督たちの中枢神経をかけぬけた。この覇気こそが、彼らの賛《たと》うべき皇帝《カイザー》の本質であった。皇帝は宮殿の住人にあらず、戦場の人であるのだ。

だが、ラインハルトの覇気とはべつに、巨大な星間帝国に政治・軍事・情報の中枢地は必要不可欠であり、フェザーンをもってそれにあてるというラインハルトの構想に変化はなかった。工部尚書シルヴァーベルヒを長とする帝国首都建設本部の活動もさらに活発化し、皇帝の新居城――仮名〝獅子の泉《ルーヴェンブルン》〟――の設計もすすめられていた。ただし、この宮殿の建設は、周知のように、ラインハルト一代のあいだには開始されることがなかったのである。

扉のむこうへラインハルトは優美な姿を消し、敬礼でそれを見送った提督たちは、血の温度が上昇するのを自覚しつつ散会した。

一一月一〇日。

〝黒色槍騎兵《シュワルツ・ランツェンレイター》〟艦隊の旗艦〝王虎《ケーニヒス・ティーゲル》〟の艦橋で、フリッツ・ヨーゼフ・ビッテンフェルト上級大将は、腕をくんでスクリーンに見いっている。彼の視線のさきで、惑星フェザーンは、すでにたんに群星のなかの最大のものというだけの存在と化しつつあった。あわただしいほどの出発ながら、彼にもとめられているのはむしろ拙速ですらあるのだ。

艦隊副司令官ハルバーシュタット大将、参謀長グレーブナー大将、高級副官ディルクセン准将らの幕僚が、精悍な表情を司令官の周囲にならべている。彼らの面上に視線をうつして、〝黒色槍騎兵〟をひきいるオレンジ色の髪の猛将は、不敵に言いはなった。

「さあ、祝杯をあげるために同盟首都《ハイネセン》まででかけるとしようか」

艦橋の壁面に、〝黄金獅子旗《ゴールデン・ルーヴェ》〟が豪奢な色彩をはなっている。あらたな王朝の軍隊は、あらたな軍旗のもとに、最初の貪欲な遠征を開始したのだった。ラインハルト・フォン・ローエングラムが黄金の髪に黄金の冠をいただいてより、一四一日後のことである。

第二章　すべての旗に背《そむ》いて

I

　ローエングラム王朝の支配者と彼の軍隊とが、かがやかしい〝黄金獅子旗《ゴールデン・ルーヴェ》〟のもとに、歴史と宇宙をねじふせるべく行動を開始したころ、かかげる旗もないままに永遠の夜のなかを放浪している宇宙船の一団がある。

　後世、彼らは〝ヤン・ウェンリー独立艦隊〟と呼ばれることが多いが、その呼称のもととなった当人はごく簡単に〝不正規隊《ザ・イレギュラーズ》〟と呼び、彼の部下たちは〝ヤン不正規隊《イレギュラーズ》〟と称していた。

　とにもかくにも、記号としての自称が必要であったから、不本意にも温室から寒風きびしい世間へ追いだされた年金生活志望者は、隊員たちから自分たち自身の名称をつのったのである。隊員たちの連帯意識と自覚をうながす一策として、という理由がつけられたが、じつのところ最大の動機は、命名のめんどうくささであったろう。

　たしかに効果はあった。ほかにすることがないからさ、という意見もあったが、〝おれたちの軍隊〟という自覚の所産にはちがいない。一個旅団が編成されるほどの応募のなかから、ヤンはもっとも奇をてらわない作品を選んだのだった。

一時期、本隊を離れていた有名な幹部のひとりは、名称決定当時に自分がいたら〝色男オリビエ・ポプランと引きたて役の男たち〟と決定しただろうに、と残念がったが、積極的な同調者はひとりもいなかったものである。いずれにしても、ヤン・ウェンリーは、自分たち自身の集団に装飾過剰な名称をつけようとはしなかった。

「流亡の私兵集団」

という辛辣な表現が、彼に敵対するがわからは成立することを、ヤンは知っていた。ここにいたる経過を無視して現在だけをみれば、その評価も一面的な正しさをもつ。たとえ、ヤン・ウェンリーが司令官をつとめ、ウィリバルト・ヨアヒム・フォン・メルカッツがそれを補佐し、ワルター・フォン・シェーンコップ、アレックス・キャゼルヌ、ダスティ・アッテンボローが幕僚としてひかえているとしても、国家的正統性とは無縁な存在であった。これら五名の将官が組織し指揮しえる軍隊は、兵員五〇〇万人もの規模におよんだであろうが、事実としては、艦艇六〇〇集余、兵員一万六〇〇〇名をかぞえるのみである。

政治的保護もなく、補給基地もない。メルカッツらと、放棄されたダヤン・ハーン基地において再会をはたしたときの祝祭気分が一段落すると、不正規隊の幹部たちは、これからの針路について考えこまざるをえなかった。

ダスティ・アッテンボローだけは、もつれた毛糸のような鉄灰色の髪をかきまわしつつ、考えるよりまず行動にうつっている。そのありさまは、一軍の提督というより行動派の学生革命家を思わせた。ヤンはこの士官学校後輩の戦術指揮能力を、もともと高く評価していたが、軍隊という枷《かせ》がはずれると、アッテンボローは意外なほどの行動力と組織力をしめして、艦隊再編成の作業や戦術立案、兵員訓練などに従事し、その精勤ぶりと活発さはほかの人々をおどろかせた。ヤンが無為《むい》でいるぶん、彼の潑剌《はつらつ》さが目についた。

「どうです、元帥、イゼルローン要塞を奪回し、エル・ファシル星域にいたる回廊周辺を解放区にして、帝国の攻勢に対応しましょう」

ダスティ・アッテンボローの提案は、まさに〝学生革命家〟的なものだった。〝解放区〟などという用語からしてそうである。ヤンとしては、気楽だね、と皮肉の煙を吹きかけてやりたくもなるのだが、後輩の提案に戦略的な価値を見いだしてもいた。

「イゼルローン要塞を占拠したとしても、それだけなら回廊中に孤立するだけだ。だが、エル・ファシルを橋頭堡《きょうとうほ》として確保し、ティアマト、アスターテその他の周辺星域をつないで解放回廊を成立させることができれば、今後の状況がどう変化しようと、対応しやすいかもしれない。しかし、まだその時機ではないようだ」

ヤンはそう思う。さらに、戦略というより政略的な思考をすすめておけば、将来の政治的な取引の材料を多くしておくべきであろう。ラインハルト・フォン・ローエングラムおよび新銀河帝国の覇権を認め、イゼルローン要塞を返還するかわりに、エル・ファシルを〝帝国自由都市〟とでもいう名目のもとになかば独立させ、民主共和政治のささやかな灯をまもりぬくこともできるかもしれないのだ。皇帝《カイザー》ラインハルトにそれを約束させるには、相応の代償が必要であろう。

このとき、ヤンは、ラインハルトが約束を破棄する可能性をまったく考えていない。芸術神《ミューズ》の息を吹きこんだ黄金の絵具で描かれたような、あの美貌の若者は、征服もすれば侵略もする、粛清もすれば復讐もするであろうが、ひとたびかわした約束を破るということはなしえないように思えるのだった。ただ一度の会見のとき、ヤンは相手の存在じたいからそれを感じたのである。

「ということは、皇帝《カイザー》ラインハルトが生きていてくれたほうが、諸事つごうがいいのかな」

わずか半年前には、バーミリオン星域でラインハルトを敗北寸前の窮地に追いこんだ当人であるくせに、そんなふうに考えもする彼だった。もともとラインハルト個人に敵意をいだいてはいないのだ。

ヤン・ウェンリーという人物は、無数の矛盾によって構成された有機体である。軍隊を軽蔑しながら階級は元帥にのぼり、戦争を忌避しながら勝利をかさね、国家の存在意義に疑問をいだきつつ国家に貢献すること多く、勤勉の美徳を無視しながら比類ない実績をつみかさねた。このため、彼には哲学が欠落していると指摘する人も存在するのだが、ヤンの心理に一貫して流れているのは、自分が歴史という舞台劇のなかの代役俳優であるにすぎず、より偉大な個性が登場すれば、主役の座を明けわたして観客のがわに席を変えたいという願望だったかもしれない。

「宇宙はひとつの劇場であり、歴史は作者なき戯曲である」

と、彼は、未完に終わった彼の歴史論に記しているが、これはごく古い箴言《しんげん》を再生させたもので、とくに独創的な思想の産物ではない。だが、彼の視点のよりどころが、一部ながらこれでわかる。

自由惑星同盟《フリー・プラネッツ》の国父アーレ・ハイネセンと同時代に生まれていれば、ヤンの生涯はより単純明快なものとなっていたであろう。彼はハイネセンの思想と人格に全面的な忠誠をささげ、軍事面に限定された補佐役としてはたらき、つねに指導者の一歩うしろにひかえて、彼をもりたてたと思われる。

第一人者でなく第二人者たることをのぞむ心理的傾向がヤンに存在することを指摘する歴史家もいる。たとえば、老先輩のアレクサンドル・ビュコック提督に礼をつくすヤンの態度は、たんなる敬愛の念から生じるものではなく、第二人者の位置にとどまりたいと願う深層心理からくるものだ、というのである。

同盟軍にとって最高の布陣は、ビュコック司令長官、ヤン総参謀長であったのについに実現しなかった、としてなげく声も、似た見解に立脚するものであろう。

これらの評価にヤン自身が明確な回答をあたえたことはむろんない。ただ、彼が長くもない生涯において、ついに政治的忠誠の対象たる個人を見いだせなかったことだけは、たしかな事実であった。そしてその事実が幸福であったか不幸であったかは、おそらく当のヤンにも判然としないことであったろう。

Ⅱ

政府による謀殺の手から部下たちとともに脱し、メルカッツらと再会した直後、ヤンはエル・ファシル星系政府が同盟政府からの独立を宣言したことを知った。アッテンボローの〝解放戦略〟は、むろんその情報にもとづいて立案されたものである。

「すぐエル・ファシルへお行きなさい。あそこの連中に情熱はあっても政戦両略はない。あなたを最高指導者として歓迎するでしょう」

ワルター・フォン・シェーンコップもそうすすめた。というより、ヤンの感触では、赤い布をふってけしかけてみせた。

このような事態にいたっても、いまだにヤンはみずからが反帝国運動の最高指導者の地位につくことを拒否しつづけてきた。

「最高指導者は文民《シビリアン》でなくてはならない。軍人が支配する民主共和政など存在しない。私が指導者なんかになってはいけないんだ」

「頑固すぎますな」

遠慮の二文字と疎遠なシェーンコップが、容赦ない表現を使った。

「あなたはもはや軍人ではありません。政府から給料どころか年金すら支給されない無位無官の民間人です。なにを遠慮することがありますか」

「遠慮なんかしていない」

とヤンが言うのは、ほとんどたんなる抗弁にしか聞こえないが、彼がエル・ファシルに急行しない理由は単一のものではなかった。ことはそう簡単ではないと彼は言いたかった。

「あなたと皇帝《カイザー》ラインハルトとの差というものを考えたことがありますか、元帥」

「才能の差だよ」

「いや、才能の差ではありません。覇気の差です」

シェーンコップが断言すると、ヤンは頭上の黒ベレーに片手をやったまま、憮然としてだまりこんだ。つまりはシェーンコップの主張を否定できないのである。

「皇帝《カイザー》ラインハルトは、運命が彼にことわりなく傍を通過しようとすれば、その襟首を力ずくでつかんで、彼にしたがわせようとします。よかれあしかれ、それが彼の身上《しんじょう》です。ところがあなたときたら……」

ヤンの予想に反して、シェーンコップはそれ以上彼を論難しようとせず、紳士らしげな端整な顔に名状しがたい表情を浮かべた。

「どうもなにかありそうですな。元帥、あなたはなにをのぞんでいるのです、現在の段階で」

ややためらったあと、ヤンは小さな声をだした。

「私がのぞんでいるのはたったひとつだ。レベロ議長が私の不在をうまくとりつくろってくれることさ」

同盟首都ハイネセンから脱出して以来、ヤンは思考と策略の迷路を手さぐりで、しかも休み休み歩いてきたのだった。

五年の歳月があたえられれば、ヤンは建設的な構想力と破壊的な策謀力とを、ナイフとフォークのように使いわけて、宇宙全体を料理し、彼の理想にちかい民主共和政の味つけをほどこすことができたかもしれない。だが、実際に彼の掌にこぼれ落ちた砂時計の砂粒は、六〇日ていどの分量でしかなかった。レンネンカンプの独走とレベロの過剰反応とが、砂時計の流出口を、頑迷色のコンクリートでふさいでしまい、ヤンはささやかな冬眠の巣から追いだされてしまったのである。

あこがれの年金生活は、わずか二カ月で、甘美な演奏をやめた。過去一二年間、ヤンは給料のうちから年金のための積立金をしはらってきたのだが、二カ月しか年金の支給をうけないのでは、〝採算《もと》がとれやしない！〟ことはなはだしかった。けっきょく、ヤンは公人としても私人としても、理想のうえからも現実感覚のうえからも、不満足のいたりだったのである。

それでも彼は、歴史の構築に参加する自分自身の責務を放りだそうとしたわけではない。エル・ファシルが、いささか無謀ながら自立の旗をひるがえしたとき、そこへ急行することを一時ヤンは考慮した。アッテンボローやシェーンコップにそそのかされるまでもない。そうすれば彼は大義名分と根拠地を手にいれ、エル・ファシルは有力な軍事専門家をえることがかなうはずであった。

だが、ラインハルト・フォン・ローエングラムという壮麗な暴風の登場を、ヤンは予測しており、それによって状況の流れる方向がさだまるまで、同盟政府とのあいだに決定的な間隙をつくりたくなかった。

いまエル・ファシルに身を投じれば、恐慌に駆られた同盟政府が帝国と完全に手を結ぶということもありえる。エル・ファシルに呼応して決起する星系政府もあるだろうが、現在のヤンの戦力をもってしては、彼らを救うことはできない。帝国軍の巨体におしつぶされるのを遠くから見まもるしかできないだろう。

皇帝《カイザー》ラインハルトはかならずうごく。その点にかんして、ヤンはまったくうたがいをいだいてはいなかった。今年のうちに、かならずみずから軍をひきいて、自由惑星同盟《フリー・プラネッツ》領の星々を黄金の酒杯にほうりこみ、古代神話の巨神さながらにのみこむだろう。ある意味で、ヤンは当のラインハルト以上に、その為人《ひととなり》を把握していた。あの水晶光を固形化して造形されたかのような美貌の若者は、みずからの手のとどかないところで宇宙の命運がさだまるのを、けっして許すことはないであろう。天蓋《てんがい》つきの寝台で惰眠《だみん》のうちに果報を待つ姿は、あの若者にふさわしくない。その点でシェーンコップのラインハルト評に、ヤンもまったく同意するのだ。

そう思い、ひるがえって自分自身をかえりみると、苦笑をさそわれずにいられないヤンであった。シェーンコップと視点はことなるが、自分が本来のものでない道を歩んでいるとは彼も思っているのだった。

この当時のヤンの行動を、きびしく批判する後世の人々がいる。

「ヤン・ウェンリーが自由惑星同盟から離反したとき、なんら戦略上の成算はたっていなかった。彼は生命の危機に直面して、衝動的に、きわめて単純な自己防衛の行動にでたにすぎず、これは智将として喧伝《けんでん》される彼の行動としては失望をかうものである……」

「ヤン・ウェンリーは、宇宙に覇をとなえる野心家として生きるつもりなら、バーミリオン星域会戦に際して、政府の停戦命令を無視し、ラインハルト・フォン・ローエングラムを砲火のなかに倒すべきであった。いっぽう、もし彼が、自由惑星同盟の忠実な軍人として生をまっとうするつもりなら、政府の意思にしたがって、あえて不当な死をも受容すべきではなかったか。いずれにしても、ヤン・ウェンリーは完璧ではなかったのだ……」

自分が完璧などでないことは、ヤンはよく承知していたから、これらの一方的な非難を彼はこばみはしなかっただろう。むろん、いい子ぶってうけいれるはずもなかったが。

完璧でないといえば、〝奇蹟《ミラクル》のヤン〟の新妻であるフレデリカ・G《グリーンヒル》・ヤンも、自分が主婦として完璧ではないことを、さんざん思い知らされていた。何度めかの料理に失敗して、アイリッシュ・シチューを炭化物の黒いかたまりに変えてしまったとき、旗艦に同乗していたキャゼルヌ家の娘シャルロット・フィリスがなぐさめてくれた。

「大丈夫よ、フレデリカお姉ちゃま、くりかえしているうちに、きっとじょうずになるわ」

「……ありがと、シャルロット」

もっとも、シャルロット・フィリスの父親は、ヤン独立艦隊の補給と経理を担当する立場から、無制限に寛大ではいられなかった。フレデリカが一度、料理に失敗すれば、兵士の一食ぶんの食糧が浪費されることになるのである。アレックス・キャゼルヌがいかにデスクワークの達人であるといっても、無から有を生じさせることはできない。彼は直截的《ちょくせつてき》でない表現のかずをもちいて、彼女が料理の修業に精をだすより重要なことがあるはずだと説いた。

フレデリカは主婦としての立場に固執するより、若い高名な提督の副官として長所を生かす道をえらび、デスクワークにしばらくは専念することにした。彼女の夫とその先輩とが、安堵して紙コップのホットウイスキーで乾杯したかどうかについては、なんら記録が残されていない。いずれにしても、ヤンは、七歳年少の妻に、家事の名人であることをさして期待していなかったのである。

いっぽう、副官としてのフレデリカの能力は、水準を遠く抜きんでていた。上官の意思にたいする理解力、記憶力、判断力、事務処理能力は万人の賞賛をあびるに値した。彼女の個人史からいっても、ヤンの妻であるより副官である時代のほうが長かったことでもある。ヤンのほうでも、フレデリカを相手に戦略を語るほうをどうやら好んでいるようだった。

「皇帝《カイザー》ラインハルトが大挙、親征してきたら、同盟政府はあわてふためいて私に使者を送ってくる可能性も半分はある。そうだな、統合作戦本部長と宇宙艦隊司令長官を兼任して軍事の全権をゆだねる、とでもいうところかな」

「それをおうけになります？」

「さあてね、両手に贈物をかかえたところにナイフを突きだされたら、よけようがないからね」

ヤンとしては、人が悪くならざるをえないのだ。栄典のかずかずをしめされ、喜んでのこのこでかけていったところを暗殺されでもしたら、先祖のなげきと未来人の嘲笑をかうであろう。ヤンひとりを犠牲の羊にしたてて、同盟政府が安泰をはかることもありうる。現に彼は謀殺されかかったのである。

同盟最高評議会議長ジョアン・レベロ氏の謹厳な顔つきを、ヤンはかなりの憂鬱《ゆううつ》さをこめて想いうかべる。レベロはヤンの謀殺を企図したが、それは悪意からでも野心からでもないのだ——まことにこまったことながら。彼はひたすら、国父アーレ・ハイネセン以来二世紀半の歴史を有する自由惑星同盟《フリー・プラネッツ》を存続させようと願っているにすぎない。国家が生きながらえるためなら、〝奇蹟《ミラクル》のヤン〟謀殺の主犯として歴史に悪名を残すことも甘受《かんじゅ》するつもりなのだ。たとえそれがナルシシズムに類する精神作用にすぎないとしても、すくなくとも主観的に徹底的な信念と覚悟があれば、対処は簡単ではない。

いまひとつこまるのは、レベロに代表される政府と軍部の意思が、かならずしも統一されておらず、彼らの行動を決定する最大の要素が、おそらくは〝衝動〟であることだった。いかにヤンが洞察にすぐれていたとしても、衝動の内容まで読みとることはほとんど不可能であった。それでも彼は最悪の予想をひとつたてていたが、それを妻にさえいまだ語っていなかった。その予想が的中した場合、彼はとるべき行動をさだめていたが、それを正当のものとするために、ヤンは現在の段階でエル・ファシルへ行くべきではなかったのである。

ダスティ・アッテンボローが興味深い情報をたずさえて司令官室をおとずれたのは、ハイネセン脱出後三週間めにはいったころのことである。情報とはいっても軍事や政治にかんすることではなく、市井《しせい》のゴシップに類するものであった。席をはずそうとするフレデリカを制すると、彼はわざとらしく声をひそめた。

「シェーンコップ中将の隠し子がこの艦隊にいることをご存じですか」

アッテンボローはヤン夫妻の顔を直視して満足の表情を浮かべた。〝奇蹟《ミラクル》のヤン〟を呆然とさせるのは、そう容易なことではない。壮大でもなく建設的でもない、また高次元でもない話でも、とにかく彼はヤンをおどろかせたのである。

アッテンボローは本質的に平和の退屈さより争乱の活気を好む青年ではあったが、秘密をもらすべき範囲にかんしては彼なりにわきまえていた。当のシェーンコップにすら彼はその事実を告げていない。

彼は〝不正規隊《ザ・イレギュラーズ》〟全員のリストを確認していたとき、カーテローゼ・フォン・クロイツェルという姓名のところで記憶の足をつまずかせたのである。それがシェーンコップ自身から聞かされた、住所不明の彼の娘であることに気づくまで多少の時間を必要とした。

「それでこっそりシェーンコップ中将の令嬢のご尊顔《そんがん》を拝しに、さきほどパイロット連中の休憩室へ行ってみたのですがね」

「で、どうだった」

ヤンの声から好奇心がこぼれそうである。

「年齢は一五、六でしょう。けっこう美人でしたよ。しかもさらに向上の可能性があるとみました。ただ、いささか気が強そうですな」

「独身主義を返上なさるおつもりですか、アッテンボロー提督?」

フレデリカに問われたアッテンボローは一瞬、考えこんだ。なかば以上は本気であるようにヤン夫妻には見えたが、けっきょく、もつれた毛糸のような鉄灰色の頭は横にふられた。

「まあやめておきましょう。シェーンコップ中将をお義父《とう》さんと呼ぶのは、どうもあまり楽しい未来の夢に結びつきませんから」

大いに納得してヤンがうなずくと、アッテンボローはにやりと笑ってみせた。

「それより、年齢からいえばユリアンといい均衡《つりあい》だと思いますがね」

「だめだよ、あれにはシャルロット・フィリスがいる」

ヤンもアッテンボローも、ヤンの被保護者ユリアン・ミンツとカーテローゼとがこの六月にすでに面識があることを知らず、勝手なことを言う。

「……しかし、もしキャゼルヌの娘とシェーンコップの娘がユリアンをとりあってあらそうということになると観物《みもの》だな。不肖の父親どうし、どうはりあうやら」

無責任に夫が興じる姿を、ややあきれたように見やったフレデリカが、さりげなく水面に一石を投じた。

「そうね、どちらが勝っても、ヤン家にはすてきな親戚ができることになりますわね」

それを聞いたヤンが深刻に考えこんでしまったので、フレデリカとアッテンボローは笑いをこらえるのに苦労した。

「それにしても、ユリアンの奴、地球へでかけて何カ月になりますか……無事息災でいるのでしょうな」

「あたりまえだ、無事でいるさ」

やや強い口調になるヤンだった。

この年、ヤンは三二歳だが、すでに五年間をヤンの被保護者としてすごしたユリアン・ミンツは、一七歳で中尉の階級をえていた。保護者より四年はやく、実績があるとはいえ、やはり異数の出世であった。

「二〇歳で佐官、二五歳で提督閣下ということになるかもしれないな。お前さんより足が速い」

キャゼルヌが予想をたてると、

「そううまくいくものですか、おだててはいけませんよ、増長しますからね」

ヤンはしかつめらしい口調で答えるのだが、表情が声を裏ぎるのだった。

ユリアンを軍人にする意向はヤンにはなかったのだが、ユリアン自身の志望をいれて、公私にわたる軍人教育を少年にほどこした。戦略と戦術はヤン自身が教え、白兵戦技はシェーンコップが担当し、空戦技術はオリビエ・ポプランが指導した。デスクワークの重要性についてはフレデリカとキャゼルヌがコーチ役をつとめた。ヤンにしてみれば、少年の資質がいずれの方面にむいているか、最初に確認するつもりであったのだ。一流の教師陣から精神的重圧をこうむってユリアンが軍人志望を断念するよう計算したのだ、という観察もあるが、これはうがちすぎというものであろう。

ところが、ユリアンはゆたかな天与の才にめぐまれて、どの方面も充分に能力を発揮した。

教師たちは満足したが、同時に、いささかの危惧をおぼえもしたのだった。

オリビエ・ポプランが亜麻色の髪の少年にお説教したことがある。

「ユリアン、お前さんはなんでもよくできるがな、注意しろよ、戦略戦術はヤン・ウェンリーにおよばず、白兵戦技はワルター・フォン・シェーンコップにおよばず、空戦技術はオリビエ・ポプランにおよばず、なんてことになったら、器用貧乏という言葉の生きた見本になってしまうからな」

彼の言いようは、おおむねヤンの心情を代弁するものではあったが、もっともらしく説教したあとで、よけいな一言をつけくわえるのが、ポプランのポプランたるゆえんであろう。

「だからな、ユリアン、せめて色事ぐらいはおれをうわまわるよう努力しろや」

もっとも、アレックス・キャゼルヌなどに言わせると、ポプランの説教やヤンの心配などには説得力がすくない。戦略戦術はポプランをしのぎ、白兵戦技はヤンをしのぎ、空戦技術はシェーンコップをしのぐ、となれば、三人が三人ともユリアンにえらそうなことを言う資格がないではないか、ということになる。

だが、口にだしてどう評価をくだそうと、彼らはみなユリアンに好意をいだいており、彼の無事と大成をのぞんでいた。

ヤンが行動しない理由のひとつは、ユリアンが地球から貴重な情報をたずさえてヤンのもとへ帰ってくる日を待っていたからでもある。彼には主たる責任のないことだが、ユリアンの帰るべき家をまもりえず、ハイネセンを脱出するはめになったことを、ヤンは負債のように思っていたのだ。

Ⅲ

ヤン・ウェンリーとその部下たちが脱出したあと、自由惑星同盟《フリー・プラネッツ》の首都ハイネセンは、乾ききった沼地に迷いこんだ草食性恐竜のように無残なのたうちようをみせていた。

ヤンの脱出行に際して、彼の部下たちと、同盟政府軍と、故ヘルムート・レンネンカンプ弁務官麾下の帝国軍と、三者のあいだに銃火の応酬があり、それは市民の当然知るところとなった。その日以来、ハイネセンの大気と大地は無音と無形のうちにひび割れをつづけていた。

この時期になっても、自由惑星同盟最高評議会議長ジョアン・レベロは、急激に解体しつつある国家の輪郭と求心力をまもるために活動をつづけている。とはいえ、ほとんど実効はあがっていなかった。

レンネンカンプ弁務官の不本意な死と、ヤン元帥のやはり不本意な脱出行を、レベロは市民に秘匿していた。同盟政府の名誉と安全をまもるためにそれが必要と信じたからである。首都内部で展開された市街戦は、〝論評に値せぬ事故〟として処理されたが、それは市民の不安と不信を増幅させる結果を生じただけであった。

後世の歴史家は言う。

「ジョアン・レベロの、国家にたいする忠誠心と責任感は、疑問の余地なきものであった。ただ、世の中には、むだな努力、無益な献身というものも存在するのである。同盟最高評議会議長ジョアン・レベロのやっていたことが、まさしくそれであった……」

「もともと、ジョアン・レベロの不幸は、ヨブ・トリューニヒトの不名誉な逃亡ののち、元首の座についたことにはじまる。彼が在野の人であれば、ヤン・ウェンリー謀殺未遂という恥ずべき事件にかかわることもなく、ヤンの企図した文民《シビリアン》革命政権の主座に位置しえたかもしれない。だが、すべての可能性は彼に背をむけたのである……」

もともとレベロは肥満した人ではなかったが、連日の苦悩と過労は彼の肉体を貪欲に食いあさり、彼はとげとげしいまでに痩せほそった。皮膚からはつやが失われ、両眼だけが毛細血管の赤さを浮きあがらせている。

みかねた文官房長や秘書官が休養をすすめたが、レベロは返答もせず執務室に根をはやし、私的な交友関係もたちきり、自分の影だけを友として公務にしがみついていた。

「こいつは長いことはないな」

不謹慎だが深刻な予測を彼らはささやきあった。主語があえて省略されていたが、それは個人名であったか、それとも国家名であったろうか。

先代の最高評議会議長であったヨブ・トリューニヒトは、反対派からは〝巧言令色の徒〟として徹底的に嫌われたが、支持者や浮動層の情緒を操作する点においては名人であった。彼の容姿や弁舌が衆にすぐれていたのもその一因であったが、国防委員長から議長への昇格をはたしたとき、彼は就任の式典に一〇代の少年少女を四人、招待したのである。

ひとりは帝国から家族ともども亡命してきた少年で、脱出のとき両親を殺され、その後、苦学して首席で士官学校に入学したクリストフ・ディッケル。ひとりは大学に合格しながら従軍看護婦に志願し、戦場で三人の兵士の生命を救った少女。ひとりは傷病兵を救済する募金活動のリーダーになった少女。ひとりは麻薬中毒からたちなおって父親の農場で働き、乳牛のコンクールと弁論大会でともに一位をしめた少年であった。

トリューニヒトはこの四人を〝若き共和国民〟として紹介し、壇上にあげてひとりひとりと握手して、彼の考案になる〝青少年栄誉賞〟のメダルをあたえた。そのあとの演説は、羞恥心や客観性とはまったく無縁のものであった。それは美辞麗句の洪水であり、無限につづく自画自賛の滝であった。その飛沫《ひまつ》をあびた者は、一瞬ごとに拡大する陶酔の波紋にまきこまれた。参列者全員が、民主主義と自由をまもって帝国と戦う聖なる戦士だった。幻想のエネルギーが彼らの血管をみたした。

トリューニヒトが四人の少年少女と肩をくんで、「おお、我ら自由の民」と同盟国歌を合唱するにおよび、場内の興奮と感動は活火山となって爆発した。参列者は人体の波となって立ちあがり、同盟とトリューニヒト議長に歓呼の豪雨をあびせかけたのである。

式典の参列者のなかには、むろんトリューニヒトへの批判派、反対派もおり、彼らは演出のあざとさをにがにがしく思ったものの、拍手しないわけにはいかなかった。けっきょく、トリューニヒトの敵手たることが国家の敵と同一視される、その危険を彼らはさけたのである。

超光速通信《FTL》の画像でこの光景を見て、

「なるほど、あの四人はそれぞれにりっぱさ。だけど、あの四人のやったことと、トリューニヒト氏の政策や識見とのあいだに、どういう関係があるんだ?」

そう疑問を投げかけたのは、当時イゼルローン要塞司令官であったヤン・ウェンリー提督だが、首都から四〇〇〇光年も離れた場所にいたので、その声は有力者たちの耳にとどかなかった。ヤンは、同盟にとって最大の敵はラインハルト・フォン・ローエングラムではなく、自分たちの元首であると思っていたのだ。

「私はあいつのシェークスピア劇ふうの演説を聞くと、心にジンマシンができるんだよ」

「残念ですね。身体にジンマシンができるなら有給休暇がとれるのに」

ヤン・ウェンリーの、つねによき話相手だったユリアンはシロン葉の紅茶に注意深く蜂蜜をそそぎながら、そう応じたものであった。

……そのヨブ・トリューニヒトは、身の安全と私有財産とを保障され、銀河帝国の首都オーディンで自適の生活にはいっていると伝えられている。人々は彼の変節を非難したが、いっぽうで、善悪はともかくトリューニヒトが政府をささえる柱であったことをひそかに認めずにいられなかった。たとえ虚偽のものではあっても、トリューニヒトは人心をまとめ、鼓舞することができたのに、レベロの努力は無精卵をあたためる行為に似て、人々を失望させるだけだった。

ヤン・ウェンリー脱出の事実を知る少数の者も、それを知らない多数の者も、自由惑星同盟《フリー・プラネッツ》という木造家屋の土台が腐蝕し、臭気を放つことを認識せざるをえなかった。ただひとりレベロだけが、鼻をつまんで、かたむいた家のなかで働きつづけていた。

彼の責任感と使命感は、正《プラス》の方向にばかりは作用しなかった。彼は半ダースの肩でもささえきれないほど多くの責務を自分ひとりでかかえこみ、自分ひとりで解決しようとするようにみえた。友人のホワン・ルイも、多忙を理由に面会をことわられると、肩をすくめて、再訪しようとはしなかった。友人が、もともとぼしい精神的余裕を消費しつくして見えざるシェルターの扉をとざしてしまったと判断せざるをえなかったのである。

この間、帝国はなお沈黙をまもっていたが、これはいわば噴火の時機を待つ休火山にすぎず、ひとたび活動を開始すれば煮えたぎった熔岩で全宇宙をのみこむであろう。どのようなかたちでいつ噴火が開始されるのか、想像もつかぬまま、人々は心のなかですでに厚い噴煙をあおいでいた。

ヤン・ウェンリー一党は、星々の波濤《はとう》の奥へ姿を消し、深海魚のように潜航をつづけている。

むろん捜索の触手は八方にのばされてはいるのだが、レンネンカンプ弁務官の横死も、ヤン元帥の出奔《しゅっぽん》も、そしてむろんヤンの身体を無重力世界へ放りあげる原因となった帝国弁務官府の命令と同盟政府の謀議も極秘とされていたから、捜索指令が徹底することもなかった。

一度など、ヤンの〝不正規隊《ザ・イレギュラーズ》〟を巡視中の同盟軍艦艇が発見したのだが、同盟軍に知らぬ人とてないヤン元帥が通信スクリーンに姿をみせて、

「政府よりの特命をおびて極秘に活動中なんだ」

などと言うと、むしろ感動して敬礼とともに見送ってしまったものである。軍部の権威主義と政府の秘密主義とが完全に逆用されてしまったわけであるが、〝事実が判明していれば、ヤンをとらえるどころか、彼らに合流してしまっただろうさ〟というのが、複数の高官たちには共通の認識となっていた。前線の将兵にせよ、後方の市民にせよ、人望ないし人気がヤン・ウェンリーのほうに多いことは、自嘲するまでもなく明白な事実であった。

友人に忠告することもできなくなったホワン・ルイは毎日、書斎の窓から歴史の奔流の一部をながめていた。

自由惑星同盟《フリー・プラネッツ》の破滅は、もはや回避しうるところではない。どうせ破滅するものであれば、ヤン・ウェンリーを逮捕せよとのレンネンカンプ弁務官の要求を拒否し、民主主義国家の存立する意義をあきらかにするべきであった。法によらずして、なにびとも逮捕されることはないこと。個人の正当な権利と尊厳は、一時的な国益に優先するものであること。それでこそ同盟

の存在意義が歴史に銘記されるであろう。

……だが、すでにおそい。

友人たるレベロが、〝柄《がら》でもない〟権道《けんどう》に身をゆだねて失敗したことは、ホワン・ルイにとっても痛恨事であった。本来レベロは、かたくるしいほど真摯で理想を追求する男だった。本来の自己をつらぬき、それに殉じることがすでに不可能となった友人の姿は、ほとんどホワン・ルイの視界から消えかけていた。波の下までもホワン・ルイは透視することはできないのだった。

Ⅳ

自由惑星同盟宇宙艦隊は、司令長官アレクサンドル・ビュコック元帥の退役後、最高指揮官が不在であった。総参謀長チュン・ウー・チェン大将が現職のまま司令長官代理をつとめているが、〝パン屋の二代目がスクラップ屋に転職した〟というのが、もっぱらの評判である。事実、就任してこのかた、彼がやったことは、バーラトの和約にもとづいて戦艦や宇宙母艦の廃棄を実行しただけであった。しかも正確には、書類のうえでそれをおこなっただけで、統計の数字が信用に値するものであるか否か、当人すら論評をさけている。

「代理の字をとるのは、ヤン・ウェンリーがわが軍に復帰したときにしましょう。彼以外に司令長官をつとめうる者はいません」

正式に彼を司令長官に任じようとするレベロに、チュン・ウー・チェンはそう言って謝絶した。

「レンネンカンプ弁務官を拉致し、帝国と同盟との亀裂を決定的なものにした彼だ。いまさら帰参するはずがあるまい」

「お言葉ですが、もしヤン・ウェンリーが個人的な復讐心にかられ、皇帝《カイザー》ラインハルトの陣営に身を投じたらどう対処しますか。関係修復の道を、こちらから閉ざす必要はない。いつでも彼が帰参できるように環境をととのえておくべきです」

それ以上のことを彼は語らなかったが、ヤンが帰参したときすこしでも多くの有効な戦力を指揮統率しえるように、さまざまな策をほどこしていたのである。

「ヤン・ウェンリーと戦えとおっしゃるなら、私は戦います。勝算などありませんけどね。だいいち、兵士たちがあの常勝提督と戦うことを欲するとお思いですか。兵器をもったまま彼の陣営へ走りこむのがおちですよ」

その内容は、ほとんど脅迫にちかいものなのだが、チュン・ウー・チェンの表情も口調ものんびりしたものだったので、レベロは気づかなかった。彼の精神回路は過負荷状態にあり、他人の言動を意識野に投影する機能に破綻が生じはじめていた。

この人はほどなく灼《や》き切れるな――チュン・ウー・チェンはそう観察し、あるいはそのほうがこの不幸な元首にとっては幸福かもしれないと思った。じつのところ、現在、レベロに遠慮なく直言や皮肉を投げかける人間は、この男ひとりなのであったが、さすがにその観察を言語化することはなかった。

「政府は事実を国民に報告せよ」

というジャーナリズムの声は高さと激しさをましつつ政府を包囲している。帝国を非難すれば報復を覚悟しなくてはならないが、同盟政府を批判するかぎりにおいては、いまだペンは強くあるらしかった。

帝国高等弁務官府にしても、事件を公表して同盟政府の統治能力の欠如を暴露してやりたいところなのだが、レンネンカンプ高等弁務官の拉致という事実が知られれば、帝国政府の権威にすくなからず傷がつくであろう。さらには、同盟市民の反帝国感情に方向性をあたえ、ヤン・ウェンリーを帝国にたいする抵抗運動の英雄として象徴化してしまう結果に終わりかねない。各種の条件が、彼らに沈黙をまもらせたが、それも帝国政府の指示がもたらされるまでであった。レンネンカンプの補佐官であったフンメルは、ある種の夜行動物のように弁務官府の闇にうずくまり、爪と犬歯をとぐのにいそがしかった。

「私が質問したいのは、たったふたつだけである。ひとつ、レンネンカンプ高等弁務官はどこにいるのか。ふたつ、退役したヤン・ウェンリー元帥はどこにいるのか。ただそれを知りたいだけなのだ。政府はなぜ答えてくれないのか」

あるジャーナリストは政府につめよったが、ただそれだけのことに政府は答弁しえなかった。

〝当事者の沈黙は流言の母〟ということわざが、かくて実証されるにいたる。

「……ヤン元帥は、レンネンカンプ弁務官によって拉致され、帝国直轄領となった惑星ウルヴァシーの収容所に幽閉されている」

「……いや、ヤン提督は、同盟政府の手で某高原の山荘にかくまわれている。近所の牧場主がヤン夫妻を目撃した。元帥は夫人の肩に手をまわし、うつむきかげんに庭を散歩していたそうだ」

「……正確な情報によれば、ヤン元帥とレンネンカンプ弁務官はたがいを撃って重傷をおい、軍病院に入院している」

「……どれもでたらめだ。ヤン元帥はすでにこの世にいない。皇帝《カイザー》の部下に暗殺された」

これらの流言のうち、ほとんどは事実の表皮の一部にすら触れていなかったが、もっとも人気をえたのは、ヤンの名声と才能を最大限にかいかぶったものであった。いわく、ヤン元帥は民主共和政永続のために千年の計をねり、ゆかりのエル・ファシルをその根拠地にえらんだのだ。一連の事態は、すべてヤン元帥の掌のうえにある。遠からず元帥はエル・ファシルに不敗の勇姿をあらわし、革命政権首班の座につき、全宇宙に挙兵を宣言するであろう……！

「吾々《われわれ》は孤立してはいない。かならず吾々に呼応して、真正の民主共和政治を全宇宙に布《し》くだろう。最大の民主政擁護者たるヤン元帥の来訪を、吾々は心から歓迎する」

あとにつづく者がなく、孤立感を深めていたエル・ファシル独立政府のスポークスマンはそう語ったが、むろん反論を呼んだ。

「エル・ファシル自治政府の行為と発言は、同盟全体の利益をそこない、共和政体の存立をおびやかす重大な背信である。独善をすて、国父アーレ・ハイネセンの理想のもとへ立ち帰るよう望むものである」

レベロ自身がそう語ったのだが、ヤン・ウェンリーの生死あるいは所在については無言のままだったので、迫力にかけるのはいかんともしがたいところだった……。

チュン・ウー・チェンが提示した可能性、ヤンと皇帝《カイザー》ラインハルトの結合という図式は、極度に狭窄化《きょうさくか》したレベロの視野にも、赤い信号灯を点じたようであった。

「吾々がヤンを追いつめすぎると、逃げ場のないヤン・ウェンリーが、皇帝《カイザー》ラインハルトと手をむすび、その麾下にはいるとでもいうのか」

まさにチュン・ウー・チェンはそう指摘しているのである。それ以外に解釈のしようはないのだ。

「彼が望まぬとしても、ほかに生存の方策がなければ、唯一の選択をしいられることもありましょう。彼を追いつめてはいけません」

「だが、いくら追いつめられたといっても、民主共和政治の水を飲んで育ったヤンが専制君主に隷属《れいぞく》してしまうとは思えない」

「お忘れなく、閣下。ルドルフ・フォン・ゴールデンバウムは民主共和国家の指導者として出発し、中世的専制国家の支配者として終わりましたよ」

「ではそれ以前にヤン・ウェンリーを処断しなくてはならないだろうか」

「蛇は卵のうちに殺せ、というわけですか。ですが、ヤン元帥と戦うにしても、将兵が必要です。それがまことに難問でして」

ヤンは帝国にとって最大の敵手である。アスターテ、アムリッツァ、イゼルローン回廊、バーミリオンの各会戦がそれを証明している。同盟軍の兵士たちにとって、ヤンを討つなど帝国を利することとしか思えないだろう。

「ヤンと戦うことが、帝国の走狗《そうく》に堕することを意味するとは、私は思わないが」

「議長、私が問題にしているのは兵士たちの心情です、あなたの見解ではありません」

無礼な台詞を礼儀ただしい口調で言ってのけると、チュン・ウー・チェン大将は懊悩《おうのう》する元首の前から退出した。彼にはほかにやるべきことがあり、深刻だが不毛な対話に時をついやしていられなかったのである。

際限のない懊悩のメリー・ゴー・ラウンドからレベロを突き落としたのは、豪奢な黄金の髪の若者であった。この年一一月一〇日、銀河帝国皇帝ラインハルト・フォン・ローエングラムは、全宇宙の超光速通信《FTL》画面に、新軍旗を背にしてあらわれたのである。

「同盟市民に告ぐ。卿《けい》らの政府が卿らの支持に値するものであるかどうか、再考すべきときがきた」

そう前置きしてはじめられた皇帝《カイザー》ラインハルトの演説は、同盟の政府と市民とを驚愕させるものであった。

帝国高等弁務官ヘルムート・レンネンカンプ上級大将の自殺。同盟軍退役元帥ヤン・ウェンリーの首都脱出。それらの結果を生じせしめる苗床となった弁務官府の強要と同盟政府の策謀。人々が欲してもえられなかった情報のすべてが、このときあたえられたのである。

「……予はみずからの不明と帝国政府の不見識を認める。これらは非難に値するものであり、有為の人材を失い、世の平穏を破ったことに断腸の念を禁じえない。だが、同時に……」

衝撃に立ちすくむ人々の視線のさきで、金髪の若い覇王は、復讐神の黄金像さながらにみえた。蒼氷色《アイス・ブルー》の瞳は熾烈《しれつ》な光をはなち、人々の網膜をやいた。

「だが同時に、予は、同盟政府の無能と不実を看過することはできぬ。故レンネンカンプ高等弁務官がヤン元帥の逮捕を要求したことは不当であった。同盟政府はその不当なることを予にうったえ、同盟にとって最大の功労者たるヤン元帥の正当な権利を擁護すべきであったのに、強者にこびてみずからの法をすらおかしたのだ。しかもその策動が失敗すると、報復をまぬがれるために、高等弁務官の身柄をさしだすとは！」

数千光年の彼方から弾劾されたレベロは、秘書官たちにかこまれ、最高評議会ビルの地下室に青白い身体をうずくまらせていた。

「一時の利益のためには国家の功労者も売る。直後にはひるがえって、予の代理者を売る。共和政体の矜持とその存在意義はどこへいったか。もはや現時点においての不正義は、このような政体の存続を認めることにある。バーラトの和約の精神はすでに瀆《けが》された。これをただすには実力をもってするしかない」

和約の破棄と再宣戦である。有人惑星のすべての大気は、慄然《りつぜん》たる沈黙にみたされた。その沈黙をつらぬいて、やや語調を変えた皇帝の声が人々の鼓膜に浸透していった。

「ヤン元帥に、事態の責任がまったくないわけではないが、彼は被害者であり、自己の権利をまもっただけである。ヤン元帥が予のもとに出頭するなら、予は彼と彼の一党を厚く遇するであろう」


ラインハルトの投じた言論の核弾頭によって、同盟政府の威信は致命傷をこうむった。幼児の目にすら、それは明白であったろう。

「こうすればこの結果を生むとはわかりきっていた。しかも、こうする以外になかった。最悪の結果であっても、結果がでないよりましだ」

同盟政府の高官のなかには、むしろ重責から解放された表情で、そう独語した者もいる。巨大で圧倒的な他者がつくってくれた設計図のなかで、堅実に生きることを、その発言者はのぞんだのであろう。純白のキャンバスをあたえられ、喜んで画筆をとる者のほうが、むしろすくないのだ。

誰かに命令され、誰かに従属して生きるほうが楽なのだ。それこそが、専制政治を、全体主義を人々がうけいれる精神的な土壌なのだった。五〇〇年前に、銀河連邦《USG》の市民たちは多数の自由意思によってルドルフ・フォン・ゴールデンバウムの支配をえらんだのである。

いずれにしても、重責をなおまぬがれえぬ人々が存在している。いまや誰も望まぬ最高評議会議長の座に孤立するジョアン・レベロと、精神のうえからも装備のうえからも空洞化した軍隊をひきいて帝国の再侵攻をむかえうつ軍首脳部とがそれであった。

V

老病を理由に退役し、再三にわたる復帰の要請をこばみつづけてきたアレクサンドル・ビュコック元帥が宇宙艦隊司令部をおとずれたのは、皇帝《カイザー》ラインハルトの再宣戦が宇宙全体を突きとばして転倒させた、その翌々日であった。

老元帥の退役当時、副官をつとめていたスーン・スール少佐が黒ベレーを頭から飛ばして司令部の玄関に駆けつけ、敬愛する老将の歩行をたすけた。まったく当然のごとく、彼はビュコックを司令長官室に案内し、長官代理のチュン・ウー・チェンが不在であったのでデスクにすわらせようとした。長官代理がいたら、追いはらって老将の座を確保したかもしれない。ビュコックは笑って手をふり、客用のソファーに老いた身体を沈めた。

「軍服を着用してここへいらしたということは、現役に復帰して帝国軍と戦っていただけるのですか、閣下。また吾々を指揮していただけるのですか」

少佐の質問はほとんど願望にちかかったが、淡々としてビュコックはうなずいた。

「わしはヤン提督とちがって、五〇年以上も同盟政府から給料をもらってきた。いまさら知らぬ顔を決めこむわけにもいかんでな」

血の熱い青年士官は、眼球周辺の温度と湿度が急上昇するのを自覚した。あらためて敬礼すると、彼はふるえる声を発した。

「閣下、私もおともします」

「貴官は何歳だ?」

「は? 二七歳ですが……」

「ふむ、残念だな。三〇歳以下の未成年は、今回、同行することはできんよ。これはおとなだけの宴会なのでな」

「そんな、閣下!」

老提督の真意をさとって、スール少佐は絶句した。ビュコックは、若い前途のある彼を道づれにする気がないのだった。老提督は、不意に年齢を超越した悪童のような笑顔をつくった。

「いいかね、スール少佐、貴官には重要な任務をあたえる。おろそかに考えてはいかんよ」

緊張の見えざる鎖で全身をしばりあげられたスール少佐に、ビュコック老提督は一語一語を明確に発音してみせた。

「ヤン・ウェンリー提督のもとへおもむけ、そして伝えてくれ。司令長官の仇《かたき》を討とうなどと考えてはいかん、貴官には貴官にしかなしえぬ課題があるはずだ、とな」

「閣下……」

「いや、こんな伝言を託してもむだになるかもしれんがな。わしとしては五〇も年下のひよっこに二度も負けるとは思えんしな。あくまでも、万が一、不覚をとった場合のことだ」

身体はやや不自由になり、年齢に比してひきしまっていた肉も落ちて、ビュコックの外見には老いの影が灰色のもやをただよわせていたが、眼光にも声にも壮者を圧する活力があった。あえて大言壮語してみせるのも、青年にたいする気負いからではなく、いたわりの念からであった。自分が命令にしたがうべきであることを、理性以外のものによって少佐はさとった。

司令長官室のドアがひらき、〝パン屋の二代目〟が姿をあらわした。すでに報告をうけていたのであろうが、おどろきの色もなく老元帥を見やり、おだやかな笑顔とともに敬礼する。

「お帰りなさい、閣下」

あれほどみごとなあいさつを見たことがない、とのちのちまでスール少佐は語ったものだった。

「三〇歳以下の者はつれていかないとおっしゃったそうですね。私は三八歳です、同行させていただく資格があると思いますが……」

開きかけた口を閉ざして、ビュコック元帥は白髪の頭をふった。スール少佐の場合と反対に、彼のほうが説得の無益をさとったからである。

「貴官もこまった人だ。ヤン提督にはいくらでも人材が必要だろうに」

「あまり先輩面《づら》が多いと、若い者はもてあましますよ。ヤン提督にはキャゼルヌひとりで充分でしょう」

老元帥はうなずき、壁ごしの彼方へ遠い視線を送った。

「……皇帝《カイザー》ラインハルトは、貴官やわしを戦争犯罪人として処断しなかった。個人的には恩義すらあるが、あえてそれに背《そむ》こう。こんなだらしない国に、若い者はこだわる必要もないが、わしはもう充分生きた」

肉の落ちた頬をひとなでして、老元帥は立ちつくすスール少佐に笑いかけた。

「ああ、そうだ、スール少佐、わしの家の地下室に黄色い木箱があってな、ブランデーの逸品が二本はいっている。一本をヤン提督へのみやげにもっていってくれんか」

ラインハルトの発した華麗な雷鳴は、真空の宇宙の隅にまでとどいた。ヤン・ウェンリーは

〝不正規隊《ザ・イレギュラーズ》〟の臨時旗艦、不沈を誇る戦艦ユリシーズの一室でそれを聞いた。

若い美貌の皇帝と、その背後にひろがる真紅の軍旗の意匠がヤンの脳裏でかさなって拡大する。黄金の獅子《ゴールデン・ルーヴェ》か！　あの若者以外の誰にもふさわしくない華麗な旗というべきだった。

「ヤン元帥を厚く遇する」

という皇帝の発言は、誰よりもヤンの心理に深刻な影をもたらした。表面にだしては、

「契約金をくれないのかな」

などというできの悪い冗談で幕僚たちに白い眼をむけられたにとどまる。しかし、〝不正規隊《ザ・イレギュラーズ》〟の幕僚たちだからこそ、冗談を冗談として受容してくれるのであって、同盟政府からみれば、自分たち自身の行為にたいするうしろめたさもあり、ヤンの発言を、帝国に寝がえった証拠とみなしたにちがいない。

これまでもヤンにジレンマがなかったわけではない。彼の不当逮捕、謀殺未遂からハイネセン脱出にいたる経緯をあきらかにすれば、同盟政府が法の尊厳をおかしたことが暴露され、民主共和政治の公正さにたいする信頼をそこねることになる。「私はなんのために戦ってきたのか」と言ってしまえば、彼自身の過去を否定するだけでなく、共和政のために闘ってきた無数の人々の尊厳を傷つけることになってしまうのだ。

まことに甘いと自覚はしているのだが、ヤンはいまだ同盟政府に期待していたのだ。政府がみずからの非を認め、謝罪し、彼の帰還をもとめてくることを。

本来なら期待してよいはずだった。国家と権力機構の無謬《むびゅう》性を否定するところから、民主政治は出発したのではなかったか。みずからの非を非とする自省と自浄の意欲こそが、民主政治の長所ではないのだろうか。

しかし、同盟政府は不毛の沈黙をつづけ、あげくにもっともドラスティックなかたちで帝国の先制を許してしまった。なにしろ帝国が公表したのは〝事実〟なのであるから、同盟としてはそれにまさる真実性をもつ虚構によって対抗するしかない。そしてそんなものが存在しないからこそ沈黙をつづけてきたのである。

ヤンはもはや同盟政府に復帰する道をたたれた。これまでエル・ファシルの自立宣言に呼応せず、物資を食いつぶすかたちで潜航をつづけてきたが、それも徒労となった。ヤンを厚遇するという皇帝《カイザー》ラインハルトの宣告はいつわりではあるまい。バーミリオン星域会戦のあとにもラインハルトは彼に帝国軍への参加をすすめたのだ。本心を訴えることで最大限の政治的効果をあげ、同盟政府とヤンの関係を完全にたつ。金髪の若者が非凡なるゆえんである。舌をまかざるをえない。

専制政治、とくに〝慈悲ぶかく効率的な〟善政を否定しながら、ラインハルト・フォン・ローエングラム個人を憎悪しえないのは、ヤンの理性が偏狭であるためか、感性が無原則であるためか、ヤン自身にも判断しがたいところであった。いずれにしても、ヤンは帝国と同盟との対立抗争に乗じて第三勢力をきずく以外の選択肢をうばわれてしまったのである。

第三勢力？　ヤンは肩をすくめるしかない。そのような呼称は、第二勢力たる自由惑星同盟《フリー・プラネッツ》が健在であればこそのものである。同盟の瓦解は目前にせまっている。

「イゼルローンに帰るか……」

ヤンのつぶやきが、フレデリカの耳にほとんど郷愁にちかい潮騒《しおさい》をもたらした。わずか一年たらず離れていただけなのに、あの無機的な銀色の人工球体は、なんというなつかしさをもって心にせまるのだろう。あれこそヤン〝不正規隊《ザ・イレギュラーズ》〟の、ヤン艦隊の故郷だった。

「そしてエル・ファシルをおさえて回廊への出入口を確保する。アッテンボローの案にのってみようか」

エル・ファシルはたかだか辺境の一星域にすぎないが、ヤン・ウェンリー一党の補給基地としての機能ていどは無理なくはたしうるであろう。それに、ユリアンの件がある。少年が地球から帰ってきたとき、彼を迎える家が必要になるはずで、そこはイゼルローンとエル・ファシルをむすぶ〝解放回廊〟以外に考えられなかった。

ヤンの黒い瞳に、生色がみなぎりはじめた。彼の身体の奥にひそむ、歴史家以外の要素が蠢動をはじめたのだ。彼の脳裏で封印の氷がわれ、勢いよく思考の水流がほとばしりだしている。

「皇帝《カイザー》ラインハルトはおそらくルッツ提督にイゼルローン要塞から出撃するよう命令するだろう。神々の黄昏《ラグナロック》作戦の再現というわけだ。そこに乗じる機会が生まれる……」

ヤンの熱っぽいつぶやきを、フレデリカは全身で聞いていた。

第三章「神々の黄昏《ラグナロック》」ふたたび

Ⅰ

ラインハルト・フォン・ローエングラムが至尊《しそん》の冠をみずからの頭上にいただいてから、惑星フェザーンに大本営をうつし、さらに自由惑星同盟領《フリー・プラネッツ》への再遠征を開始するまでの期間は五カ月にみたない。他者はその行動の迅速さに目をみはるが、金髪の若い覇者は、その間の自分が進歩より安定をのぞみ、みずから歴史をうごかすより歴史の走路《ベルトウエイ》にすわりこんではこばれるにまかせる安易さにおちいっていたように思えて、ひとり赤面する思いだった。

ビッテンフェルト上級大将の過激なまでの熱弁が皇帝をうごかした、と、他者はみるであろうが、ラインハルト自身にすれば、引き裂かれた午睡のカーテンのむこうに、たまたまかの猛将が立っていただけのことであった。むろん、ビッテンフェルトの主張はラインハルトの本来の気質と戦略思想の双方に合致するものであったから、彼は、〝黒色槍騎兵《シユワルツ・ランツエンレイター》〟の指揮官にたいする評価を高めてはいる。

即位直後から数カ月にわたる新皇帝のバイオリズムの低下を指摘する歴史家もおり、事実、ラインハルトは再三にわたって体調の不安定、食欲不振、発熱を経験した。即位前の彼と比較してやや消極的な傾向が散見されたことは否定しえない。だが、たとえバイオリズムの低下が事実であったとしても、ラインハルトの覇気と才幹はゆたかな鉱脈を誇っていた。ワーレン提督を派遣して地球教の本拠を討伐せしめ、五世紀にわたって銀河帝国の中枢であった惑星オーディンからフェザーンへと大本営をうつした。その間に、制度や組織の整備、人材の登用、法律の改廃などが連日のようにおこなわれ、統治者としてラインハルトはけっして無為ではなかったのである。

にもかかわらず、ほかの誰よりもラインハルト自身が、一四一日におよぶ小休止の期間を無為のものと感じていた。かつて、彼の無二の盟友であった故ジークフリード・キルヒアイスが評したことがある。「ラインハルトさまの足は大地を歩むためでなく空を翔けるためのものです」と。そして、おそらく建設と整備とは大地を歩む行為なのだ。それを軽視するつもりはけっしてない。だが、大艦隊を指揮して、宇宙空間で敵軍と相撃つとき、彼の生命の根源は、深い充足感と灼熱した昂揚感にみたされる。否定しようのない、それは事実であった。

彼の敵手であるヤン・ウェンリーと微妙にことなった意味で、ラインハルトの白皙の皮膚の下には多くの矛盾が内蔵されていた。彼は戦いつづけ、勝ちつづけてきた。勝つということは敵を減らすことであり、敵が減れば戦いは減るのである。それは究極的に彼の生命力じたいを減殺《げんさい》する結果となるかもしれなかった。

彼本来の気質にそわぬささやかな問題は、つねに宮廷の内外で生じていた。先日も、工部省の一官僚が舌禍《ぜっか》事件をおこしている。彼は帝国首都建設本部にも名をつらね、職務に精励していたが、あるとき酒を飲んで同僚たちと語りあううち、フェザーンの重要性を強調するあまり舌をうごかしすぎたのだった。

「人類社会を有機的に結合させるには、フェザーンを結節点とするべきだ。たとえローエングラム王朝が消えさっても、フェザーンは宇宙の要地として残る」

この発言の最後の部分が、皇帝の神聖をそこない、不敬罪として極刑に値する——と密告した者がいるのだ。若い皇帝は、めんどうくさげな表情で、処断をヒルダの手にゆだねた。ヒルダは前後の事情を確認すると、発言者を軽率であるとして譴責《けんせき》処分をくわえた。密告者にたいしては、いたずらに同僚の過失を故意の罪として騒ぎたて、皇帝の臣僚《しんりょう》を傷つけ、皇帝の寛容と公正をそこなうものであるとして、さらに重く降等の処置をとった。

幾日か経過して、その件をふと思いだしたラインハルトが処断の結果をたずねると、ヒルダは事実をそのまま報告した。若い皇帝は満足そうに黄金の髪を揺らした。

「フロイライン・マリーンドルフは、ものごとの道理をよくわきまえている。密告などを予が喜ぶものと思っている輩《やから》には、よい教訓になったろう。これからもなにかとフロイラインに託すことになりそうだな」

おそれいります、と答えたあと、ヒルダは皇帝にうったえた。最近、急速に宮廷と政府にひろがりつつある、好もしからざる風潮についてである。皇帝にたいする尊敬の念をあらわすのは当然としても、それを道具としていやしいことに使用する傾向があるのだ。

「具体的にどのようなことなのだ、フロイライン・マリーンドルフ?」

「たとえば、同僚たちであいさつをかわしたり乾杯したりするとき、皇帝ばんざい《ジーク・カイザー》ととなえない者が非難され、上司がそれを考課表につける、というようなことです」

「くだらぬことだな」

「おっしゃるとおりです。ゆえに、陛下からそのむねを臣下一同に申しわたしていただきとうございます。他人を非難しおとしいれることで自己の栄達をはかろうとする風潮に、先制の一撃をくわえていただきたいのですけど」

ラインハルトは額にたれかかった金髪のさきを、白い指でかるくもてあそんだ。

「そのようなことまで気にかけるのでは、フロイラインも苦労がたえぬな。だが、悪い芽は早く摘むべきだろう。わかった。今日のうちに布告をだそう」

「お聞きいれてくださって感謝いたします」

戦場で強敵を相手どって武勲をたて、国政の場で懸案を処理するというのでなく、絶対権力者に媚びることで栄達がかなうようになれば、ローエングラム王朝は頽廃への道を直進するであろう。ヒルダの危惧をラインハルトは理解したし、もともと彼は権力者に媚びるような輩がきらいであった。

かつて、ラインハルトに忠告し直言する役は、故人となったジークフリード・キルヒアイスのものであった。現在、剛直なミッターマイヤーや誠実なミュラーらの存在があるが、彼らは皇帝にたいしてまったく遠慮をせずにいられるという立場ではない。自分がその立場にあると考えるのも、ヒルダにしてみればだいそれたことであるのだが、誰かが言わねば、ラインハルトでさえ気づかぬこともあるのだ。

自由惑星同盟《フリー・プラネッツ》に再度の宣戦をおこなった日、超光速通信《FTL》室から執務室へもどったラインハルトは、ヒルダを相手に戦略論のいくつかを展開していた。ミッターマイヤーが、ヒルダの智謀は一個艦隊の武力にまさると評したことを彼は知っているのだった。

「フロイライン・マリーンドルフには今回の出兵にかんしてなにか妙手があるのではないか」

「もし陛下がご希望になるのでしたら、二週間以上を要することなく、これ以上の戦火をまじえることもなく、同盟元首の身柄をここへさしださせますけど」

ラインハルトは蒼氷色《アイス・ブルー》の瞳に興味の光を踊らせた。

「なにをもちいて枝から果実をもぎとるのだ、フロイライン?」

「一片の通信文をもって」

ラインハルトは無作為の優美さで小首をかしげたが、すぐに破顔《はがん》した。

「わかった、ともぐいをさせるのだろう、フロイライン・マリーンドルフ、ちがうか」

「どちらかといえば、それはオーベルシュタイン元帥の領分に属する発案だな。智者はときにおなじ橋をわたるものらしい」

ヒルダは表情を隠すためにまばたきしてラインハルトを観察したが、彼がヒルダの反応を予期してそのような言いかたをしたのか、判別しえないうちに、かさねて質問をうけた。

「それで、その策の長所は？」

「同盟首都ハイネセンに戦火をおよぼさず、非戦闘員をまきこまずにすむこと。同盟崩壊の責任を彼ら自身に帰せしめ、市民の怨《うら》みの方向をそらせること」

「欠点は？」

「すくなくとも短期的に、ヤン・ウェンリー元帥の一党に力をあたえることになりましょう。彼しかたよる者がいないのですから、陛下の敵はことごとく彼の周囲に集まるはずです。それに……」

「それに？」

「この策がおそらく成功したあとで陛下の後味がお悪くなりましょう。正面から同盟軍を撃砕《げきさい》することを、お望みなのでしょうから」

はっきりとラインハルトは笑い声をあげ、クリスタル・ガラスが共鳴するような音で室内の空気を波だてた。

「御意……」

「フロイライン・マリーンドルフは、人の心を映す銀の鏡をもっているようだな」

その感想は、彼が幼いころ、姉アンネローゼから聞かされた童話の記憶にもとづいていたのだが、むろんそこまでは若い皇帝は語らなかった。

「ですけど、わたしたちが策を弄さずとも、崩壊に直面して人心の動揺するところ、かならず、こちらのもとめもしない商品を売りつけにくる者がいるでしょう」

「ありうることだな」

にがにがしくヒルダの予測を肯定したラインハルトは、卓上の鈴をふった。近侍のエミール・ゼッレ少年があらわれると、彼はコーヒーをもってくるよう言いつけた。

崇拝する若い皇帝《カイザー》の前にでると、エミールはいまだに全身を自動人形のようにかたくする。結果としてそれは、忠誠心にあふれた少年にたいするラインハルトの好意を篤《あつ》くすることになった。もしエミールが皇帝の好意に狎《な》れて横柄にふるまうようなことがあれば、ラインハルトの不興をかったにちがいない。

言いつけをうけたまわってエミールが一時退出すると、その動作を見ていたヒルダは微笑をさそわれた。

「とてもいい子ですわね」

「あれがいるもので、予は身辺に不自由せずにすむ。いい医者になるだろう、たとえ技術が完璧でなくとも患者が喜んで生命を託すような……」

ラインハルトの一面の属性である苛烈さ、辛辣さは、このようなとき白皙の皮膚の下に完全に沈みこんでしまい、他面の特質がとってかわっている。「予には弟がいないから」と、ラインハルトは心の一端を表現したことがあった。彼は、つねにある女性にたいして弟の立場にいたが、それを変えてみることに濁りのない喜びをおぼえているようであった。

コーヒーを待ちながら、ヒルダはふと自分自身の立場に思いをいたしたが、彼女に似あわずすぐ思考停止してしまった。彼女は若い偉大な征服者の、忠実で有能な秘書官であった。それ以外に要求すべき立場を彼女はもってはいないのだった。


軍務尚書オーベルシュタイン元帥は、惑星フェザーン防衛司令部の長官たるを命ぜられ、残留することとなっていた。皇帝が留守のあいだ、軍事は軍務尚書、民政は工部尚書が分担するのである。当然の人事ではあるのだが、ミッターマイヤーやロイエンタールが内心〝奴がいなくてせいせいした〟のも事実であった。

オーベルシュタインは無表情に命令を受領し、軍務省が設置されたビルの一室で事務処理をはじめたが、彼の部下フェルナー准将は、この冷徹無情といわれる上官を、なるべく尖端を丸めた言葉の針でつつくことに、スリルを感じている。

「軍務尚書は、再度の出兵に反対なさると思っておりましたが」

「いや、あれでよいのだ」

性急な再出兵が万全の策とはオーベルシュタインは思わないが、同盟政府にしても万全の防衛戦略を準備する時間があたえられないのだから、条件は同等である。重要なことは、つねに状況をつくる立場に身をおき、敵に主導権をあたえないことだ。レンネンカンプは、弁務官としてなんらの功績も残さなかったが、みずからの不幸な死によって自由惑星同盟《フリー・プラネッツ》を危地に追いこむ役割をはたしたのであった。

「それに、皇帝《カイザー》の本領は果断即行にある。座して変化を待つのは、考えてみれば皇帝《カイザー》にふさわしくない」

「おっしゃるとおりですな」

オーベルシュタインの論を肯定はしたものの、彼を見るフェルナーの視線には、意外さの微粒子がちりばめられていた。

Ⅱ

フェザーン回廊を通過して同盟領宙域へ侵入したビッテンフェルト上級大将は、シュタインメッツ上級大将の軍と合流すべく急進していたが、あるとき一〇隻ほどのささやかな同盟軍小艦隊が挑戦的にちかづいてくるのを発見した。

〝黒色槍騎兵《シュワルツ・ランツェンレイター》〟の破壊力をもってすれば、このような弱敵など一瞬に宇宙の塵《ちり》と化せしめることが可能である。しかし、司令官ビッテンフェルト上級大将をはじめとする将兵たちには、大敵と闘ってこそ勇猛の名に値する、という矜持があった。余裕ゆえの寛容さで、〝黒色槍騎兵〟は彼らを黙殺しようとしたが、敵は執拗にまとわりついて離れず、一時間ほど経過すると、もともと気の長くないビッテンフェルトは不快感にたえかねた。

「奴ら、しつこすぎる、かわいげがない」

一撃に粉砕して出征の血まつりとせよ――司令官の命令をうけ、一〇〇隻ほどの艦艇が、舌なめずりする猛獣のように肉迫していった。

だが意外にも、その小艦隊は帝国軍にたいして戦闘ではなく交渉をのぞんでいることが判明した。故障していた通信システムが、最悪の事態が出産される寸前に機能を回復したのである。同盟政府の特使が撤兵交渉をもとめていると知ると、ビッテンフェルトはかるく口をゆがめて思案したが、やがてひそかに指を鳴らした。

「本職には交渉の権限がない。後続のミッターマイヤー元帥に面談することだ。航行の安全は保障する」

駆逐艦一隻に案内と護衛を命じると、ビッテンフェルトは、〝黒色槍騎兵〟をしたがえ、同盟領の暗黒空間を、さらに急進していった。

無視されたかたちの同盟政府特使は、おそらくビッテンフェルトよりミッターマイヤーのほうが話がわかるはずと思ったのであろう。帝国駆逐艦の先導でさらに三日間航行をつづけ、ミッターマイヤーの直接指揮する艦隊に接近して面会をもとめた。

「ビッテンフェルトめ、やっかいな客をおれにおしつけておいて、その間に前進し、差をひろげるつもりだな」

看破したミッターマイヤーだが、宇宙艦隊司令長官という地位にある以上、政府特使と称する者に門戸を閉ざすわけにはいかなかった。舌打ちし、蜂蜜色の髪をひとつかきまわすと、彼は特使とやらを旗艦〝人狼《ベイオウルフ》〟の司令長官室へ招じいれた。

同盟政府特使ウィリアム・オーデッツは、立体TV《ソリビジョン》の解説者から政界に転じ、国防委員会委員をつとめる少壮の男で、能弁をもって後世に名を残す野心をいだいていた。彼を派遣したレベロですらたいした期待をもっていなかったが、彼自身は〝舌ひとつで帝国の大軍を制止する〟意欲で食用カエルのようにふくれあがっていた。幕僚を左右にしたがえたミッターマイヤーに儀礼的なあいさつをすませると、彼は胸をそらせて朗々《ろうろう》と声をはりあげた。

「バーラトの和約において、自由惑星同盟《フリー・プラネッツ》の主権と領域は保全を約束されたはずである。にもかかわらず、いま銀河帝国は和約の条文と精神にそむき、ひたすら無法な暴力をもって、わが領土を蹂躙しようとしている。現在における反感と、未来における批判とを望まれぬなら、即座に軍をひき、外交折衝《せっしょう》によって自説を主張なさるべきであろう」

使者が言い終えたとき、ミッターマイヤーはわずらわしげに蜂蜜色の頭髪に手をやっただけで、一言も発しようとはしない。特使はふたたび口を開きかけたが、強い反応は彼の正面ではなく左方に生じた。

「だまれ、なにを言うか!」

席から長身をおこして怒声をたたきつけたのは、バイエルライン大将であった。

「和約にそむき、皇帝《カイザー》の全権代理たるレンネンカンプ弁務官を害したのは誰か。卿《けい》ら同盟政府ではないか。卿らに和約を順守するの意思なく、能力なしとみなして、わが皇帝《カイザー》は親征の軍をおこしたもうたのだ。卿らに良識があるなら、陛下の御前にひざまずき、無用の流血を回避すべきではないか」

その勢いにたいして、表面的には特使はひるまず、反論した。

「レンネンカンプ弁務官は自縊されたのであり、その窮状に彼を追いつめたのは、ヤン・ウェンリー一党です」

「では、そのヤン・ウェンリー一党をなぜ放置しておく?」

「貴官ら帝国軍が、わが同盟政府に時間をあたえてくださらぬからです」

その返答が、バイエルラインのダークブルーの瞳に冷笑のきらめきをもたらした。夜空を流星の光がつらぬいたようであった。

「時間か! 時間があればヤン・ウェンリー一党はより強盛になり、卿ら同盟政府はやせほそるだけのことであろう。たとえヤンに一〇倍する兵力を有していたとて、卿らがヤンに勝てるとは思えぬな」

「あるいは貴官のおっしゃるとおりかもしれません」

鄭重《ていちょう》な言葉とはうらはらに、特使の声からは毒素がにじみでていた。

「……なにしろ、ヤンに一〇〇倍する兵力をおもちの皇帝《カイザー》ラインハルト陛下さえ、彼にたいして御手をこまねいておられる。私どもごとき非才の身にては、とうていヤンに敵することはかないませんでしょうな」

室内に充満した沈黙は、鉛が気体化したもののように思われた。豪胆なバイエルラインでさえ、一瞬、呼吸器の機能を奪われたようにみえた。バーミリオン星域会戦に際し、ラインハルトが純粋な戦闘においてはヤンに敗れたことを、特使は痛烈に嘲弄《ちょうろう》してのけたのである。沈黙が急速に臨界に達し、破裂すると、殺意の気流が奔騰《ほんとう》した。

「きさま、陛下を侮辱するか!」

ビューローとドロイゼンがほとんど同時に怒声を発し、バイエルラインにいたっては猛然とデスクを躍《おど》りこえて特使に迫ろうとした。すでに片手にはブラスターを光らせている。

それまで腕をくんで沈黙していたミッターマイヤーが、するどい叱咤を発したのはこのときである。

「やめろ! 卿《けい》らは武人であろう。単身、しかも素手で敵中にのりこんできた人間を殺し、誰にむかって功績を誇るつもりか!」

バイエルラインの激発は急停止した。若い勇将はみるみる赤面すると、司令長官に一礼し、自分の席に帰った。安堵の表情をおしころす特使に、ミッターマイヤーが声を投げた。

「ひとつ卿に問うが、もしここにいる提督たちのひとりが同盟首都に使者としておもむき、卿らの元首を侮辱したとする。死をもってその罪をあがなわせようと望む者が、いま同盟軍の幹部にいるだろうか」

「…………」

雄弁な使者は、はじめて絶句した。口先だけの返答では通用しないと思わせるものが、ミッターマイヤーの表情にあった。

「おりますまい……残念ながら」

「では、ヤン・ウェンリーの部下はどうだ。生命をかけて上官を救出したが」

「…………」

「わが皇帝は、大なりといえども同盟政府をおそれず、小なりといえどもヤン・ウェンリー一党をおそれたもう。そのゆえんを、卿自身が明らかにしたわけだな」

ミッターマイヤーは立ちあがった。意外に小柄なことが、特使をおどろかせた。〝帝国軍の双璧〟のひとりは、勇名にふさわしい巨人であろうと彼は信じこんでいたのだ。

「特使にはご苦労だったが、もはや語りあうべきこともないようだ。もしこのうえ、主張したいことがあるなら、直接、陛下に申しあげるがよい」

「それはよいが、ミッターマイヤー元帥閣下、私が皇帝《カイザー》に撤兵をお願いするまで、軍事行動をおひかえいただきたい」

「そうはいかぬ。卿《けい》が陛下にお会いされるのは卿の自由だが、それによってわが軍の行動はなんら掣肘《せいちゅう》されるものではない。陛下より勅命がくだって兵をひけとのことであれば、むろん吾《われ》らはそれにしたがうが、そうなるもならぬも卿の弁舌しだいで、吾らの関知せざるところだ。吾らはあらたな勅命がくだるまでは、古い勅命にしたがう。すなわち、同盟領への進攻と、それにたいする抵抗の排除とを続行する。もし卿が吾らの進攻をとどめたいとお考えなら、一刻もはやくわが皇帝《カイザー》のもとへおもむかれよ。この場にあって雄弁を駆使しても無意味であろう」

それまでの沈黙をおぎなうように、ミッターマイヤーにしてはめずらしく長い台詞をはきだし、その一語一語は見えざる銃弾となって特使の心臓に撃ちこまれた。技巧だけの弁舌で、帝国軍最高の驍《ぎょう》将《しょう》をうごかすことは不可能であった。

特使はうなだれた。勇気と意欲のすべてを費《つか》いはたしたようであった。彼の使命は失敗したのだ。ミッターマイヤーを説得しえずに、その主君たる皇帝《カイザー》ラインハルトをときふせるのは不可能であった。

同盟首都ハイネセンを出立するとき、彼の体内は情熱と勇気と自信の混合ガスでみたされていたが、いまやそこは真空にひとしい状態だった。それでも彼は虚勢をふるって、胸をはったまま戦艦〝人狼《ベイオウルフ》〟から退去していったが、自分の乗艦にもどると、陰気にうなだれてしまった。数時間にわたって彼は自室にとじこもり、やがてドアの外に姿をあらわすと、どこか自棄的な口調で皇帝《カイザー》ラインハルトのもとへ直訴におもむくことを告げた。

「あの竜頭蛇尾の長舌族《おしゃべり》はどうした?」

と数日経過してからミッターマイヤーはビューローに問いかけたが、皇帝《カイザー》に直訴するためフェザーン方面へ去ったと聞くと、ひとつうなずいて〝忘却可〟の印を押してしまった。

結果論をとなえるとすれば、このときミッターマイヤーは、舌の芸術家をきどるこの小うさい男を抑留しておくべきであったかもしれない。だが、彼を説得しえない説客《ぜいかく》が皇帝《カイザー》ラインハルトを翻意させえるとはとても思えなかったし、皇帝への直訴を望む者がいるからには妨害すべきでもなかった。かつてリップシュタット戦役の直後に、ラインハルトの暗殺をはかった刺客がおり、結果としてジークフリード・キルヒアイスの生命を奪うことになったが、今回はそのような危険があることも考えにくい。それでも通信によって、いちおう注意すべきむねをミッターマイヤーは皇帝《カイザー》の本営に伝達したのだった。

ビッテンフェルト上級大将が、軍事力の空白地帯となった同盟領宙域を、首都ハイネセンへむかって驀進《ばくしん》しているとき、帝国直轄領ガンダルヴァ星域においては、シュタインメッツ上級大将が完全な臨戦体制のもとに、友軍の到着を待ちうけている。

皇帝からたまわった彼の兵力をもってすれば、いっきょにハイネセンを直撃することも可能ではあったが、いくつかの条件が彼に行動の慎重さを要求していた。まず、ヤン・ウェンリー一派の所在が不明であり、奇襲の可能性がわずかでもある以上、帝国軍活動の根拠地となるべきガンダルヴァ星系を空《から》にしておくわけにはいかない。〝バーラトの和約〟後に整備がすすめられたとはいっても、イゼルローンのような永久要塞の完成にはほど遠く、拠点としての地位と、備蓄された軍需物資をまもるためには、艦隊主力の駐留が必要不可欠であった。

さらに、同盟首都ハイネセンには、故レンネンカンプ高等弁務官の下に属していた文武官一万人ほどが駐在しており、彼らの安全を期する必要があった。むろん、すでに同盟政府に警告は発してあるし、同盟としても貴重な人質となりえる彼らを無益に殺傷することはないであろうが。

じつは一度、シュタインメッツは同盟政府の責任を問うべく、直接、惑星ハイネセンへのりこもうとしたことがあった。そのときは副司令官クルーゼンシュテルン大将が顔色を変えて反対をとなえた。

「少数の随員だけでハイネセンへのりこむのは自殺行為にひとしいものです。レンネンカンプ弁務官の不幸な前例をお忘れですか」

こともなげにシュタインメッツは答えた。

「そのときは、おれもろとも惑星ハイネセンを吹きとばせ。積年の混乱は、たいはんがそれで一掃される」

こうして、副司令官クルーゼンシュテルン大将を留守に残したシュタインメッツは、参謀長ボーレン中将、次席参謀マルクグラーフ少将、司令部総書記リッチュル少将、副官セルベル中佐、護衛隊長ルンプ中佐などの幕僚をしたがえて同盟首都ハイネセンにおもむこうとしたのだが、けっきょくのところ会談は実現せず、シュタインメッツはガンダルヴァ星系の外縁部から惑星ウルヴァシーにひきかえした。かつてラインハルトの旗艦ブリュンヒルトの初代艦長をつとめ、その後、主として辺境で武勲をかさねた提督は、ひきしぼられた弓のような状態で日を送っている。

帝国軍、大挙して再侵攻。

その報は当然ながら同盟首都ハイネセンを戦慄させていた。「一年のうちに二度も帝国軍の艦隊を見ることになるとは」と自嘲する者もいれば、惑星全体が焦土と化しても抗戦すべきだと叫ぶ者、もはや抵抗は無益であるから無条件降伏の意思をあきらかにせよと主張する者、都市部から山間部へと避難するもの――〝バーラトの和約〟にさきだつ帝国軍の急襲の際にはパニックが生じる時間的余裕もなかったが、今回は緩慢に破滅の波が人々の精神の階段をひたしつつあった。擬似死刑囚の感覚が人々をつかみ、無力感が収斂《しゅうれん》して飽和状態になった地点では暴動が発生した。閉鎖された宇宙港のゲート前で治安警察と市民が衝突し、千人単位の死者がでた。

チュン・ウー・チェンは老病のビュコックにかわって、帝国軍迎撃の準備を急速にととのえていたが、昨今では最高評議会議長ジョアン・レベロのぐちやいらだちの相手もつとめなくてはならず、辟易《へきえき》していた。秘書官でさえ議長をさけているのである。あるときレベロが陰気な質問を発した。

「ビュコック元帥は、ヤン・ウェンリーと闘うことは拒否したが、相手が皇帝《カイザー》ラインハルトであれば戦うというのか」

「べつに不思議なことではないでしょう」

チュン・ウー・チェンはごく温和に反論した。

「どうかお考えいただきたいものです。長年にわたって、ビュコック元帥はあなたと親交がありました。なのに、なぜあなたと会おうとしないのか。元首の座につかれる以前のあなたをあまりにご存じだからだ、と、お思いになりませんか」

「……私が人が変わったと言いたいのか」

「ビュコック元帥が変わったのではありません。それはお認めくださるでしょう」

レベロは生気を欠く両眼をチュン・ウー・チェンにむけたが、視線はあきらかに彼を透過して彼にだけしか見えないものを凝視していた。口が小さく開閉し、低い、湿度を欠いた声がつむぎだされていた。チュン・ウー・チェンは聴覚神経の機能を最大限にした。レベロは逃亡したヤン・ウェンリーの罪状を告発していたのである。

「非礼を承知で申しあげますが、閣下、ヤン・ウェンリーはあなたを殺害することも、宇宙の涯《はて》へ拉致することもできたのですよ。彼がそうしなかったのは……」

最後までチュン・ウー・チェンは言い終えなかった。相手が彼の言葉を聞いていないことが明白だったからである。宇宙艦隊総参謀長は、ため息をついて立ちあがった。経営不振のパン屋の将来を思いわずらう表情であった。レベロの執務室を辞する際、警護室長になにか言いかけてチュン・ウー・チェンはやめた。すでに議長は精神的に自殺していると思わざるをえない彼だった。

宇宙艦隊司令部にもどったチュン・ウー・チェンは、玄関で来客の存在を告げられると、ふたたび自分の執務室に立ちよってから、指定された応接室のドアをあけた。

三人の来客は、〝パン屋の二代目〟と称される総参謀長の姿を視界に認めて、ソファーから立ちあがり、かたくるしい動作と表情で敬礼をほどこした。

イゼルローン要塞駐留艦隊の副司令官であったフィッシャー中将、参謀長であったムライ中将、副参謀長であったパトリチェフ少将。それが彼らの名であった。

〝バーラトの和約〟が成立してヤンが退役し、通称〝ヤン艦隊〟が解体されるにおよんで、彼らはそれぞれ別方面の辺境軍区へ配転されていた。つい半年前まで、自由惑星同盟《フリー・プラネッツ》における最強の武力集団の指導部に、彼らは所属していたのだが、転戦をかさね、勝利と労苦をつみあげたすえに、あきらかに邪魔者あつかいをうけて首都から追いだされてしまったのである。政治的にはあやまった処置ではなかった。中央政府が、最強部隊の自立化、軍閥化をおそれ、その解体を促進するのは当然である――ましてすでに利用する価値がなくなったとあっては。

彼ら三人は不安ではなかったにせよ、平静ではいられなかった。辺境にあって同僚たちとひきはなされ、首都の情勢にかんしては、政府の公式発表と不確実な噂が、新鮮さをかく溜池の水のように情報の水路へただよいこんでくるだけなのだ。彼らの旧司令官、〝第十三艦隊〟創設以来、三年にわたって生死をともにしてきたヤン・ウェンリーが、逃亡か、粛清か、いずれにしても理想とする生活から放りだされたことだけは確実なようであったが。

「遠路ご苦労だった、まあかけてください」

すすめると同時に、彼自身もソファーに腰をおろす。気楽にくつろいだ姿勢で、総参謀長は来客の為人《ひととなり》を脳裏で確認していた。

ムライは独創的な能力はとぼしいが、緻密で整理された頭脳と、官僚的な処理能力にとみ、〝ヤン艦隊にはまれな常識人〟との評がある。フィッシャーは艦隊運用の名人で、ヤンの立案した作戦が実施にあたって一度の失敗もみずにすんだのは、彼の完璧な艦隊運用によるものだった。パトリチェフは参謀型の軍人にはとても見えず、巨体ばかりが印象的なのだが、事実としてヤン艦隊司令部の運営をとどこおらせた例はなく、任務と上官にたいする誠実さには疑念の余地がない。これらの人材を登用し、統御《とうぎょ》して歩調を乱させなかったヤン・ウェンリーという青年は、たしかに凡庸《ぼんよう》ではない、と、チュン・ウー・チェンは思うのである。

「わざわざ任地から小官らを呼びよせられたのは、どのようなご意図からでしょうか、総参謀長」

謹厳な表情から謹厳な声が発せられた。ムライ中将に会話権をゆだねたように、他の二者は沈黙している。

チュン・ウー・チェンは、手みじかに、だが正確さを欠くことなく、ヤンと部下たちがハイネセンを脱出するにいたった事情を説明した。たがいに顔を見あわせる三人をながめわたすと、持参した書類をとりだす。

「そこで、肝腎《かんじん》の用件だ。ヤン提督を探しだし、この書類を彼に手わたしてほしい」

「それは……？」

「譲渡契約書だよ」

三人三様に不審な表情をつくって、旧ヤン艦隊の幹部は書面をのぞきこんだ。顔をあげたとき、驚愕と不審の色はかえって濃度をましていた。チュン・ウー・チェンは大儀そうにひざをくんですわりなおした。

「見てのとおりだ。わが宇宙艦隊のうちから五五六〇隻をヤン・ウェンリー氏に譲渡する。貴官らには、書類とともに商品そのものを運搬してもらいたい。法令上の手つづきは完了しているから心配いらない」

ムライがせきの音をたてた。

「ですが、わざわざこのような書類をつくる必要があるのですか。形式も度がすぎるように小官には思われますが」

「わからないかね?」

チュン・ウー・チェンは無邪気そうな目で三人を見かえした。パトリチェフはたくましい首をかしげ、フィッシャーはまばたきし、ムライはまばたきすらしない。

「むろんジョークだよ」

黒ベレーの角度を注意深くなおしながら、チュン・ウー・チェンは言ってのけた。ムライはいちだんと姿勢を正した。彼の半年前までの上官以外にもこういうこまった人間がいるのか。そう考えたかもしれないが、表情にはださなかった。とはいえ、上位者にたいしても手きびしい口調になってしまう彼である。

「ジョークとおっしゃるなら、それでけっこうですが、帝国軍にたいして戦力を糾合せねばならないときに、これだけの艦艇と物資をさいたのでは、帝国軍の侵攻に対処しえないのではありませんか」

「どうせ糾合しても対処しえないよ」

あまりに明瞭な返答が、ムライ中将を絶句させた。銀髪のフィッシャーはなお沈黙を破ろうとはせず、前参謀長にかわって口を開いたのはパトリチェフだった。

「とおっしゃっても、戦わずして首都をあけわたすおつもりはないでしょう、閣下」

「そう、そんなつもりはない。ビュコック長官と私は多少の悪あがきをしてみるつもりでいる」

「しかし、それでは自殺行為ではありませんか。いっそ総参謀長閣下も、ビュコック司令長官閣下も、小官らと同行なさってはいかがです」

ムライ中将が視線をうごかして、巨漢の少将をかるくにらんだ。

「めったなことを言うものではない。だいいち、吾々自身、行くと決めたわけではないのだぞ」

「私はそのつもりだがね」

ついに沈黙を破ってフィッシャーが言い、銀色の目で総参謀長を見やった。チュン・ウー・チェンがまたひざをくみなおした。

「行ってもらえるかね、フィッシャー提督」

「喜んで、閣下。ムライ中将、本心をいつわっている余裕はない。時間を浪費することなく、最善の道を行くとしよう」

「…………」

ムライ中将は憮然として天井を見あげたが、年長者たるフィッシャーの正しさを認めたのであろう。やがて一礼して命令を受諾した。

旧ヤン艦隊の幹部三名が〝譲渡契約書〟をたずさえて司令部を辞すると、チュン・ウー・チェンはビュコックにことのしだいを報告した。老提督は労をねぎらい、ふと遠い目をした。

「ランテマリオ星域会戦で敗れたとき、わしは死ぬべき身だった。貴官に説得されて半年ほど永らえることになったが、けっきょくのところ命日が移動するだけのことだな」

「いまとなってみれば、ですぎたまねをしたかもしれません。お赦しください」

「いや、おかげで多少は女房孝行ができたが、……貴官こそ妻子はどうする?」

「ご心配なく、ムライ中将らに託してヤンのもとへ送ることにしました。私はこれでもエゴイストでして、家族のことが気がかりなのです」

それはよかった、と、老人は目を閉じながら言った。彼自身は老妻を家に残してきていた。新婚以来の月日を送ってきた家から離れることを、妻がこばんだのだ。いずれ彼女はあの家で、自分自身とビュコック家の終焉をみとることになるであろう……。

「ヤン・ウェンリーはなにかと欠点の多い男ですが、何者も非難しえない美点をひとつもっています。それは、民主国家の軍隊が存在する意義は民間人の生命をまもることにある、という建前を本気で信じこんでいて、しかもそれを一度ならず実行しているということです」

「そう、貴官の言うとおりだ」

ビュコックの老いた顔に、微笑が残照めいたひろがりをみせた。

「エル・ファシルでもそうだった。イゼルローン要塞を放棄するときもそうだった。ひとりとして民間人に犠牲をだしておらん」

歴史は、ヤンを、ラインハルト・フォン・ローエングラムに匹敵する、あるいはそれ以上の戦争の芸術家として記憶するであろう。だが、それ以上に後世にむかって語らねばならぬことがあるのだった。その役目はビュコックやチュン・ウー・チェンがおうものではない。人はそれぞれおうものがことなるのである。

「貴官の言いたいことはわかるつもりだ。ヤンが敗北するとしたら、それはラインハルト・フォン・ローエングラムの偉大な天才によってではない」

それはヤン自身の、理想へのこだわりによってだろう。バーミリオン星域会戦のとき、彼は政府の停戦命令を無視すべきだった。言ってはならないことだが、彼自身のためにそうすべきだったのだ……。

Ⅲ

同盟政府特使オーデッツの訪問を一蹴《いっしゅう》したあと、ミッターマイヤーはこの作戦における最初の銃火を同盟軍にあびせかけることになった。帝国軍の直進コースからはずれるため、ビッテンフェルトには無視されたが、惑星ルジアーナの同盟軍造兵廠は、戦略上、看過しえぬ存在であった。放置しておけば、その地理上の位置と生産力は後日のわずらいとなろう。

ミッターマイヤーの迅速な行動は、〝疾風《ウォルフ・デア・シュトルム》ウォルフ〟の異名に恥じないものであった。一二月二日、惑星ルジアーナの造兵廠は帝国軍の攻撃によって完全に破壊され、長官バウンスゴール技術中将は工場施設と運命を共有した。だが、建造されたばかりの駆逐艦および巡航艦は、半数が脱出に成功した。脱出者たちはデッシュ准将の指揮下に、帝国軍の追撃と捜索をのがれ、兵員と物資を集めながら、五〇日をかけてようやくエル・ファシルに到着し、ヤン・ウェンリーの不正規隊《イレギユラーズ》に身を投じることになる。

ミッターマイヤーのあとにも、帝国軍の艦列は巨大な光の帯となって、同盟領宙域を席巻している。同盟軍の現在の戦力に比して、過大なほどの数は、帝国軍の補給能力の限界をきわめるものであった。ミッターマイヤーの直後には、旧レンネンカンプ艦隊が二路に分かれて展開していた。

生前のレンネンカンプ上級大将が高等弁務官に転じたとき、彼の統率していた艦隊は二分され、アルフレット・グリルパルツァー、ブルーノ・フォン・クナップシュタインの両大将の指揮下に再編成されていた。両者とも二〇代の若さで、鋭気と活力にめぐまれ、さらに彼らの上司であったレンネンカンプの復仇《ふっきゅう》をかたく決意している。

ただ、個性にはむろん差がある。クナップシュタインはレンネンカンプの忠実にして有能な教え子であり、ごく正統的な用兵術と、いささか清教徒的なきまじめな性格の所有者である。いっぽう、グリルパルツァーは、軍人として年齢に似あわぬ名声を有するかたわら探検家として知られ、帝国地理博物学協会の会員に名をつらねている。協会への入会を認められるには、会員の推薦と論文審査が必要なのだが、「アルメントフーベル星系第二惑星における造山活動および大陸移動の相互関係を証明する極地性植物分布に関しての一考察」という長い題名の論文によって、彼はその資格をえた。

入会認可の報をうけたとき、彼は故カール・グスタフ・ケンプ提督の葬儀に出席する直前で、礼装に身をかためていたが、そのままの姿でトイレに駆けこみ、ひとりだけの空間で歓喜を爆発させたあと、謹直な表情をつくって式に臨んだものである。このような経歴や志向から、彼はどうやらレンネンカンプより〝芸術家提督〟メックリンガー上級大将のほうにより多くの敬意をささげていたかに思えるのだが、むろんそれは復仇の情熱をさまたげるものではなかった。たがいの競争意識が、情熱の温度を高めてもいたであろう。

彼らの後方には、グローテヴォール大将、ヴァーゲンザイル大将、クーリヒ中将、マイフォーハー中将らの艦隊が列をなし、さらにアイゼナッハ上級大将が重鎮としての姿をみせている。アイゼナッハは比較的、酒を好むほうで、戦陣でもウイスキーを身辺から離さなかったが、フェザーンを出立して以来、彼は酒と無縁だった。これには多少の事情がある。将官であるアイゼナッハには当然、幼年学校の生徒が従卒としてついているのだが、〝極度に無口で厳格で気むずかしい〟という評判が彼の身体と影をおおっていたので、副官から指示をうける生徒は最初から硬直してしまっていた。

「提督が指を一度鳴らしたらコーヒーを持参すること、けっして四分以上かけないように。指を二度鳴らしたらウイスキーだ。くれぐれもまちがえんようにな」

幼年学校の生徒は必死に指示をおぼえこもうと努力したし、本来の彼の記憶力をもってすれば、それは容易であるはずだった。だが、心理的圧迫が少年の記憶回路を微妙に変形させたのであろう、フェザーン出立後、あるときアイゼナッハが二度指を鳴らすと、三分五〇秒で、二杯のコーヒーが彼のもとへはこばれてきたものである。

〝極度に無口で厳格で気むずかしい〟提督は、全身をこわばらせて立ちつくしたままの少年にかるい一瞥を投げると、無言のうちに二杯のコーヒーを飲みほした。幼年学校の生徒は全身で安堵のため息をついた。こうして、今回の遠征において、エルンスト・フォン・アイゼナッハは、一杯のコーヒーと二杯のコーヒーに不自由しなくなったのである。

アイゼナッハのあとには、水色の瞳の男、アーダルベルト・フォン・ファーレンハイト上級大将の艦隊が光点をつらねている。彼は、前方に展開する各艦隊と、後方のラインハルト直属の艦隊とを結合する重要な職務をあたえられていた。作戦全体の有機的な運営の可否は、彼の肩にかかっているといってよい。

そして皇帝《カイザー》ラインハルト直属の艦隊がつづく。ラインハルトを補佐する首席幕僚は、統帥本部総長オスカー・フォン・ロイエンタール元帥であり、その下で艦隊運用を担当するのはベルゲングリューン大将である。皇帝の高級副官アルツール・フォン・シュトライト中将、次席副官テオドール・フォン・リュッケ少佐、首席秘書官ヒルデガルド・フォン・マリーンドルフも旗艦に同乗している。

最後尾は、〝鉄壁〟の異名を有するナイトハルト・ミュラー上級大将の艦隊だった。彼はたんに後衛をつとめるというだけではなく、ひとたびフェザーン方面に異変が生じたとき、逆進し、全帝国軍の先鋒となって敵を制圧せねばならない。さらに後方の補給路の確保もその任務であった。

……重厚な布陣をほこる帝国軍の再侵攻は、エネルギーと物資の怒濤となって同盟全土をのみつくすかにみえた。だが、宇宙の一隅では、それとはことなる、ささやかだが重要な作戦が実行されようとしていた。

ヤン・ウェンリーが、イゼルローン要塞の再奪回作戦を開始していたのである。

第四章　解放・革命・謀略その他

Ⅰ

宇宙暦《SE》七九九年におこなわれたイゼルローン要塞の放棄と、その翌年に敢行された同要塞の再奪回とは、ヤン・ウェンリーの戦略思想たる〝宙域管制《スペース・コントロール》〟を芸術的なまでの戦術的手腕によって現実化させたものと評価されている。これは艦隊決戦による戦術上の勝利に固執せず、軍事目的を達成するために必要な時間、必要な場所を確保するというものであった。

「ヤン・ウェンリーの真の偉大さは、自身、艦隊決戦の名手でありながら、その限界をよくわきまえ、みずからの長所におぼれることのなかった点にある」

と絶賛する歴史家もいるが、その点ではヤンの敵手たるラインハルト・フォン・ローエングラムも同様であり、両者は艦隊決戦を戦略の実施レベルにおける一局面の技術のあらわれとしかみなしていなかった。敵と比較して、より強大な戦力をととのえ、補給を完全にし、情報を多く収集しかつ正確に分析し、信頼しうる前線指揮官を任用し、地理的に有利な位置を確保し、開戦の時機をえらぶ。それらをやっておけば、一度や二度の戦術的敗北など論評にも値しない。最高司令官の任務はただひとつ、全軍にたいして言うだけである――「油断するな」と。

第二次〝神々の黄昏《ラグナロック》〟作戦において、ラインハルト・フォン・ローエングラムは、それをなしうる立場にあった。それでもなおかつ、自身で最前線にでるのが、ラインハルトが〝金髪の獅子〟たるゆえんであったろう。それは能力ではなく性格の支配下に属する行動であった。

いっぽうヤン・ウェンリーは、戦略的条件が不遇をきわめるなかで局面の打開をはからねばならなかった。彼の決断を最終的にうながしたのは、アレックス・キャゼルヌの発言である。旗艦ユリシーズの一室で、ヤンの士官学校の先輩はおもおもしく口を開いた。

「おい、資金《かね》がないぞ。これからどうするか決めてくれ」

ヤン艦隊のなかで、国家的規模での財政や経済を理解しうる者は、キャゼルヌくらいのものである。ヤン自身も、幻影に終わった長期再建策のなかに経済の項目をいれて、軍事力至上主義者ではないことを証明してはいるが、思考の主体が軍事面にあることは不本意ながらも認めざるをえない事実だった。事態を革命と呼ぶにせよ戦争と称するにせよ、それを運営するには資金が必要だし、さしあたりヤンの手もとにアラジンのランプはない。

キャゼルヌがヤンの友人であるボリス・コーネフの人脈をつうじてフェザーン商人たちから資金を借りよう、と提案したとき、ヤンは危惧した。借りた資金は返さなくてはならないし、返す方策も現在ではたちようがない。だいいち、流亡のヤン不正規隊《イレギュラーズ》にたいして資金を提供するなど、投機というさえおろかな賭博であって、フェザーン人が承知するとも思えなかった。

「なに、いったん借りれば、こちらのものだ」

キャゼルヌが言うと、ヤンは、黒い髪をかきまわしながら考えこんだ。キャゼルヌは語をついだ。

「フェザーン人は利にさとい。おれたちに皇帝ラインハルトを打倒する可能性ありとみなせば、かならず将来にそなえて投資してくる」

「…………」

「そしてひとたび投資すれば、それをむだにしないためにも、つづけて投資せざるをえない。さきに投資した資金、それじたいが双方のつながりを増大させる最初の一滴になる」

「それはわかりますが、可能性だけを言いたてて、商才ゆたかなフェザーン人たちをたらしこむことができますか」

「美人局《つつもたせ》の成功は、女性の魅力しだいだな」

「女性の魅力……？」

ヤンは小首をかしげたが、黒ベレーを頭の上へ放りなげて笑いだした。キャゼルヌの言わんとすることを了解したのである。

そもそもフェザーン人の気風は独立不羈《ふき》にある。ラインハルト・フォン・ローエングラムの大胆かつ壮麗な戦略とそれをささえる武力に屈して雌伏《しふく》を強制されてはいるが、ことに古くから経済活動の自由をうたいあげてきた商人たちにとって、それが本意でありえないことは当然である。かなうことなら皇帝《カイザー》ラインハルトの支配をくつがえしたい。だが彼らには武力が欠けている。

ゆえにフェザーン人としては、帝国に面従腹背《めんじゆうふくはい》しつつ、彼らに欠けるものをおぎなってくれる勢力をもとめているであろう。彼らはヤン一党と共存し協力しうる。ただ、彼らは勝算なき弱者に投資するような慈善家ではないから、彼らの保身感覚を麻痺させるために劇薬が必要なのだ。

そこでヤンが戦術上の大きな勝利を獲得し、皇帝《カイザー》ラインハルト以外にも未来をつかむ可能性のある者の存在を誇示すれば、フェザーン人の利害の秤《はかり》は、かなりのていどヤンのほうへかたむくはずである。

「フェザーン人を迷わせる色香ある美女」

つまりイゼルローン要塞である。イゼルローンを再奪取し、反帝国勢力の実力をしめして、投資家どもの財布の紐をゆるくしてやるのだ。

「そのためにもイゼルローンを陥《おと》す……か」

こうして、イゼルローン要塞再奪取は、ヤン・グループにとって至上の命題となったわけである。たんなる軍事上の目的たるにとどまるものではない、政治的な効果のためにも、経済的に生き残るためにも、そしてそれらすべてを複合させた歴史上の奇術の不可欠な要素として、ヤンはイゼルローンへの帰還をはたさなくてはならなかったのである。そして、イゼルローン回廊の出口たるエル・ファシルを確保し、フェザーンの組織力や情報力を利用して再度の戦いにそなえねばならなかった。

ただし、フェザーン人にスポンサーとしての干渉を許し、彼らの投機のつごうによって革命運動じたいが操作されるような結果をもたらしては意味がない。そのあたりが苦労のしどころである。

いっぽう、ラインハルトからみると、極端なところイゼルローン要塞は辺境の小石でしかない。これはラインハルトの豪邁《ごうまい》な気性があえて軽視させただけではなく、フェザーン回廊を制圧し、フェザーンに大本営を遷《うつ》した彼にとって、イゼルローン回廊の戦略的価値が減少したのは当然であった。フェザーンには軍務尚書オーベルシュタイン元帥を残し、強力な軍隊を配備しながら、イゼルローン方面ではルッツの兵力を移動させて回廊を空白とし、結果としてヤンの洞察の正しさを証明してしまうことになるのだ。

イゼルローン回廊を軽視したことを、ラインハルトの驕りとして批判する歴史家は、当然ながら後世に存在するが、同時代人であるヤン・ウェンリーの見解はややことなる。

「鷹《たか》と雀《すずめ》では視点がちがう。金貨の一枚は、億万長者にとってとるにたりないが、貧乏人には生死にかかわるさ」

ラインハルトは銀河帝国の専制君主としてすでに宇宙の過半を完全支配し、さらに残余の宇宙を征服しようとしている。ヤンは根拠地ももたない流亡の〝家出息子〟の集団を指揮して、民主共和政体を存続させ、あわよくばローエングラム王朝に媚を売ろうとする歴史の女神を自分たちの陣営にひきずりこもうとしている。どう考えても、ヤンのほうこそ大それた行為をなそうとしているのであり、しかもそれを実現させるには、鷹揚な金持ちのポケットをさぐらなくてはならなかった。

こうして宇宙暦《SE》七九九年一二月九日、ヤン不正規隊《イレギュラーズ》はエル・ファシル星系に姿をあらわした。じつのところ、エル・ファシルの独立革命政府と合流するのは、ヤンの積極的な意図ではなかった。情熱のままに激発したエル・ファシルの行為は、むしろ暴走に類するものとヤンには思えた。だが、反帝国の共和主義者を統合する第一歩として、政治的先駆者と軍事的実力者との握手が必要となっていたのだ。

Ⅱ

エル・ファシル自治政府の主席はフランチェシク・ロムスキーという四〇歳の男性で、本業は医師だった。古来、医師と教師と法律家と学生は、革命家の重要な供給源であって、彼もまた伝統をまもった一員というわけである。

ロムスキーは一一年前、いわゆるエル・ファシル脱出行に際して、軍の責任者ヤン・ウェンリー中尉にたいする民間協力者の一員となったのだが、ヤンは彼の名も容姿も、忘却の淵《ふち》に沈めてしまい、水面からのぞいてもみなかった。なにしろ彼は、現在の夫人たるフレデリカのことすら、当人に教えられるまで忘れさっていたくらいであるから、それ以外の端役などおぼえているわけもない。

夫よりはるかに秩序のととのった記憶力を有するフレデリカは、ロムスキーのことを忘れていなかった。病弱な母親を一度ならず診療してもらったし、サンドイッチとコーヒーをふるまったこともある。ロムスキーも、ヘイゼルの瞳が印象的な金髪の少女をよくおぼえていた。満面に笑みをたたえて、医師出身の革命政治家はヤン夫人の手をにぎった。ヤン・ウェンリーが内心でたじろいだことに、ロムスキーの周囲には報道陣のカメラが砲列をならべていたのである。翌一〇日のエル・ファシルの電子新聞は、ヤンが予想したとおりの見出しに埋まっていた。

「ヤン・ウェンリー帰還す！　エル・ファシルの奇蹟ふたたび！」

「……これだ、これだからいやだったんだ」

ヤンは頭をかかえたが、けっきょくのところ彼はみずからの行動と功績によって確立された虚像を演じる以外になかった。民主国家の英雄から民主革命の英雄へ——そして不敗の智将としての名声はさらに喧伝《けんでん》されるであろう。

エル・ファシル革命政権にしてみれば、ヤン一党の戦列参加は、軍事力の飛躍的な強化を意味するにとどまらず、自由惑星同盟《フリー・プラネッツ》の最高幹部がいわばエル・ファシルこそ民主共和政治の王道をめざす正統の政権であると認めたことになる。喜ぶとともに最大限の活用をはかりたいところだった。

ロムスキーがジャーナリズムとの密着を意図したのは、民主共和政治の理念からいっても、革命の情報戦略からいっても、当然のことであった。ヤンは内心の嫌悪を公然化させるわけにいかない。公開こそが民主共和政治の柱であるのだ。秘密や非公開を好むなら専制政治に与《くみ》するべきであり、ヤンは個人の感情をねじ伏せてカメラに笑顔をむけざるをえなかった。だが、盛大な歓迎式典において、ヤンはわずか二秒であいさつをすませた。

「ヤン・ウェンリーです、どうかよろしく」

感動的な熱弁を期待していたらしい一万人の参列者は落胆したが、そんなものはいずれ実績がおぎなえばよいのである。着席したヤンにロムスキーが低声で話しかけた。

「ヤン提督、吾々《われわれ》のあらたな政府には、あらたな名称が必要であると思いますが」

「はあ、当然ですね」

「そこで、明日にも正式に発表したいのですが、自由惑星同盟正統政府という名称はいかがでしょう」

「…………」

精神的に三歩ほどヤンはよろめいた。ジョークだと考えたいところだが、むろんそうでないことは明白だった。即答しないヤンを、ロムスキーはやや不安げに見なおした。

「お気にめしませんか」

「そうではありませんが、国家的正統性にこだわる必要はないのではありませんか。ゼロから出発することをこそ強調すべきだと思いますが……」

せいぜい遠慮ぶかくヤンは主張した。武力を背景に自説をおしつけると思われるのもいやである。

「そうです、だいいち、正統政府という名は縁起が悪い。銀河帝国正統政府という近来の悪例があるではありませんか」

ダスティ・アッテンボローがヤンの心境を察して援軍をだし、それはロムスキー医師の心理的波長と共鳴したらしい。たしかに不吉ですな、ほかの名称を考えましょう、と革命家はうなずいたが、やや残念そうであった。

「このていどでうんざりしないでくださいよ、ヤン提督。将来もっと高い山がでてくるにきまってるんですからね」

「わかってるよ」

アッテンボローにささやきかえしたのは、まるきりの虚礼ではない。多少の、いやさらに多くの欠点があろうとも、このささやかで非力な民主制の芽をつんでしまうわけにはいかなかった。このまま手をこまねいていれば、宇宙はもっとも傑出した、もっとも華麗な個性――ラインハルト・フォン・ローエングラムの白い掌につつまれてしまう。ラインハルト自身の能力や良心はこのさい問題ではない。ラインハルト個人にたいするヤンの好感も問題ではない。単一の、しかも個人の資質によりかかった安易な政体が全宇宙を支配するのが、許されるべきではないのである。

唯一絶対の神に唯一絶対の大義名分をおしつけられるより、群小の人間がそれぞれのせまい愚劣な大義名分をふりかざして傷つけあっているほうが、はるかにましだ。すべての色を集めれば黒一色に化するだけであり、無秩序な多彩は純一の無彩にまさる。人類社会が単一の政体によって統合される必然性などないのだ。

ある意味で、このようなヤンの思考は、民主共和政体にたいする造反の元素をふくんでいると言えなくもなかった。民主共和主義者の過半は、自分たちの思想によってこそ宇宙が統一されることを願い、専制政治の消失をのぞんでいるはずであるから。

それにしても、皮肉もきわまる。ゴールデンバウム朝銀河帝国が老衰しきった巨体を無音の鳴動とともに崩壊させたとき、二世紀半にわたってそれに抵抗しつづけてきた自由惑星同盟《フリー・プラネッツ》も、白蟻《しろあり》にくいつくされて空洞化していたのだ。

「つまりは自由惑星同盟の歴史的な存在意義は、反専制にあらず、反ゴールデンバウムであったというにとどまるのだろうか」

以前にも考えたことであり、どうやらそうらしいと思いつつも、やはりそう決めつけてしまうのは、ヤンにとってはなさけない。一万光年の長征を敢行した国父アーレ・ハイネセン以来の歴史、無数の人々が蓄積してきた希望、情熱、理想、野心、喜怒哀楽の二世紀半におよぶ地層が、ルドルフ・フォン・ゴールデンバウムという一個人の死屍《しし》の上にしかかさねられないものであったとは。

もっとも、その意味では、あの美貌の覇者ラインハルト・フォン・ローエングラムでさえそうなのかもしれない。彼はゴールデンバウム王朝の超克《ちょうこく》をめざし、それを実現させたが、それもルドルフの亡霊を墓の下へ追い返すだけのことだったのだろうか。あたらしい国名、国旗、国歌などについてロムスキーが熱い口調で語りつづけている。ヤンは適当にうなずきながら、過去の闇と未来の迷路に思いをはせていた……。

こうして〝不正規隊《ザ・イレギュラーズ》〟は〝革命予備軍〟となった。オリビエ・ポプラン中佐はのちに評して言った――冬には冬の服、夏には夏の服、どれを着ても中身は変わらないさ。

司令官ヤン・ウェンリー元帥、参謀長ウィリバルト・ヨアヒム・フォン・メルカッツ上級大将。後方勤務部長アレックス・キャゼルヌ中将。政府主席ロムスキーが軍事委員長を兼任する。ヤンはささやかな安堵をおぼえた。上司がひとりだけというのはありがたいことだ。

だが、エル・ファシルへの到着は、さらに大きな喜びをもってむくわれることとなった。ユリアン・ミンツ、オリビエ・ポプランらとの再合流である。

Ⅲ

一二月一一日、宇宙港に出向いて軍民両用の管制システム再編のための討議をすませたアッテンボローが、ヤンの被保護者を見つけた。じつをいうと、広大なロビーを流れる作業服中心の人波のなかに、いささか場ちがいな豹《ひょう》皮のコートをはおったさっそうたるブルネットの美女がいて、ついその女を視線で走査するうち、記憶にある亜麻色の頭を見いだしたのである。

「ユリアン、おい、ユリアンじゃないか!」

ふりむいた亜麻色の髪の下で、若々しい瞳が声の出処を確認すると、生気にみちてかがやいた。律動的な早足で歩みよって、いきおいよく敬礼する。

「おひさしぶりです。アッテンボロー中将」

彼の搭乗してきた貨物船〝親不孝《アンデユーテイネス》〟号は宇宙港に到着したばかりで、ボリス・コーネフ船長はまだ事務所で手つづきのさなかだった。

「で、お前さんのほかの随従者《おとも》たちはどこにいるんだ?」

「悪いですよ、中将、そんな言いかた」

マシュンゴは両手両肩に荷物をかかえ、体積を倍にしてユリアンの背後にひかえているが、オリビエ・ポプランはと見ると、数歩をへだてた場所で二〇歳前後の娘三人と談笑している。会話の破片が羽毛のかるさでただよってくる。

「ポプラン中佐！」

「やれやれ、いいところを邪魔せんでほしいな。もうすこしで今夜ダブルベッドで甘い夢を見られるはずだったのに」

ユリアンに呼ばれると、不平を鳴らしながら歩みよってきたポプランは、おざなりな敬礼をアッテンボローにほどこした。そのていどの非礼で感情を害するアッテンボローではないが、つい皮肉がでた。

「到着する早々、勤勉なことだな。分単位であたらしい女をくどいているんだろう」

ポプランはおそれいったようすもなかった。

「全人類の数が四〇〇億人、そのうち半数が女。うち半数が年齢制限にひっかかり、さらにまた半数が容姿で落第するとしても、五〇億人は恋愛の対象になりますからな。一秒でもおしんでいられません」

「女性の知性や性格は問題にしないかね」

「性格がよい女はアッテンボロー提督にまかせますよ、おれは性格が悪いほうの半分をひきうけてあげますからね」

「中佐、自覚しているか？　お前さんの言種《いいぐさ》は、よく言ってもぺてんとしか聞こえないんだが」

「まあ、それくらいはいいでしょう。おれたちが地球とかいう陰気な惑星で苦労していたあいだ、あなたがたはハイネセンでやりたいほうだいだったんですから」

「おれたちだって苦労してたんだ」

おとなげなく声を高めてから、アッテンボローは失笑をこらえているユリアンに気づき、わざとらしくせきをして話題を変えた。

「それにしても、よくここまでやってきたな。おれたちも二日前に着いたばかりなんだが」

ユリアンにしてみれば、最初はむろん同盟首都ハイネセンへの帰還をめざしていたのだが、フェザーン回廊から同盟領宙域へはいった時点で皇帝《カイザー》ラインハルトの再宣戦を聞き、ヤンの脱出を知って、方針を転換せざるをえなかった。さんざん思案をめぐらせたすえ、途中経過がどうであれヤンはいずれイゼルローン要塞の再奪取をはかるであろうし、エル・ファシルの独立革命政府となんらかのかたちで接触するにちがいない、とユリアンは予想したのである。

「途中いろいろとありましたけど、どうにか無事に到着しました。とにかく、みんな無事に再会できてよかったです、ほんとうに」

簡潔にユリアンは言ったが、まったく途中ではいろいろあったのである。地球教討伐の任務を完了した帝国軍のアウグスト・ザムエル・ワーレン提督にしたがって帝国首都オーディンへおもむき、いまや歴史博物館として改装中の新無憂宮《ノイエ・サンスーシー》の内部を見学し、ポプランはやはり見学にきていた黒い髪の娘と記念写真をとった。建前としては、好奇心に富んだフェザーンの独立商人の一行として演技したわけだが、形式的ながら憲兵隊の事情聴取をうけなくてはならなかったし、地球教団本部から極秘裡にもちだした光ディスクが盗難にあって三日間捜しまわり、ポプランは帝国軍士官の若妻と一夜の情熱を共有しようとしてその夫に発見される。ワーレン提督の好意でようやくオーディンを出発したものの、フェザーンを経由して同盟領宙域へはいるまでダース単位の小事件をクリアせねばならなかった。あげくに〝黒色槍騎兵《シュワルツ・ランツェンレイター》〟の偵察艇に発見されかかり、ボリス・コーネフの操船よろしきをえて、ようやくエル・ファシルに到達できたのだった。

ヤンの司令部がおかれたビルへ、アッテンボロー、ポプラン、ユリアン、マシュンゴの四人は地上車《ランド・カー》でむかった。マシュンゴの巨体と多量の荷物のせいで、一同の姿勢は端正にはなりえなかった。運転席のアッテンボローのほうへポプランがむりやり身体をのばして、

「しかし同盟政府と絶縁するとは思いきったものですな。惰眠からさめるとはこのことだ」

一言なかるべからず、と、アッテンボローは思ったのであろう、前方をむいたまま応じた。

「いいか、ポプラン中佐、心得ちがいをするなよ。おれたちは伊達《だて》や酔狂《すいきょう》でこういう革命戦争をやっているんだからな」

「そんなことは一同の顔ぶれを見れば、いやでもわかりますよ。けっきょく、ヤン艦隊が名《ネーム》

札《プレート》を変えただけでしょうが」

司令部に到着して、四人は窒息寸前の状態から解放された。黒い巨人ルイ・マシュンゴは荷物の小山をかかえてひとまず地下のロッカールームへ歩をはこび、ほかの三人はロビーからエレベーター・ホールへむかったが、そこでオリビエ・ポプランが足をとめた。〝薄くいれた紅茶の色〟のゆたかな髪に黒ベレーをのせた少女の下士官が、ユリアンのそれに匹敵するような律動的な歩調でちかづいて彼に呼びかけ、敬礼したのである。四人のあいだであわただしく表情の変化と敬礼が交錯し、エレベーターはユリアンとアッテンボローの両者だけを乗せてひとまず扉を閉ざした。やや複雑な色調の空気が一二立方メートルの箱のなかにたゆたった。

「ユリアン、きみ、知っているのか、あの子を」

「ええ、ダヤン・ハーン基地でポプラン中佐が紹介してくださった子ですから。でも、アッテンボロー提督はどうしてご存じなんですか」

「いや、つまり、知人の娘でな」

青年提督は黒ベレーで顔をあおいだ。彼らの司令官の病弊が感染したかのようであった。

「カーテローゼ・フォン・クロイツェル伍長《ごちょう》をよくご存じなんですね」

ユリアンがさりげなく追及すると、アッテンボローは自分からラインを割ってしまった。

「ええい、きみには言ってしまおう。彼女はな、シェーンコップ中将の娘なんだ」

爆弾は、かならずしも効果的には破裂しなかった。ユリアンは三度まばたきし、小首をかしげてアッテンボローを見つめた。ようやく思考回路のなかで言語と意味が一致すると、少年はくすくす笑いだした。

「失礼しました、でもシェーンコップ中将に娘さんがいるなんて、ちょっと信じられないなあ」

ましてそれがあのカリンことカーテローゼ・フォン・クロイツェルとは。ユリアンは頭をふるしかない。

「そうだろう、おれなんかいまだに信じられん。しかし考えてもみろ。シェーンコップ中将はきみぐらいの年齢からその方面で武勲をかさねていたんだ。ひとりどころか、ダース単位でご落胤《らくいん》がいても不思議ではないさ」

「…………」

ユリアンは沈黙し、脳細胞の一画をしめる肖像画の回廊を走査した。カリンの、薄くいれた紅茶色の髪や初夏の光にみちた青紫《パープル・ブルー》色の瞳はともかく、全体としてごくあわい既視感にとらわれたのは、シェーンコップの娘であったからか。カリンの出生には事情があるらしいとポプランは言ったが……。

「シェーンコップ中将はご存じのことなんですか」

否、という返事に、ユリアンはまた考えこんだ。アッテンボローが、

「どうだ、ユリアン、きみの人徳で父娘対面の仲立ちでもしてみるか」

「だめでしょう。ぼくはたぶん、あの子にきらわれてますから」

「きらわれるようなことをなにかしたのか？」

「いえ、べつに。ただ、なんとなくそういう感じがしてました」

かるい下目づかいをアッテンボローは少年の顔に放ったが、なんらかの確信をいだかせるような表情はそこには見いだしえなかった。

「まあ、いずれにしても、シェーンコップ家の家庭争議を高みから見物するよりも、イゼルローン要塞の攻略に、さしあたっては全力をそそぐべきだろうな」

エレベーターの扉がひらき、視界が広がると、両手の指を頭のうしろでくみあわせて、アッテンボローはあごをしゃくった。

「来いよ、ユリアン、われらがなまけ者の元帥どのは、こちらでいやいや執務しておいでだ」

なまけ者の元帥閣下でも、瞬間風速的に勤勉になることはある。その日もヤンはデスクの前で思考の火山脈を活動させていた。周囲に計算やメモに使った紙が散乱している。

「せいぜい精励なさることですね。閣下の世代で結着がつかなかったら、ユリアンの世代が苦労することになるんですから」

革命予備軍司令官つき副官フレデリカ・G《グリーンヒル》・ヤン少佐がヘイゼルの瞳にいたずらっぽい光を踊らせながら言うと、彼女の夫は憮然として息をはきだし、妻のはこんできた紅茶をひとくちすすった。

「努力による進歩のあとが顕著だね」

えらそうに論評する。

「光栄ですわ、閣下」

笑ったフレデリカの視界に、ティーカップを手にしたまま立ちあがる夫の姿が映った。自分もふりむきながら、ヤンの表情がおどろきからうれしさに変化するのを、フレデリカは数分の一瞬のあいだに確認していた。

ユリアン・ミンツが立っていた。別れたときよりさらに背が伸びて、もう少年というより若者と称すべきであるようだった。やわらかさをともなった端整な眉目がなつかしさにほころんで、ヤンとフレデリカの歓迎の視線をうけとめた。

「お帰り」

最初にヤンが言い、フレデリカがつづいた。

「元気そうね、ユリアン」

「はい……ただいま帰りました」

ユリアンの声も律動的にはずんだ。

「おひさしぶりです、閣下、さっそくですがこれに地球教にかんする資料が記録されています。すこしでも提督のお役にたてればさいわいです」

そう口上を述べて光ディスクをさしだし、おとなとしての態度をとるつもりでユリアンはいたのに、なんと他愛ない自分であったことか。不安が、ミクロン単位ながら、ないではなかった。自分のいるべき場所は、もうヤン家には存在しないのではないか。あらたなヤン家の歴史に開幕のベルが鳴っており、自分は遅れてきた異分子にすぎないのではないか。

だが、杞憂にすぎなかった。彼は自分がヤン・ファミリーという巨大なジグソー・パズルの一片であり、当然いるべき場所にはめこまれたことを確認したのだった。ヤン家のあたたかさと、ヤン艦隊の闊達《かったつ》さ。それはユリアンにとって人生の記憶のなかで、最高の価値と、もっともなつかしむべき時間的・空間的環境とをかたちづくるものであった。それを忘れえないことは、ユリアンの大いなる幸福であったが、心の傷《いた》みをともなう懐古とも後日にはなったのである。

やがてアッテンボローとポプランをまじえてひとしきり歓談したあと、ヤンは旧来のように彼らを相手に作戦を説明した。作戦の整理と再検討のために、ヤンはよくユリアンの意見をきいたものだし、ユリアンにとってもこのうえない戦略戦術の学習となったのである。

「いよいよ、イゼルローンに帰れるんですね」

「うまくいけばね、ユリアン」

「うまくいきますよ、きっと。それにしても、皇帝《カイザー》ラインハルトは大規模な挟撃包囲作戦が好きなんですね」

「私だって好きだよ」

ヤンの声はやや苦笑まじりに聞こえる。戦略家としての彼にラインハルト以上の大兵力があれば、やはりこれを二分して敵を挟撃しようとするだろう。イゼルローン方面にラインハルトをひきつけ、別軍をもってその後背を遮断することができれば……。

そこまでいかずとも、一軍をもってイゼルローン要塞を確保防御し、他の一軍をもって回廊から帝国本土へ侵入し、長駆して帝都オーディンを攻撃することがかなえば……。かつて〝神《ラ》神の黄昏《グナロック》〟作戦のとき、イゼルローン回廊にはロイエンタール、レンネンカンプ、ルッツらの強大な軍列が展開していたが、いまルッツが出撃したあとに、イゼルローンを奪回すれば、回廊はヤン艦隊にとって自由の海となる。皇帝《カイザー》ラインハルトが帝国本土へ帰還しようとすれば、遠くフェザーン回廊へ迂回するしかなく、そのとき同時にフェザーンにおいて独立回復派が蜂起すれば、若い征服者は帰路をうしなう。そこではじめて、ヤンは金髪の皇帝《カイザー》に白い手袋を投げつけることができるだろう。

ヤンは黒ベレーに片手をのせ、苦笑まじりに頭をふった。残念なことに、この空想が実体化するには時間がまず不足している。フェザーンの独立回復派とのあいだに、なんらの連絡もとれているわけではない。現実において、それはこれからの課題なのだ。イゼルローン要塞をふたたび彼の掌におさめ、エル・ファシルとのあいだにアッテンボロー命名するところの〝解放回廊〟を確立し、

「資金をだせ、だしても損はしないぞ」

と言わなくてはならない。不安だらけの手形を見せて、最大限の協力をひきだす。半歩まちがえれば詐欺そのものだ。

もっとも、今度の作戦それじたいが詐欺にひとしいものであるのだが。

ヤンはルッツ艦隊がイゼルローン要塞から出撃する時機と条件については、完璧にちかい計算をたてていた。同盟軍がラインハルトの再侵攻にたいして組織的な抵抗をなしうるとは彼は思わず、それゆえにこそ、これらの計算は分秒単位で完全を期する必要があったのだ。ビュコック元帥とチュン・ウー・チェン大将が残存兵力を統合してラインハルトに挑むということがわかっていれば、彼はことなる方程式をたてなくてはならなかったはずである。

「……おそらく、そのときには、ヤン・ウェンリーは生涯ではじめて、勝算なき戦いに身を投じることとなったであろう」

と多くの歴史家は仮定の事態を推測するが、ヤンにたいしてきわめてきびしい見解をしめす人もいる。

「もしビュコック元帥らの出撃の情報がヤンのもとにもたらされていれば、彼は苦痛にみちた選択をしいられたことであろう。敬愛する先輩を見殺しにするか、勝算なき戦いに身を投じるか、理性をねじふせるか、感情を犠牲とするか。知らなかったがゆえに、ヤンはイゼルローン要塞再奪取という芸術上の課題に専念することが可能となったのである。ヤン・ウェンリーはまことに幸福な芸術家であった」

右の評は検察官的な悪意にみちているが、しかしなお一半の真実を伝えてもいる。ヤンはビュコックが退役して老病の身を養い、もはや世にでることはないものと思っていた。だからこそハイネセン脱出の際も、敬愛する老将をまきこむことをさけたのである。バーミリオン星域会戦のあと、対面したヤンにむかって、ビュコックを処断しないことをラインハルトは明言した。その約束は実行されたし、今後も破られることはないはずであった。その点をヤンは信じきっていた。

むろん、ヤンの予測は結果として完全にはずれるのである。

いまひとつ、ヤンがイゼルローン再奪取に熱中していた証拠として、ユリアンが地球から持参してきた光ディスクの検証を後日に延ばしたことがあげられるであろう。すべてはイゼルローン要塞を再奪取し、戦略上の地歩をかためてからのこととヤンは考えていたし、両手にあまるほどの課題をすでにかかえながら、さらに重大な要件をくわえたのでは、ヤンの脳細胞といえども過負荷の火花を発しかねなかった。けっして地球教の情報を軽視していたわけではない。ただ、ユリアンやオリビエ・ポプランからひととおりの報告はえていたし、当の報告者たち自身が、自分たちの過去の成果より目前の事業に熱中しているという事実もあった。ユリアンもポプランも、自分たちがハイネセン脱出行に参画しえなかったことを、それぞれの為人《ひととなり》に応じた表現で残念がり、〝なつかしきわが家〟に帰る作戦から除外されることを承知しなかったのである。

いずれにせよ、ヤンは、後世の多くの軍事学者からも賞賛される——ヤンをきらっている人からは戦術ではなく奇術であって余人の参考とはならないといわれる——作戦をこのとき立案している。

むろんヤンはイゼルローン要塞の〝接収〟をみずから艦隊を指揮しておこなうつもりだったのだが、彼の不在はエル・ファシル独立政府に歓迎されなかった。彼の留守中に、帝国ないし同盟からの軍事攻勢がおこなわれたり、反革命の武装蜂起がおきたりしたらどうするか。メルカッツ提督に残留していただく、と答えたところ、相手が隠しえない不安と猜疑の色をたたえたため、ヤンは腹をたて、フレデリカに袖をひっぱられなければ、無言で会議室をでていくところだった。

ヤンにとってやりきれないのは、メルカッツが帝国からの亡命者であるという以上に、おそらくその忠誠と信義がヤン個人にむけられているという点において忌避されたからであった。ヤン・ウェンリーひとりにたいする過剰な信頼と、ヤンを擁する集団にたいする強度の警戒心とは、この時期、エル・ファシル独立政府の文民《シビリアン》たちにみられる特徴だが、つまるところ彼らは、ヤン一党に〝簒奪《さんだつ》〟され軍事政権と化することを恐怖していたものと思われる。

けっきょく、ヤン総司令官は、キャゼルヌ、アッテンボロー、ブルームハルト中佐、およびフレデリカとともにエル・ファシルに残留し、後方から作戦全体を統轄指揮することとなった。

前進部隊の総指揮はメルカッツ提督がとり、要塞攻略の戦闘指揮はシェーンコップにゆだねられる。以下、リンツ大佐、シュナイダー、ポプラン、バグダッシュ、そしてユリアンらが実戦参加することになった。ユリアンには前線より自分の傍にいてもらいたいのだが、当人の希望をいれないわけにいかなかった。これにさきだつボリス・コーネフとの会見が、多少の影響をおよぼしていたかもしれない。

後世、ヤンは後方にあって前線の諸将を指揮制御する〝軍師〟としてのイメージが強いが、その形態をとったのはこの要塞再奪取作戦がはじめてのことであった。これまで、ヤンは、みずからが策定したすべての作戦において最前線で直接指揮をとり、戦略の構想家と戦術の実行家と、双方を一身にかねてきた。彼が敵手たるラインハルト・フォン・ローエングラムを尊敬する理由のひとつは、若い金髪の独裁者が、つねに陣頭に立って敵軍と戦う姿勢をしめすことにあった。上に立つ者こそが最大の危険をおかすべきだとヤンは考え、それを身をもって実行してきたのだ。

だが、これからはやや事情がことなってくる。ヤンにはいまひとつのかるからざる責務がかせられていた。彼自身がいまだ青年期にあり、将来なお数十年にわたって軍務を指導しうるとしても、彼につづく世代を育成する必要が急激に拡大していたのである。その意味では、老練のメルカッツにも、指揮よりむしろ後見にまわってもらわねばならなかったし、アッテンボローには後方で戦局全体を監視させる経験をつませなくてはならなかったのだ。

Ⅳ

イゼルローン攻略準備の合間、人事の決定にさきだってヤンはボリス・コーネフを招き、反帝国派のフェザーン商人がエル・ファシルの財政をひそかに援助してくれるよう、交渉と組織化を依頼していた。

「しかし、いまのところ、エル・ファシル政府がどんな約束手形をだしても不渡りの可能性が高い。おれが言うのもおかしなものだが、フェザーン人を思うように踊らせるには、それなりに魅力的な条件をださなくてはだめだろうよ」

もっともらしくボリス・コーネフは言ったが、基本的には彼はヤンの依頼をうけいれていた。ただ、この男の癖で、いちおう変化球を投げかえしてみないと気がすまないのである。

「あるいは脅迫の種でもいい。帝国が全宇宙を支配したらフェザーンがこまる、そういう事態になるとしたら、いやでもヤン、あんたを支持せざるをえんだろうよ」

「こういうのはどうだ？　帝国政府はフェザーン人の利潤追求の弊害にかんがみ、富の公正な配分と生産手段の独占打破とを目的として、あらゆる産業を国営化しようとしている」

「それが事実なら、たいへんなことだ。だがはたして事実かね」

「事実になるかもしれない。皇帝《カイザー》は富の独占を忌む。帝国の大貴族どもがいまどうむくわれている?」

「あんただって独占が好きとも思えないがね……」

ほんの一瞬、コーネフは苦笑したようだ。

「まあ、どうせ喧嘩をするなら強大な相手ほど、やりがいはあるがね。ただ、おれには多少の疑問がないでもない」

紅茶のカップを手にしただけで、ボリス・コーネフは口はつけない。

「この際はっきりと聞いておきたいんだが、あんたは本気で皇帝《カイザー》ラインハルトを打倒する意思があるのか」

ボリス・コーネフは、いまや冷笑さえ浮かべていなかった。厳格なほど真剣な表情が顔にはりついている。

「皇帝《カイザー》ラインハルトにはいまのところ失政はないし、器局と武力とは、全宇宙を統合するにたりるだろう。彼を打倒したあと、時代がよりよいものになるという保証があるのか、ヤン?」

「ない」

じつのところヤンはラインハルトを打倒せずに民主政をまもる方策を考えつづけているのだが、そこまではうちあけられなかった。

「正直だな。まあそれはおくとして、いまひとつ。あんたがいかに努力したところで、ひとたび衰弱した民主共和政が健康に再生するとはかぎらない。フェザーンをまきこんだとしても、かえって母屋《おもや》をとられてしまうこともありうる。あげくにすべてがむだになるかもしれないが、それでもいいのかね」

「そうかもしれない」

ヤンはさめきった紅茶を口にふくんだ。

「……だが、いずれかならず枯れるからといって、種をまかずにいれば草もはえようがない。どうせ空腹になるからといって、食事をしないわけにもいかない。そうだろう、ボリス？」

ボリス・コーネフはかるく舌打ちした。

「つまらん比喩だが正しくはあるな」

「旧銀河連邦《USG》がルドルフ・フォン・ゴールデンバウムの簒奪によって滅亡して以来、アーレ・ハイネセンの出現まで二世紀を経過している。ひとたび民主共和政治の根が掘りつくされると復活までがたいへんだ。どうせ何世代もかかるものであるにせよ、つぎの世代の負担を多少はかるくしておきたい」

「つぎの世代とは、たとえばユリアンか？」

「ユリアンもそのひとりさ、たしかに」

「ユリアンはいい素質をもっている。この何カ月か行動をともにして、それは充分によくわかった」

うれしそうな表情になるヤンを、コーネフは皮肉っぽくながめやった。

「だがな、ヤン、ユリアンがいくらいい声で歌えるといっても、いまのところそれはあんたの掌という舞台の上にかぎってのことだ。あんたもとうにご存じのことだろうがね」

ヤンが返答したくないようにみえるので、ボリス・コーネフは口をつけぬまま紅茶カップを受皿にもどし、腕をくんだ。

「師に忠実すぎる弟子が師をしのぐことはありえない。このままの状態でいけば、ユリアンはあんたの縮小再生産品にしかなれないだろうよ。ま、それでも充分にたいしたものではあるが……」

評論家さながらの言種が、ヤンはいささか気にさわった。友人の性格を充分に承知しているつもりなのだが、それでもときとして気分を害することがある。なぜならヤンの痛いところを的確につくからだ。

「ユリアンは私よりずっと素質はうえなんだ、心配にはおよばないよ」

「それなら問うが、あんたはどのような師についたというんだ？　いや、あんただけじゃない、皇帝《カイザー》ラインハルトにしてからが、自分で自分を育てたはずだ。素質はあんたよりうえでも、育ちようによってはあんたにおよばないことが充分にありうるさ。じつは、ちょっと気になっていることがあってな」

紅茶の面にふたしかな上半身の輪郭をうつしながら、ボリス・コーネフは指先であごをつまんだ。

地球で入手した光ディスクを、ユリアンはみずから解析しようとはしなかった。そのまま封印してヤンのもとへとどけ、判断と分析をヤンにゆだねようとしたのだ。それは忠誠心のあられとしては申しぶんないものだが、自分ならまず自身でディスクに目をとおしておく。そうすればディスクを失っても、彼自身が生きた資料となりえるし、情報の一定量において上位者をしのぎ、自身の存在価値をたかめえるのに。

「ユリアンはもうすこしむほん気をもつべきだ。むほん気は独立独歩の源だからな」

「いい台詞だが、彼にはそう言ってやったのかい」

「言えるか、こんなはずかしいこと」

ボリス・コーネフが努力を約束してでていくと、ヤンはテーブルに行儀悪く両脚を投げだし、黒ベレーを顔の上にのせた。べつにボリス・コーネフのせいではないが、すくなからぬ疲労を感じていた。だいたい、フェザーン商人との秘密の握手など、彼ではなくエル・ファシルの政府が推進すべきなのだ。

この当時のヤンの政治姿勢は、すくなからず後世の議論の対象となった。たとえばつぎのような文章がある。

「……ヤン・ウェンリーは特定の個人にたいしてついにいだきえなかった政治的忠誠心の対象を制度にもとめざるをえなかった。民主共和政治の制度に。そして制度とはつまるところ形式である。非常の時にあたって非常の手段と非常の才とが必要であることを熟知しながら、ついにみずからが革命政権の首座につこうとしなかったのは、彼が、文民支配という民主共和政治の制度にこだわったからである。事実上、エル・ファシルの革命政権は、ヤン・ウェンリー一党の軍事力と人的資源によってようやく成立するものであり、ヤンが頂上に立ったところでなにびとも非難しうるものではなかったのだ」

「……もっとも不幸な事実は、このときヤンより上位に立ちうる個性としては、彼の政治的忠誠心の対象となりえないラインハルト・フォン・ローエングラムが存在するのみであった、ということである。ヤンは、独裁者あるいは専制者としてのラインハルト・フォン・ローエングラムをきわめて高く評価していた。才幹においても器量においても、である。さらに個人としても敬愛していた。ところがラインハルトは、まさにその卓絶した資質のゆえに、民主共和制度の最大の敵手となっているのだ。ラインハルトの資質は、民主共和制度の厳重な枠《わく》のなかではけっして十全に発揮されることのないものであった。彼の巨大な天才は、専制政治にこそふさわしいものだったのだ」

「……そのことをヤンはよく理解していた。だからこそヤンは、彼自身が民主共和制度の枠を踏みこえるわけにはいかなかったのである。彼が〝非常時〟を口実に制度の枠をこえ、政治・軍事両面の独裁者として立ったとき、宇宙は専制者ラインハルト・フォン・ローエングラムと独裁者ヤン・ウェンリーの対立の場としてのみ存在することになる。その対立が流血を呼ぶのであれば、すべてをあげてラインハルトに献じたほうがはるかにましだ、とヤンは考えていた。流血を賭し、策略をもちいてもまもるべきは民主共和政治の制度であった」

「……このヤンの思考を、硬直した形式論と批判する見解は、むろん成立しうるであろう。重要なのは制度ではなく精神であり、ヤンは外形にこだわるあまり内実をまもる責任を放棄したのだ、と。だが、ヤンは、歴史学徒として、その論法が多くの悪辣な独裁者を利してきた例を知っていた。独裁者のたいはんは望まれて出現したこと、それをささえたのは制度ではなく個人にたいする政治的忠誠心であることを彼は知っていたのだ。そして彼の部下たちの忠誠心が、民主共和制度よりヤン個人にむけられがちであることを知るがゆえに――彼は頂上に立ちえなかったのである。最強の武力と最高の人望との無秩序な結合は、民主共和制度にとって危険な病根となることを彼はよく知っていた。彼は誰よりも、権力を集中させた場合の自分自身をおそれていた。それを臆病と呼ぶ権利が誰にあるのだろうか……」

けんめいに公正さをたもとうとつとめたこの文章は、ユリアン・ミンツの手になるものである。情理をつくした文章ではあるが、〝むほん気がない〟とボリス・コーネフが読んだら評したかもしれず、ヤン個人が読んだら、頭をかいてよそをむいたにちがいない。いずれにしても、とくにこの時期、一見のほほんとしてみえるヤン・ウェンリーがすくなからぬ悩みをいだいていたことはたしかであった。

第五章　蕩児たちの帰宅

Ⅰ

メルカッツ提督に指揮されるイゼルローン要塞攻略部隊は、宇宙暦《SE》八〇〇年の新年を、イゼルローン回廊の一隅でむかえた。目前にどれほど困難な任務が牙をむいていようと、舌をだしてみせてシャンパンの栓《せん》をぬくのが、彼らの流儀である。オリビエ・ポプランいわく、

「イゼルローン要塞は逃げやしないが、新年の乾杯はいましかできないからな」

珍しいことに、ワルター・フォン・シェーンコップがそれに同意し、ふたりで交互にユリアンのグラスにシャンパンをそそぐので、途中からルイ・マシュンゴがグラスをうけとり、

「象に飲ませるようなものだ」

とポプランをなげかせた。ユリアンは頭をふって過剰なアルコール分を体外に追いだそうとこころみたが、シェーンコップを見ると、エル・ファシルに残留したダスティ・アッテンボローの話を意識下の水中から浮かびあがらせた。べつにシェーンコップ家の家庭争議を期待した

わけではない、と、聞かれもしないのにアッテンボローは弁解したが、イゼルローン攻略部隊の出動前に、彼はシェーンコップにわざわざ教えたのである。

「シェーンコップ中将、ご存じか、隊内にカーテローゼ・フォン・クロイツェルという一〇代の婦人下士官がいるのだが」

彼のひそやかな期待に反して、亡命貴族は鳥の羽毛ほどのかるい動揺すらしめさなかった。

「美人か?」

「……なぜそんなことを聞く?」

「美人だったら、おれの娘だ。そうでなかったら同姓同名の別人だ」

「……美人だ」

あきらめたようなアッテンボローの声にうなずくと、シェーンコップはイゼルローン攻略戦の志願者のリストからカーテローゼ・フォン・クロイツェルを除外したのである。

ユリアンの視線のさきで、カリンことカーテローゼの父親は酒豪ぶりを発揮して、酔漢の群のなかで、きざなほど端然とたたずんでいる。マシュンゴの鯨飲《げいいん》ぶりをののしりながら、空のシャンパン瓶を片手に歩みよってきたオリビエ・ポプランが、陽光の踊るような緑色の瞳をユリアンの横顔にむけ、声をかけるより早く空瓶を放った。おどろいてうけとめるユリアンの傍に立って、おなじ方角を見やる。攻撃は迅速で、しかも効果的だった。

「その表情だと、知っているな、ユリアン」

「なにをですか、中佐」

「カリンの父親がシェーンコップの不良中年だということをさ」

声にだしても表情においても、ユリアンは若い撃墜王の指摘を否定することができなかった。ポプランの瞳が緑色の笑いをたたえた。

「平和になったら――退屈きわまるが、おれは善良な青少年相手に人生相談室でも開くとしようかと思ってる。人徳あらたかなせいか、おれは年少者に信用があるんでね」

カリンが彼に相談をもちかけたということだろう。ユリアンは、未整理の想いが胸郭のなかを浮遊するのを感じて、なぜかわずかながらあわてた。

「それでご感想はいかがです？」

「それはもう、優劣ついに決したり、と思ったね。おれはシェーンコップ氏みたいに種をまいても実をみのらせるようなへまはやらないからな。そう思うだろう？」

返答にこまってユリアンは亜麻色の髪をかるくかきまわした。

「いろいろと問題があるみたいですね」

「おれに言わせれば、問題はカリンが不幸なことじゃない。自分は不幸だとカリンが思いこんでいることとさ」

「……そうなんですか？」

「だからこそ、いまだに口もきかないし、会うことをさけてもいる。いい傾向じゃないな。会って一五年ぶんの小づかい銭をせびってやれ、と、おれは言っているんだがね」

本気が五一パーセントという表情で、若い撃墜王はアルコールのもやを宙にはきだした。

Ⅱ

イゼルローン要塞を再奪取する方策は、すでにヤンから攻略部隊の幹部たちに説明されていた。すでに内容を知っていたユリアンをのぞいて、ほかの人々は感動に心をふるわせたりはしなかった。ひどいペテンだな、とシェーンコップが感想をのべると、熱心にポプランが同調したものだ。

ただし、生命がけのペテンではある。もともとぼしい兵力で、非凡な敵将と多数の兵力と巨大な要塞を相手どるのだ。

実戦にさきだつ一連の情報戦を実施レベルで指揮したのはバグダッシュ大佐で、彼としては本来の職業的関心と才能のふるいどころをようやく手にいれたことになる。つまるところペテン師のかたわれさ、とポプランは言うのだが。

あらたな年があける早々、さまざまな妨害によって混乱するイゼルローン要塞の通信回路には、奇妙な指令が流れこんでくるようになった。

　正確にいえば、個々の指令はごく正常かつ妥当なものであったのだが、それらをならべると、整合性を欠くことはなはだしかった。

　最初の指令がもたらされたのは一月二日である。

「……帝国軍大本営よりイゼルローン要塞および駐留艦隊司令官コルネリアス・ルッツ上級大将に命令を伝達する。即日イゼルローン要塞を発し、同盟首都ハイネセンの後方を扼《やく》すべし」

　指令を受領したルッツが、出撃の準備をととのえつつも、ヤン・ウェンリーの策略ではないか、との疑惑を禁じえないでいると、翌三日、まったく反対の指令がとどいた。

「卿《けい》の任務はイゼルローン要塞を固守するにある。出撃は、これを不可とする。ヤン・ウェンリーは奇策をもちいることが多い。また、要塞内に同盟およびフェザーンへの同調者がひそみ、卿の出撃後、要塞を占拠し、回廊を封鎖する可能性がある。くりかえして卿に命じる。うごくなかれ」

　ルッツは無能にはほど遠い男である。だが、ふたつの命令のうちいずれを信用すべきか、一瞬ならず迷った。相反するふたつの命令が、ともにヤンの脳細胞から発せられたものとは、さすがに看取《かんしゅ》しえない。

　ルッツの心理の天秤がさだまるより早く、第三の命令がとどいた。

「さきの命令に関連したことだが、卿の部下に、不正をはたらき、それによってフェザーンに乗じられ、イゼルローン要塞を内部からそこなおうとする者がいる。至急、調査をおこなえ」

ルッツとしては、念のためにも調査せざるをえなかった。そして、一〇〇万以上も将兵がいれば、不正をはたらく者が皆無であるはずもない。一個分隊ほどの不埒者《ふらち》が憲兵隊に拘束され、二個分隊ほどの不祥事があきらかにされた。そのなかには、たしかにフェザーン商人と結託して軍需物資を横流ししようとしていた輩もいたのである。

「なるほど、固守こそが陛下のまことのご意思か。さすがに皇帝《カイザー》はご明察でいらっしゃる。あやうくヤン・ウェンリーの奇策にはまるところだった。うごいてはならないな」

ルッツは胸をなでおろし、艦隊の出撃態勢を解除にかかった。そこへ四度めの命令がきた。これもむろんヤンからのものである。

「ルッツ提督はなぜ出撃せぬのか。要塞には一部守備兵力のみ残し、全戦力をあげてハイネセンへむかえ」

「ふん、小細工をしおって。その策《て》にのってたまるものか」

ルッツは忠実に〝皇帝のほんものの命令〟をまもって、イゼルローン要塞をうごこうとしない。さらに出撃を命じてきた第五の命令がつたえられたのは一月七日のことである。

その第五の命令もルッツに無視された。ところが、これこそ皇帝《カイザー》ラインハルトからの最初の命令であったのだ。

冬眠にはいった熊のごとく、イゼルローンにいすわるルッツにたいして、当然ながらラインハルトは激怒した。ルッツに同盟首都ハイネセンの後方を扼させるのが彼の戦略構想であったから、ルッツがうごかなければ構想は完成せず、たんなる力まかせの前進でしかなくなる。

　同盟首都ハイネセンへと進撃をつづける軍中にあって、ラインハルトは〃ルッツ軍うごかず〃の報をうけた。総旗艦ブリュンヒルトの高級士官サロンにいた若い皇帝は、両眼に蒼氷《アイス・ブ》色《ルー》の雷光をひらめかせた。

「ルッツはなぜうごかぬ、予の命令を軽視するか」

　クリスタル・グラスが床にくだけ、破片のひとつひとつが若い征服者の怒気を反射して虹色の光彩をゆらめかせた。皇帝の首席副官アルツール・フォン・シュトライト中将が、靴先に散った紅玉色の水滴をかるく一瞥してから意見を述べた。

「陛下、もしかしてこれはかのヤン・ウェンリーが奇策をめぐらした結果かもしれません。なにかルッツ提督を足どめする、そうせねばならぬ理由があるのではありませんか」

「奇策だと？　ルッツがイゼルローンをうごかぬことで、ヤン・ウェンリーがどんな利益をこうむるというのか」

　ラインハルトの声が怒りに熱い。彼も絶対的な超越者ではなく、人間であるからには、他者の心のつむぎだす計画と策略のすべてを洞察することは不可能であった。それだけに、不安の薄い雲が心の地平をよぎるのを禁じえず、その自覚がまた怒りの風を加速させるのである。

「……おそれいります、陛下、そこまでは小官のとぼしい智恵のおよぶところではございません」

シュトライトが沈黙すると、ヒルダことヒルデガルド・フォン・マリーンドルフ伯爵令嬢がかわって口をひらいた。

「陛下、ルッツ提督がイゼルローン要塞をうごかぬことは、たしかにヤン・ウェンリー元帥の利益にそわないでしょう。でしたら、そのままにしておかれればよろしいかと存じます。結果としてわが軍を利するのであれば、ルッツ提督の一時の罪もとがめることはございません」

即答せず、ラインハルトは優美な眉を優美にしかめた。ヒルダの主張に一理があることは認めるが、自己の発した命令を無視される不快さは表現のしようもなかった。

このときシュトライトのみならず、ラインハルト自身も、ヤンがしかけた巧妙な心理的陥穽《かんせい》におちいっている。イゼルローンに駐留するルッツの戦力は、ラインハルトにとってほんとうは不可欠な戦力ではない。イゼルローンは、最初からルッツをうごかさなければそれですんだことなのだが、ラインハルトとしてはヤン・ウェンリーの蠢動を掣肘するためにルッツの戦力を遊撃の位置におくことが重要に思えた。結果論としてはヒルダが正しかったのだが、彼女とてもヤンの詭計のすべてを洞察しえたわけではない。ラインハルトは彼らしくもなく迷い、やや中途半端にかさねて出撃をうながした。ルッツのほうではかさねてそれを無視する。

そこへまたしても偽の通信がとどいた。内容は高圧きわまるもので、通信オペレーターが色を失ったほどである。

「予の命令を無視して出撃せぬとあれば、それもよし。卿《けい》のほしいままにふるまえ。ただし、同盟軍ことごとくを覆滅せしめたのちに、卿の罪状はかならずただすであろう」

表情にこそださなかったが、ルッツはやや動揺した。専制君主の怒りが恐怖するに値するものであることを彼は知っていた。出撃すべきであろうか。だが、前後矛盾する命令のうち、いずれが真でいずれが偽であるかを判断するのは困難であった。

ルッツがヤンの術中におちいったのは、指令の整合性をもって真偽を区別しようとしたからである。真の指令と偽の指令とが、それぞれ正反対の方角へむけて整然と列をなしていると思ったのだ。真の指令が出撃を命じているなら、偽の指令は出撃を禁じている。真の指令がくりかえし出撃を禁じていれば、偽の指令はくりかえし出撃を命じている。そう考えたのだが、これをもってルッツの頭脳が単純であるとはいえない。ヤンの立案にしたがってバグダッシュが乱発している指令の無秩序さを見ぬく者がいたとしたら、偉才というより変人というべきであったろう。

混乱こそヤンのねらうところだった。たんにルッツを出撃させるだけならヤンが策略を弄する必要はない。ヤンが策略を弄しているとルッツにさとらせてこそ成功率が高まるのである。

コルネリアス・ルッツは堅実で知識にも経験にも欠けることのない正統派の用兵家であった。本来、戦場以外での謀略や情報戦は得意ではない。彼の気質も思考法も艦隊戦をこそのぞんでいる。

だが、ついに彼は看破《かんぱ》した。

「ヤン・ウェンリーは自分を要塞から誘いだし、その間に空城を強奪するつもりだ。思えば、最初にイゼルローンを陥落せしめたときにも、奴はその策をもちいたのではないか」

そうさとると、ルッツの脳裏を単色の光が支配してしまった。

いかに妙計とはいえ、おなじ策を二度もちいるとは、ヤン・ウェンリーの智略の泉もついにひあがったとみえる。ルッツの碧眼《へきがん》がわずかに藤色のいろどりをおびた。興奮したときの特徴であった。

ルッツの部下ヴェーラー中将は、上官から出撃の意思を告げられたとき、楽天的な反応をしめさなかった。

「ですが、このような情報混乱の状態にあっては、指令の真偽もさだかではありません。一時は皇帝《カイザー》ラインハルト陛下のご不興をこうむることになろうとも、要塞を堅守して、うごくべきではないと愚考します。イゼルローンさえ確保しておけば、陛下の軍と呼応して、いつでも同盟領を蹂躙《じゅうりん》することができるではありませんか」

「卿の主張は当然だ」

怒りをしめさず、ルッツはうなずいた。

「出撃命令はヤン・ウェンリーの発した偽の指令であろうとおれは思う。艦隊をおびきだしておいて、その隙に本拠地を強奪する。ヤン・ウェンリーのやりそうな詭計ではないか」

中将は目をみはった。

「では、それをご承知で、あえてイゼルローンを空城として出撃なさると閣下はおっしゃいますか」

「そうだ、ヴェーラー中将、おれは全艦隊をひきいて出撃する。策にのった、と、ヤン・ウェンリーに思わせるのだ。だが、策にのせるのはこちらのほうだ」

ルッツは熱っぽい口調で彼の策を部下に説明した。ルッツが全艦隊をひきいて出撃すれば、おそらく回廊の何処かで息をひそめているヤン艦隊はその間隙をぬって要塞に接近するであろう。タイミングをはかってルッツは艦隊を反転させ、要塞主砲〝雷神《トゥール》のハンマー〟の炎の壁とのあいだにヤン艦隊を挟撃する。生殺与奪は思いのままとなろう。

「智者は智におぼれる。ヤン・ウェンリーのカレンダーも残りすくないぞ」

レンネンカンプら僚友たちの復仇をとげる思いが、ルッツの声をはずませ、中将は一礼して上官に敬意を表したのだった。

Ⅲ

一月一二日、ルッツは麾下の全艦隊をひきいてイゼルローン要塞を進発した。艦艇数一万五

○○○隻以上、堂々たる光点の群の出立は、即座にヤン艦隊に捕捉されたが、見せびらかすための行動であるからそれは当然である。

「ルッツ艦隊がイゼルローン要塞をでたぞ」

一月一三日。バグダッシュの報告は、歓声と口笛で迎えられた。〝ヤン・ウェンリーの奇蹟〟はまたも実現しようとしているし、それを実現させるのは彼らの戦闘ぶりにかかっている。前祝い、との声があがり、ウイスキーがまわし飲みされた。

重厚にして沈毅《ちんき》、〝ヤン艦隊唯一の紳士〟とまで呼ばれるメルカッツさえ、この陽気で不敵な集団のなかにあっては、帝国軍時代のように完全な孤高をたもってはいられなかった。彼自身も、かたちだけ口をつけたにすぎないとはいえ、ウイスキーの小瓶を不器用にかかげてみせ、拍手と歓声が一段落したところで重要事を口にした。

「吾々《われわれ》はルッツを策にのせたが、ルッツのほうでも吾々を策にのせたと考えているだろう。彼は屈指の用兵家であり、指揮下の艦艇は吾々の一〇倍に達する。彼が反転殺到してくるまでに要塞を制圧せねば、吾々の勝機は永久に失われるだろう。ただちに攻略戦を実行する。シェーンコップ中将、前線指揮をお願いしたい」

「安んじておまかせあれ」

緊張の色もなくシェーンコップが敬礼をほどこしてみせる。宇宙暦《SE》八〇〇年のこの年に三六歳を迎える典雅な壮年の紳士だ。彼を見ながら、今度はユリアンは要塞攻略にかんするヤンの説明を思いだしていた。

「……ルッツは名将だ。イゼルローンの重要性を承知しているから、皇帝が出撃命令をだしても、再考をもとめてうごかないこともありうる。皇帝《カイザー》の命令のままにイゼルローンを出撃しても、いつ吾々の作戦に気づいて反転してくるかわからない。だから最初から吾々の作戦に気づかせる。そのまま要塞をうごかなければどうしようもないが、情報の流しかたしだいで、吾々を罠にはめようと思わせることができるだろう。吾々を罠にはめるには、一定の距離はかならず要塞から離れていなくてはならないから、そのぶん、こちらの作戦は成功しやすくなる。小細工がすぎるとお前は思うだろうけど、ルッツに看破させるためには小細工が必要なんだ……」

ルッツはみごとにヤンの罠にはまったのだった。本来なら小手先の謀略など弄さず、難攻不落の要塞に大軍を擁して正面からヤン一党をたたきつぶしたであろう正統派の用兵家は、このとき八〇万キロの距離をおいて、要塞に肉迫するヤン艦隊の姿を旗艦のスクリーンにながめやっている。

「かかりおったぞ、流亡の盗賊どもが」

コルネリアス・ルッツは軽薄という表現からはほど遠い男だが、このときばかりは沸騰する歓喜を抑制しえなかった。奇策詭計の生きた宝庫であるヤン・ウェンリーを逆に罠にはめ、帝国軍の膝下《しっか》にねじ伏せることがついにかなうのだ。

だが、彼の歓喜は長寿をたもちえなかった。至近距離からこざかしい敵軍を一撃に掃滅《そうめつ》するはずの要塞主砲〝雷神《トゥール》のハンマー〟がいつまでも白いエネルギーの柱をはきだそうとしないのだ。スクリーンに視線を固定させた司令官の背後で、幕僚たちが不安と不審の視線をかわしあった。

「なぜ雷神《トゥール》のハンマーを撃たぬ⁉」

ルッツは叫んだ。豪胆な帝国軍提督の額に、焦慮の汗がにじんだ。時機をはかり、精密に構成した作戦が、砂壁のようにくずれはじめていた。

八〇万キロの虚空をへだてたイゼルローン要塞では、焦慮は不安をへて恐慌へと急成長していた。オペレーターたちは悲鳴と罵声の混合物で通信回路をみたし、稚拙《ちせつ》なピアニストのようにむなしく指をはしらせた。

「作動せず」

「反応なし」

「制御不能」

などの叫びが反響しあう。肉迫したヤン艦隊から複数の通信波が放たれ、「健康と美容のために、食後に一杯の紅茶」という、正常とも思えない数語をコンピューターが受領した瞬間すべての防御システムが無力化してしまったのである。

ルッツから要塞防御の大任をゆだねられたヴェーラー中将は、歯痛に似た感覚が精神回路を埋めつくすのをおぼえた。つい先刻までの勝利感は体内から一掃されて、兇夢《きょうむ》の重苦しさがとってかわった。

「コンピューター制御をやめて手動に切りかえろ。なんとしても〝雷神のハンマー〟を発射するのだ」

命じる声が、声帯にはりついて容易に口から外へでていこうとしない。

「だめです、司令官、不可能です」

オペレーターの口からは、音声化された絶望の念がとびだした。ヴェーラー中将は理解と恐怖に左右の肺を侵され、呼吸に困難をおぼえつつ、指揮シートのなかで凝固していた。

要塞の防御システムを無力化するキー・ワード。それがヤン・ウェンリーの奇術の種であったのだ。奴は一年前、要塞を脱出するとき、その種をまいていったのだ。それにしてもなんとふざけたキー・ワードであったことか。ヤンにしてみれば、数年にわたって帝国の公用通信で用いられるおそれのない語句をえらぶために、相当苦労したつもりなのだが、ハイセンスなキー・ワードであるとは当人も強弁しえないであろう。

封印をとくにはなにかキー・ワードがあるはずだ、ということは自明であったが、実際問題としてそれを発見するのは不可能であった。

帝国軍がイゼルローンを奪回したとき、多数の極低周波爆弾が発見され、逃走した同盟軍は要塞を爆破しようとして失敗したのだ、と思われていた。しかしいまにして思えば、それは帝国軍の目を真の罠からそらすための、狡猾きわまるフェイントであったのだ！

オペレーターが悲鳴をはなった。

「敵、突入してきます！」

「ゲートを閉ざせ、なかへいれるな」

命じはしたものの、返答は予測している。閉鎖不能の叫びを聞いたとき、ヴェーラーは指揮シートから立ちあがり、白兵戦の準備を命じていた。警報が要塞内の空気を波うたせた。

この時点まで、事態はヤン艦隊に圧倒的な有利さで展開しているかのようにみえる。だが、じつのところ、急速反転を指令したルッツが部下たちをはげましたように、これでようやく対等というところであった。

ルッツ艦隊が反転してイゼルローン要塞へ殺到してくるまで、所要時間は五時間強と算出されている。白兵戦をもって、五時間以内に要塞の防御システムを奪取し、〝雷神《トウール》のハンマー〟を活動させねば、ヤン艦隊の勝利はない。しかも、兵数はなお要塞守備隊のほうがはるかに多いのである。要塞の防御システムが封印されても、なお白兵戦という手段にうったえることができるのだ。

帝国軍は、味方の来援までもちこたえればよいが、ヤン艦隊にしてみれば、それまでに完勝をおさめなくてはならない。勝利の女神はなお祝福のキスをいっぽうにあたえかねている。

「いつものことさ、やるしかない」

だが、オリビエ・ポプランが無造作に言ってのけたごとく、このていどの困難はヤン艦隊にとって稀少なことではなかった。〝救国軍事会議〟のクーデターに際しても、あいつぐイゼルローン回廊攻防戦のときも、バーミリオン星域会戦の場合も、ヤン艦隊はつねに孤立無援にひとしい状態で強大な敵とわたりあってきたのだ。それらの前例にくらべて、今回、彼らはいちじるしく緊迫した状況におかれたわけでもなかった。

Ⅳ

要塞内の港湾施設に突入したヤン艦隊を、苛烈な攻撃が迎えうった。本来なら港のゲートに照準をあわせた荷電粒子砲が破壊と殺戮をほしいままにするところだが、戦術用コンピューターに連動した防御システムはことごとく冬眠のさなかにある。装備はともかく、戦法としては石器時代に逆行せざるをえない。気体爆薬ともいうべきゼッフル粒子の放出がおこなわれ、すでに火器は使用できなくなっていた。

乗艦のハッチを開いて勢いよく躍りでたオリビエ・ポプランは、前傾した姿勢をそのまま床に一回転させた。帝国軍のクロスボウから放たれた超硬度鋼製の矢が、一瞬前まで彼の頭部のあった空間をつらぬいて艦体に命中し、非音楽的なひびきをたててはね返っている。不謹慎な口笛をひとつ吹いて、ポプランが放った視線のさきに、トマホークや戦闘用ナイフを照明に反射させつつ殺到してくる帝国軍の姿が映った。

こうして〝蛮人どうしの血戦〟がはじまった。要塞の外では、機械文明の先端に位置する戦艦群が母港へむかって一直線に走りつづけているのに、厚い壁の内部では、火薬が実用化される以前の日々まで時を遡行して、肉体と刃物と鈍器をぶつけあう闘争が展開されたのである。

金属と非金属が激突し、飛散する血の臭気は、港湾施設の空気浄化能力をこえた。銀灰色の装甲服が一瞬ごとに無彩から有彩へ、表面をぬりかえていく。ユリアンは左右をオリビエ・ポプランとルイ・マシュンゴにはさまれ、正面だけをむいて闘うことができた。クロスボウから放たれた矢を二本たたきおとし、一本はヘルメットでうけた。斬撃《ざんげき》の応酬は苛烈だったが、けっきょくのところトマホークで相手の装甲服に亀裂をつくるのがせいぜいだったように、あとになると思えるのだった。

「不愉快だな、どうも」

ならんでトマホークをふるっていたポプランの声が、ユリアンの耳をたたく。

「なにが不愉快なんです、中佐？」

「なにがって、地球といいことといい、床に足をつけて闘うことに慣らされてしまった。こんな不愉快なことがまたとあるか」

強烈な斬撃を、うけとめるのではなく、はね返し、致命的な一閃を敵に撃ちこんで跳びすさる。その間に、飛来する矢をさけてすばやく移動しつつ、つぎの敵とわたりあう。シェーンコップほどの量産はなしえないにせよ、俊敏で理にかなった動作は、ポプランを帝国軍の憎悪の的とした。ひとりの兵士が彼我の分界を突破してポプランの背後にまわろうとしたが、躍りかかったカスパー・リンツが、トマホークの一閃でその兵士を血煙の下に撃ちたおした。

「薔薇の騎士《ローゼンリッター》！」

戦慄が帝国軍兵士のあいだを無音のうちに駆けぬける。彼らの勇名は、敵と味方とをとわず、軍服を着る者すべての知るところだった。動揺し、数歩を後退した帝国軍の兵士たちを、臆病とそしることはできないであろう。だが、それはヤン艦隊の面々を勢いづけるに充分であった。戦闘において、名声ないし虚名は最大限に利用すべきなのである。シェーンコップが無言のうちに指示すると、一方の後退によって開かれた空間は、たちまち他方の前進によって埋められた。帝国軍の戦列は、崩壊こそしなかったが、時計の短針さながらに、緩慢に、だが確実に後退していった。

二三時二〇分、一隊を指揮したポプラン、ユリアン、マシュンゴらは、ＡＳ二八ブロックに突入し、第四予備管制室を占拠した。

帝国軍はさして動揺をみせなかった。中央指令室が占拠されたわけでもなく、彼らの防御が崩壊に直面したわけでもなかったからである。だが、ヤン艦隊の真の目的はその部屋を奪取することにあったのだ。中央指令室への突入が困難をきわめることを予想して、ヤンは、港湾施設から中央指令室にいたるルートからはずれたこの部屋に、戦術コンピューターを連動させておいたのだ。ポプランが赤く塗装された戦闘用ナイフを放り出して操作卓《コンソール》にとびつき、メイン・キーをいれた。

「雷神《トゥール》のハンマー、封印解除！」

ポプランに視線をむけられて、ユリアンは操作卓《コンソール》にしなやかな指をのばし、一連のキー・ワードを回路にうちこんだ。

「ロシアン・ティーを一杯。ジャムではなくママレードでもなく蜂蜜で」

ポプランが、血と汗によごれた顔のまま失笑した。最初のものと同様およそ軍事的緊張や興奮とは無縁なキー・ワードだった。

二三時二五分、暗黒の空間を突進する旗艦の艦橋で、ルッツ上級大将は敗北のうめき声をもらした。

「だめだ、後退せよ！」

彼はまにあわないことをさとった。要塞の機能が敵中におちたことを知った。銀色にかがやく巨大な球体の一点に、白い正視しがたい光の点がわきあがったのだ。

「全艦隊、反転！　雷神《トゥール》のハンマー射程内より急速離脱せよ」

スクリーンのなかで、〝雷神のハンマー〟の砲口にみちた白い光が、さらに明度と半径をましていく。冷たい汗と熱い汗を同時に背筋に触感しながら、ルッツはさらに艦列を拡散するよう命じた。すでに要塞を奪われ、敗北の淵に立たされてはいたが、被害を最小限にくいとめる責任が彼にはあったのだ。

白光が視界を埋めつくした。なにが生じるかを予期し、各艦のスクリーンの入光量を制御していても、なお強大な光の怒濤は帝国軍将兵の網膜を灼きつくし、反対に心を凍《い》てつかせた。九億二四〇〇万メガワットのエネルギーが全開放されて五秒にもみたぬあいだに、ルッツ艦隊は全兵力の一割を永久に失い、さらに一割を傷つけている。直撃をこうむった艦は乗員もろとも気化し、その外側に位置した艦は爆発し、さらに外側の艦では内部で火災を発生させ、乗員は恐慌にわしづかみされつつ消火に狂奔した。

「戦艦ルイトポルド、通信途絶!」

「戦艦トリッテンハイム、応答せず……」

あえぎと叫びとささやきが無秩序な交響曲をかなでるなか、コルネリアス・ルッツは指先まで青ざめて立ちつくしている。

〝雷神のハンマー〟はルッツ艦隊のみならず、イゼルローン要塞内部の帝国軍の士気《モラール》をもうちくだいた。四時間にわたる消耗と流血にたえぬいた精神の甲冑に亀裂が生じ、そこに勢いをえたあらたな一撃がたたきこまれると、もはや抵抗の意思は蒸発してしまっている。

シェーンコップらは、ほとんど無血のうちに各フロアを占拠していった。彼らが一メートルすすむと、帝国軍は二メートルしりぞくありさまだった。誰ひとり意識せぬうちにカレンダーがめくれて、一月一四日零時四五分、帝国軍司令官ヴェーラー中将がついに要塞の放棄を申しいれてきた。

「部下の安全な退去を要求する。それがいれられぬときは最後の一兵にいたるまで白兵戦をもって抵抗し、要塞ごと自爆するも辞せず」

一議におよばずユリアンはその要求を了承したが、交渉技術のうえから即答はできない。バグダッシュ大佐にそう言われて、ユリアンは一五分後の回答を約した。

このときすでに戦闘は終結していたといえる。一五分後に幕がおりるとわかっているのに、あえて殺しあい、傷つけあう必要もなかった。双方とも武器をおさめ、流血の河をはさんでにらみあうだけである。

ユリアンは七分後には条件受諾の返答を送った。血の泥濘《でいねい》のなかで呻吟《しんぎん》している重傷者の姿を正視できなかったからである。さらに八分を経過すれば、彼らは生きていないかもしれない。甘いな、と言いたげなバグダッシュの表情を、ユリアンはあえて無視した。自分の忍耐はもっとべつの機会にためされると思う。

零時五九分、みずからのブラスターで頭部を撃ちぬいたヴェーラー中将の遺体が、彼の執務室で発見された。椅子に腰をおろし、デスクに突っ伏していたが、ベッドのシーツをデスク上に折りかさね、血で汚さぬよう配慮した光景が、故人の性格をしのばせた。このようにものがたい為人《ひととなり》では、任務に失敗したとき死をえらぶ以外になかったであろう。ユリアンは黒ベレーをぬぎ、沈黙のうちに故人への敬意をあらわした。敵にたいする尊敬は、ヤンからくりかえし教えられたところだった。

旗艦のスクリーンに映しだされるイゼルローン要塞の姿からルッツは目をはなさない。

「閣下、どうかご休息ください」

むだと知りつつ副官グーテンゾーン少佐が声をかけた。

彼の予想どおり、ルッツは返答せず、腕をくんでスクリーンの前に佇立《ちょりつ》したまま、のしかかる敗北感にたえていた。

占領軍の数十倍にのぼる敗者の列が、要塞内の各処から港へとのびていた。血のにじんだ包帯が目だつのは当然だが、身体より精神に傷をおった者のほうがはるかに多いようで、敗北じたいを信じえぬ表情の群が脱力感の波となって移動している。

「まさに神算鬼謀というべきだな」

敗者の列を遠く見おろしながら、低くつぶやくメルカッツの声を、ベルンハルト・シュナイダーは鼓膜の表面にとらえた。シェーンコップらの勇戦もさることながら、時間と空間をこえてそれを完璧に制御しえたヤン・ウェンリーの智略をどう表現すべきか。既成の形容語にたよらざるをえないメルカッツの心理が、シュナイダーには理解できる。戦場での用兵巧者、というだけにとどまらない男だとは思っていたが、今回のイゼルローン再奪取の手ぎわときたら、あきれるほどのものである。少数をもって多数と戦うのは用兵学上の邪道と主張しながら、その邪道を完璧にきわめてみせる男なのだ。時間と兵力さえあたえられれば、どれほどのことをやってのけるのだろうか。

……宇宙暦《SE》八〇〇年一月、ヤン・ウェンリーと彼の部下たちは、イゼルローン要塞への帰還をはたした。不本意な放棄から一年ぶりのことであった。

V

「イゼルローン要塞はわが軍の手中にあり」

その報がメルカッツからもたらされ、幹部に戦死者がいないことがあわせて告げられると、エル・ファシル全星には歓喜の花火がうちあげられ、中央競技場で開かれた式典は一〇万の人間と一〇万の笑いにみたされた。

「わが革命政権にとって最初の勝利である。またしてもヤン元帥は奇蹟をおこした。だが、これはごく小さな一歩にすぎず、無限の未来へつらなるフィルムのひとこまでしかないのだ……」

独立政府要人たちの、ヨブ・トリューニヒトにくらべて洗練の度が低い演説を聞きながら、ヤンは憮然として貴賓席にすわっていた。今回、必要にせまられてとはいえ、あまりにも小手先の策略を弄しすぎたような気がして、あまり自慢する気にヤンはなれないのである。

いやでたまらないのだが、宣伝しなくては政治的な効果が生じない。フェザーン人に投資させるためにも、旧同盟の人的資源を招集するためにも、勝利と勝利者を宣伝しなくてはならないのだ。ヤンはお義理で勝利記念集会に出席し、その後は人をさけて宿舎に閉じこもってしまったが、その態度がまた後世の批判の種になるのである。

「もともと政治的効果を期待しての作戦であったのだから、それが成功したとき最大限に宣伝するのは当然である。それをきらって宿舎に閉じこもるとは、ヤン・ウェンリーの器量の狭さと覚悟の不徹底を証明するものであろう」

実際、ヤン・ウェンリーがほかに比肩するものがないほどの武勲を樹立し歴史をうごかしながら、とかく意地の悪い評価をくだされるのは、責任の多くが当人自身に帰するであろう。とにかく、〝覚悟が不徹底〟なのは事実であったから。

なつかしむべきイゼルローン要塞の中央指令室に一歩をふみいれると、ヤンの五官をこころよい風が通過していった。一月二三日に、エル・ファシルからイゼルローンに到着して、ヤンは郷愁のみたされる場所を獲得することができた。ワルター・フォン・シェーンコップに言わせると、

「政治家がいないから気がゆるむだけのことさ」

ということになるのだが。

けっきょく、自分は地上にはむかない人間らしい、と、ヤンは思わざるをえない。この年、彼は三三歳をむかえるが、これまでの人生の過半を、各惑星の地表ではなく宇宙船や人工天体の内部ですごしてきたはずである。そして、事実上、彼の生命と生活はそこではぐくまれ、織りだされてきたのだ。

故ヘルムート・レンネンカンプは残念だったことだろう。彼には宇宙の半分を征服した王朝の重臣としてすくなからぬ矜持があり、無重力の空間に死すべき場所をさだめていたであろうに、地上でみじめな死にかたをしなくてはならなかった。あつかましい願いだが、ヤン自身もかなうことなら宇宙空間で臨終をむかえたいものだ……。

こうして、エル・ファシル星系からイゼルローン要塞にいたる〝解放回廊〟は完成した。だが、それは地理上の有利さと、人格的な結合力とによって即成されたものであり、歴史の土壌に根をおろし、葉をしげらせるまでには、すくなからぬ風雨を経験しなくてはならないであろうことを、当事者たちは傍観者たちよりはるかに正しくわきまえていた。ただ、この当事者た

ちには共通の病弊《びょうへい》があって、事態が深刻の度を深めるほど、かえって表面的には陽気になるのである。ひとつには、口にだしてどう言おうとも、彼らの不敗の司令官を信頼しきっていたからでもあった。のちにユリアン・ミンツが述懐したように、

「ぼくたちはヤン・ウェンリーにたよりきっていた。彼が不敗であることはむろんのこと、不死であるとすら信じていた」

のである。けっしてそうではないことを、やがて彼らは思い知らされるのだが、さしあたり彼らは酒と鼻歌を友としていられた。

だが、イゼルローン要塞再奪取成功の吉報ときびすを接して、ヤン・ウェンリーは歓喜を一瞬に凍結させるほどの悲報に接しなくてはならなかった。

アレクサンドル・ビュコック元帥戦死の報である。

第六章　マル・アデッタ星域の会戦

Ⅰ

　ラインハルト自身の同盟領侵攻は、ヤン・ウェンリーのイゼルローン再奪取作戦と、時をほぼ並行しておこなわれている。ゆえに、コルネリアス・ルッツの判断と行動にヤンがつけこむ間隙が生じたわけだが、ラインハルトおよび帝国軍大本営からみれば、ルッツの未参陣は不満の種子とはなっても致命傷となるものではない。各処で同盟軍――というよりその残滓《ざんし》を撃ちはらい、軍事施設を破壊し、傲然とさえ見えるほど堂々たる進撃ぶりであった。

　先頭に立ったビッテンフェルト上級大将の〝黒色槍騎兵《シュワルツ・ランツェンレイター》〟艦隊は、途次、いくつかの微弱な抵抗を爆砕《ばくさい》しつつ急行したが、同盟軍ビューフォート准将のゲリラ活動によって補給線を一時的ながら絶たれ、その回復を待ちながらいっぽうではビューフォートを追ってその根拠地をたたきつぶすなどして、多少の時間的損害をこうむった。ビューフォートはほとんど身ひとつで逃走し、ビッテンフェルトをくやしがらせたが、そのかわりに彼は捕虜からある情報をえた。

「ウィリバルト・ヨアヒム・フォン・メルカッツ提督は、どうやらヤン・ウェンリーのもとで健在であるらしい」

ほう、というつぶやきが、その報をうけた提督たちのあいだから泡のようにはじけたが、それは驚愕より納得をあらわすものであった。けっきょくのところ、故ヘルムート・レンネンカンプは偏見にもとづいて正解をえていたわけである。ヤン・ウェンリーがエル・ファシルの独立革命政府に身を投じたことも確認されたが、

「将がいても兵がいないのでは、惑星なき恒星にひとしい。光も熱もむなしく闇を照らすだけのことだ」

という楽観論が、意外に帝国軍幹部の有力な支持をえた。同盟の軍事力とヤン・ウェンリーの才幹とが分離し、辺境の無力な一惑星が後者をえたからといって恐怖するには値しないのではないか。すくなくとも、現在、帝国に圧倒的に有利な軍事的・政治的情勢がくつがえされるとは思われない。

「ヤン・ウェンリーは、用兵家として他に類を見ない才能と実績を有している。しかし、それによって彼の政治家としての成功が証明されるわけではない。名声によって反帝国勢力を糾合することは可能だろうが、問題はそれを維持しうるかどうかだ」

そしてそれは容易ではない、というのがラインハルトの幕僚たちの見解であった。根拠は複

数存在した。エル・ファシルの現実および潜在的な農工生産力は大軍をやしなうにたりるであろうか。他の諸惑星はエル・ファシルの下風に立つのをいさぎよしとするであろうか。そしてヤン自身の資質は、はたしてどうか。

バーミリオン星域会戦のとき、ヤン・ウェンリーは勝利を目前にしながら、同盟政府の命令にしたがい、無条件で砲火をおさめた。ラインハルトの旗艦ブリュンヒルトを、まさに射程にとらえようとしていたにもかかわらず。彼がその命令を無視すれば、政府の掣肘から解放され、彼自身が宇宙の覇者たりえたかもしれないのだ。

その決断は、道義的には賞賛に値するものであったが、同時に、政治行動家としてのヤンの限界を暴露してしまったのである。彼が現在も一貫して民主共和政治の形式を尊重しているなら、今後もその枠をふみこえて行動することはできない。また、その後、価値観をかえたとしても、すでに最大の好機をとりにがした者に幸運の女神があらためて媚をうることはないであろう。政略家としてのヤン・ウェンリーに能力上の資質はあっても性格上の資質は欠けているのだ。ヤン・ウェンリーが同盟政府に抗して首都ハイネセンを脱出したのは、完全な緊急避難の処置であって、慎重にねりあげられた政治的構想の結果ではありえない。彼は第一人者として立つには自身で制約をもうけすぎるし、第二人者に甘んじるには能力と名声がありすぎて、上位者の嫉視《しっし》と疑惑を呼ぶであろう……。

それらの辛辣な評価を耳にしても、ヤンは反論しえなかったであろう。帝国大本営幕僚群

――主としてヒルデガルド・フォン・マリーンドルフ伯爵令嬢――の分析は、完全な事実ではないとしても、かぎりなく事実にちかかった。知性の活動が事実をクローン化したといってもよい。彼は第二人者以下でありたかったのに、第一人者にめぐまれなかった。当人の忍耐力と包容力も、軍人として活動するまでが限界で、政治家として生きる可能性は彼の精神にとって水平線の彼方にしか存在しなかった。ヒルダは、ヤンのそういった為人《ひととなり》を完全に理解していたわけではないにしろ、バーミリオン星域会戦に代表される現象のいくつかによって、その限界はほぼ正確に把握しえていたのである。

だが、ヒルダの明哲をもってしても、戦術家としてのヤンを把握することは不可能であった。無限とすら思われる智略は、尊敬と恐怖に値した。ゆえにヒルダは、ヤンとの直接対決をさけるよう皇帝を説かざるをえない。

「同盟軍にせよ、政府から離反した諸部隊にせよ、ヤン・ウェンリーあるところ勝利ありととなえています。それを裏がえせば、ヤンなきところに勝利なし、ということになるでしょう。ヤンがいない場所で戦略上の処置をかさね、彼を奔命《ほんめい》につかれさせ、抗戦を断念させてはいかがでしょうか」

この進言は、若さと覇気にとんだ美貌の皇帝には喜ばれなかったようである。

「フロイライン・マリーンドルフは、予をどうしてもヤン・ウェンリーと戦わせたくないようだ」

ラインハルトはヒルダを見すえた。蒼氷色《アイス・ブルー》の瞳のなかで、鋭気が風速をましつつあるのが伯爵令嬢にはわかる。

「比類なく聡明なフロイラインでも錯覚することがあるとみえる。もしヤン・ウェンリーに敗北することがなければ、予は不老不死でいられるのだろうか」

ヒルダは頰と精神を同時に紅潮させ、抗議の意思をこめて、かるくあごをつきだした。

「意地の悪いおっしゃりようをなさいます、陛下」

「赦せ」

ラインハルトは笑ったが、それは礼儀を順守した結果であって、自分の意思を修正するつもりが彼にはないことを、つづく一連の発言が証明した。

「フロイライン、昨年、予はバーミリオン星域でヤン・ウェンリーと戦った。そしてみごとに敗れた」

「陛下……」

「予は負けたのだ」

反論を許さぬ明快さと厳格さで、ラインハルトは断言した。

「戦略レベルにおいて、予は彼の挑発にのってしまった。戦術レベルにおいては、いま半歩で彼の砲火に直撃されるところであった。予が敗死をまぬがれたのは、フロイラインがロイエンタールとミッターマイヤーをうごかして敵国の首都を衝《つ》かしめたからで、功はフロイラインにある。予にはなんの功もありはしない」

白皙の顔に赤い激情のヴェールをかぶせながら、皇帝は語と呼吸を強めている。

「おそれ多いお言葉ですが、陛下、臣下の功績はその臣下をとりたてた主君に帰するものです。陛下は負けてはいらっしゃいません」

ラインハルトはうなずいたが、あいかわらず彼の視線は内心の強風を映しだしている。ヒルダは一瞬ためらったあと、強風にむかって直立することを決心した。

「ヤン・ウェンリー一個人にたいする復仇など、どうかお考えなさいますな。陛下は遠からず全宇宙をお手になさいます。ヤン・ウェンリーはそれをはばむことはできないでしょう。陛下が最終的に勝利なさるゆえんです。誰が勝利を盗んだなどと申しましょうか」

「ヤン・ウェンリーは言うまい。だが、彼の部下たちがそう主張するにきまっている」

少年めいた、というより子供っぽい、それは言いかたであった。ラインハルトは白いしなやかな指を端麗な唇にあてたが、爪をかむ行為をかろうじて抑制している印象であった。軍神と美神とが名誉と情熱をかけて所有をあらそうような、この比類ない若者は、負けることよりも負けたと言われることのほうをおそれているようであった。ヒルダはいささかあきれ、同時に不吉な微風が神経網を吹きぬけるのを感じた。

ラインハルトが破滅を熱望しているとまではヒルダは思わない。だが、敵を失ったあとの長い安逸のなかで老い朽ちていくより、すぐれた敵によって生命の最盛期に倒されるほうをラインハルトは無条件でえらぶのではないか……。ことさらに疑問形にとどめたのは、最終的な断定をくだすことが、ヒルダにとってさえ最大級の精神的な負担を必要としたからである。疑問の段階でさえ息苦しさを感じるのに。

ヒルダはかるく頭をふって、くすんだ金髪に照明光を反射させた。ことさらに暗い方角をえらんで思考の迷路をたどるのは、本来の彼女にふさわしくなかった。すでに三年前のことになってしまったが、リップシュタット戦役に際してラインハルト陣営に父と彼女自身を投じたのは、破滅の美ではなく、眼差《まなざし》の高さと翼の強さを見いだしたからなのである。

五〇〇年前、鋼鉄の巨人ルドルフ・フォン・ゴールデンバウムが軍人として敵手たる宇宙海賊と戦ったのは、秩序を破壊する者にたいする憎悪と、政治的野心のゆえであった。彼の権力と子孫の特権を弱者の犠牲のうえに維持することが、彼の正義の帰結するところだった。そのルドルフの正義を、ラインハルトは否定して起《た》ったのだ。

そのゆえんはなんであったか。美しく優しい姉アンネローゼを、権力者によって不当に強奪されたことにたいする復讐を誓約したこと。五世紀にわたる大貴族の支配体制に腐臭をかぎ、その変革をこころざしたこと。私的だが正当な怒りと、公的で正当な願望。それらはこの若者の生命力の源泉であったはずだが、むしろ彼の生命力が、もっとも華麗で熾烈な発現のしかたを要求したのかもしれない。昨今、ヒルダはときとしてそう思う。そしてそのたびに気に病んでしまうのだ。かがやかしい炎は早く燃えつきるのではないか、と。

Ⅱ

ラインハルトと帝国軍にとって、宇宙暦《S・E》七九九年、新帝国暦一年はいまひとつ精神の核を燃焼させえぬまま退場し、あらたな年がおとずれた。新年の行事といえば、総旗艦ブリュンヒルトの式典用ホールで皇帝をかこんでささやかな祝宴がひらかれ、全将兵にワインが配られただけである。大規模な祝宴は同盟首都ハイネセンを完全に占領したあと、もよおされるであろう、と皇帝は通信スクリーンをとおして将兵に語りかけ、将兵は「ジーク・カイザー・ラインハルト」の歓呼で全艦艇の内壁をゆるがした。兵士たちの皇帝にたいする信仰と諸将への敬意には刃こぼれひとつなく、士気《モラール》の点で不安は皆無であった。先行するビッテンフェルトと本隊との通信が、かなりの頻度で妨害をうけて相互の連絡が疎《そ》になりがちであること、ルッツがなぜかイゼルローン要塞をでようとしないことが現在の情勢に完璧さを欠く要素となっているが、シュタインメッツをふくめた三者をそれぞれ各個撃破でもされないかぎり、動揺する必要もないであろう。

「おそらく一度は、組織的な反撃があるはずだ。死兵となって最後の抵抗をこころみてくるだろう。それを覆滅《ふくめつ》せしめたのち、同盟首都ハイネセンを占拠し、同盟の完全滅亡を宣言する」

ラインハルトと彼の幕僚たちはそう認識し企図していたが、一月八日にいたって、一〇〇〇隻以上の艦艇群がミッターマイヤー軍の前方に姿をあらわした。たくみな距離をたもって泳ぎまわり、攻撃をさそうようすである。

それは、帝国軍の長大な軍列を、ビッテンフェルトの後方で分断しようとこころみるかにみえた。一瞬に蹴ちらすか、と、皇帝《カイザー》ラインハルトも幕僚たちも考えたが、これは同盟軍が最後に総力をあげて反抗する、その尖兵《せんぺい》的状況であろうとみなして、あえて交戦をさけた。後衛のミュラーに、フェザーン方面の補給路の安全を確保するよう通達したのは、統帥本部総長ロイエンタールの識見をしめす処置であった。同時にミッターマイヤーは全軍を停止させ、五〇〇隻の駆逐艦、それに一〇倍する偵察艦を放って情報収集をこころみた。この時期、先行するビッテンフェルトとの連絡はほとんど断絶し、妨害の激化が、同盟軍反攻の接近を無言のうちに証明した。ラインハルトはアイゼナッハ、ミュラー以下の諸軍を集結させた。いかに大軍でも、前後に極端に長い陣列は指揮統一のうえからとるべきではなかった。将兵のあいだに緊張が高まった。

「奴ら、勝算があって出撃してくるのか。それとも勝敗を度外視して、民主共和国家の終焉《しゅうえん》に殉じるつもりなのか」

その疑問は、帝国軍諸将の胸中にわだかまっている。中級以下の士官であれば〝とにかく全力をつくすのみ〟と精神論で処理することもできるが、最高幹部は〝はず〟と〝つもり〟で用兵策を立案するわけにいかないのだ。

「数だけは集めたものだ。もっとも、終わったときにどれほど残っているやら」

クナップシュタインが冷笑まじりに評したのは、一月一〇日、ブリュンヒルト艦上の最高幕僚会議においてである。報告の総合によって、同盟軍は二万隻前後の戦力を用意していると推定された。たしかにこれは帝国軍の予想をうわまわる数であったが、戦艦や宇宙母艦の数は多かろうはずがなく、火力は劣勢であろう。

「されば、一戦してこれを葬るあるのみ。逡《しゅん》巡《じゅん》して戦機を失うの愚は、宇宙の統一をこころざすわが軍の覇気にそぐいません」

年少気鋭のバイエルラインが頬を紅潮させて主張した。グリルパルツァーも身をのりだして熱弁をふるった。

「もしいたずらに時をついやせば、流亡の窮状にあるヤン・ウェンリー一党に再起の余裕をあたえる結果を生じるかもしれません。先年、ランテマリオ星域会戦の際、彼が蠢動したために、わが軍は同盟軍を完全に絶息せしめる機会を逸したのです。陛下、なにとぞ吾《われ》らにお命じください、戦うべし、と」

ロイエンタールやミッターマイヤーが沈黙していたのは、いまさら皇帝《カイザー》に戦いを使嗾する必要をおぼえなかったゆえである。問題は、どこでどのように戦うか、であった。たとえ同盟軍が二万隻の大軍でも、帝国軍にくらべれば寡兵《かへい》であり、火力も劣勢であるからには、相応の戦術を駆使してくるであろう。司令官はどうやらアレクサンドル・ビュコック元帥であるらしい。先年、ランテマリオで善戦した老練の用兵家である。油断すべきではなかった。

ビュコックが帝国軍の前方に布陣したとの報がもたらされたのは一三日になってからであった。このときすでにイゼルローンはヤン・ウェンリーの手中におちていたが、その報はいまだラインハルトのもとにとどけられていない。

恒星の名はマル・アデッタ。先年ビュコックが帝国軍を迎撃して大兵力の前に敗北を余儀なくされたランテマリオ星域より六・五光年の近距離にある。ランテマリオにくらべれば戦略的な価値は低いが、戦術的には帝国軍にとってははるかに難所というべきであった。惑星数は算出不可能。最大でも直径一二〇キロという小惑星群が巨大な帯をなし、恒星はきわめて不安定で表面爆発をくりかえす。当然、通信は乱れ、恒星風が熱やエネルギーにまじって微小な岩石を乱流にのせて無秩序にはこぶ。大兵力であればあるほど、指揮と運用が困難になるというのが帝国軍のえた情報であった。このような地理上の知識は、そのほとんどを、フェザーン航路局の資料からえており、それを獲得しただけでも、ラインハルトは比類ない軍事上の功績をあげたといえるのである。

「あの老人、よくもこれほど戦いづらい宙域をえらんだものだ」

ロイエンタールやミッターマイヤーでさえ舌打ちの音をたてずにいられなかった。むろん、その舌打ちには感歎の要素がきわめて多くふくまれている。半世紀にわたって帝国の専制主義と戦いつづけてきた老将の、おそらくは最後の戦場となるであろう。智略と気骨の発露を、彼らは看《み》てとって、襟を正す思いにとらえられたのだ。

「老いてなお気骨のある者は賞すべきかな」

ミュラーがつぶやく。賞賛の念には、軍事ロマンチシズムや感傷の分子もふくまれているであろうが、彼らの心情には誇張もいつわりもなかった。同時に、

「あの老人は、みずからの生命を犠牲にすることで、民主共和主義者たちの精神を鼓舞しようとしている」

ことを彼らは直感し、戦慄を禁じえない。むろんそれは、昂揚感および充実感と不可分のものであり、その点に軍人精神というものの一種の救いがたさが存在するであろう。

小惑星帯の帯をねじれるようにつらぬく一本の回廊があり、長さ九二万キロ、直径四万キロのトンネル状の空間に同盟軍はひそんで帝国軍の来襲を待ちうけているのだ。その事実は公然とあきらかにしている。挑戦の意思を行動によってしめしているのだった。

一月一四日。帝国軍はマル・アデッタ星域へ大挙侵入を開始した。銀河帝国ローエングラム王朝最初の皇帝《カイザー》、ラインハルトの両眼で蒼氷色《アイス・ブルー》のたいまつが燃えている。毛細血管のさらに末端までみなぎった闘気のゆえであった。後世、〝その為人《ひととなり》、戦いを嗜《たしな》む〟と称されるゆえんが、黒と銀の華麗な軍服をまとった優美な長身に充満している。その姿が総旗艦ブリュンヒ

ルトの艦橋にたたずむとき、帝国軍の将兵は、戦いと勝利を同一視せずにはいられなくなるのだった。

〝帝国軍の双璧〟のうち、ミッターマイヤーはみずからの旗艦〝人狼《ベイオウルフ》〟にあって左翼の指揮をとっている。ラインハルトの傍にあるのは統帥本部総長オスカー・フォン・ロイエンタールである。

艦隊を行動させ、陣形を編成し、敵を攻撃し、最大の効果をあげて戦場を離脱する。そのスピードにおいてウォルフガング・ミッターマイヤーにまさる者はいない。〝疾風ウォルフ《ウォルフ・デア・シュトルム》〟の異名が彼に冠されたゆえんである。

「神速にして、しかも理にかなう」

とは、オスカー・フォン・ロイエンタールが僚友の用兵のみごとさを賞賛した言葉だが、彼自身も僚友から評されている。

「攻守ともに完璧にちかい。ことに沈着にして広く戦局全体を見わたしながら戦いを運営する点で、おれはロイエンタールの足もとにもおよばない」

帝国軍の右翼は、〝沈黙提督〟アイゼナッハ上級大将、後衛はミュラー上級大将の指揮するところであった。いずれも〝双璧〟につぐ武勲と才幹を誇る名将で、ことにミュラーは敵手たるヤン・ウェンリーをして〝良将〟と言わしめた男である。

「同盟軍の宿将に、ふさわしい死場所をあたえてさしあげよう。もはや白髪の老人の活躍すべき時代ではない」

若い提督たちの大言壮語に、ロイエンタールが釘をさした。

「言うはやすし、だ。卿《けい》らのいう白髪の老将に、卿らこそ手玉にとられるなよ」

そして前衛の光栄をになったのは、故ヘルムート・レンネンカンプの麾下で勇名をはせたクナップシュタイン、グリルパルツァーの両大将であった。ラインハルトはこの両者を、ロイエンタールとミッターマイヤーのよき先例にならわせたいと考えたのである。むろん他に類を見ないからこそ〝双璧〟の名に値するのだが、彼らが軍の重鎮として前線から中枢に移動しつつあるとき、たとえ亜流であるにしてもそれにかわる存在が必要であった。

さらに予備兵力としてファーレンハイト上級大将が星系外縁部で遊軍の配置をなされている。同盟軍の戦術によっては、後背や側面からの敵襲に対応して、かなりの距離と範囲を移動しなくてはならないが、もっともありうべきは、回廊の後方へ迂回して同盟軍の退路をたつ、あるいはさらに回廊内へ侵入し、前方の味方と呼応して同盟軍を挟撃するという能動的な作戦である。ファーレンハイトの気質には、これがもっとも好ましい。最初から回廊への侵入を指令してほしいほどだが、ラインハルトとしてはせまい回廊のなかでは大兵力の利点を生かしえぬし、同盟軍が罠をしかけている可能性も大であるので、最初の用兵策としては正攻法を採ったのである。その点、地の利は同盟軍にかたむくこととなった。

さまざまな意味で常識外の戦いではあったが、このようなときには誰かがあえて常識的な意見をのべなくてはならない。皇帝首席副官シュトライト中将が同僚たちの暗黙の合意のもとに今回その任をひきうけることになった。

「あえて陛下ご自身が正面から敵と勝敗を決される必要はありますまい。一軍をもって敵の妄動をおさえこみ、本隊は一路ハイネセンをつけば、ことはそれで決します。ビュコック元帥に老練の用兵と人望があろうとも、しょせんは一戦場に命運を賭けるのみ。無視なさってよろしいかと存じます」

ラインハルトはこの諫言《かんげん》を予期していたので、怒りやおどろきの表情をしめしはしなかった。両眼に蒼氷色《アイス・ブルー》の極光を乱舞させつつ、若い皇帝は幕僚一同を見わたした。シュトライト以外の幕僚にも聞かせようとの意思があきらかであった。

「卿の進言は誤ってはいない。だが、歴戦の老提督がおそらくは死を賭しての挑戦、うけねば非礼にあたろう。ほかにも理由がないわけではないが、予と予の軍隊にとってはそれで充分のはずだ」

それ以上の説明を、ラインハルトはおこなわず、シュトライト以下の幕僚も口を緘《かん》した。もともと皇帝が負けると思ってはいないのである。皇帝の気質が決したことであれば、これ以上の諫言は無用であった。

たがいに元帥となった身でも、戦いを前にしてともに酒を飲む習慣は、ロイエンタールとミッターマイヤーのあいだになおつづいている。一月一五日、ミッターマイヤーは総旗艦ブリュンヒルトにおける作戦会議のあとに、ロイエンタールの私室をおとずれた。ワインは部屋の主が提供した。

「卿《けい》はどう思う、この戦いを？」

ミッターマイヤーの問いに、金銀妖瞳《ヘテロクロミア》の元帥は即答しなかった。濃いワインの鏡では、左右の瞳の色も判然とはしない。やがて血と同色のワインが血管をみたしたころ、唇がうごいて返答をつむぎだした。

「この一戦に意味があるとすれば、理性の面ではなく感情の面においてだな。老いた獅子と若い獅子とが、ともに戦いをのぞんでいる。名誉がそれに色どりをそえることになろうが、けっきょくのところ、抜かれた剣は血ぬられずして鞘におさまるものではないさ」

「卿が詩人の魂をもっているとは、今日まで知らなかったな」

冗談にまぎらわせようとする友人の意図をロイエンタールは無視した。

「おれにはわかる。卿にもわかっているはずだ。歴史というやつは、人間同様、眠りからさめるとき咽喉をかわかしている。ゴールデンバウム王朝はすでに滅びた。自由惑星同盟《フリー・プラネッツ》も今日までは生きながらえたが、明日には滅びる。歴史は大量の血を飲みほしたがっている」

ミッターマイヤーは眉をひそめ、帝国軍最高の勇将とうたわれる彼らしくもなく、不安の薄い雲を面上によぎらせた。ようやく反論した声はやや勁《つよ》さを欠いていた。

「だとしても、すでに充分に飲みあきたはずだとおれは思うが……」

「そうかな、そう思うか、ミッターマイヤー」

ロイエンタールの声は、自分自身の感情と理性を統御しかねて、そのかるい混乱を友人にぶつけているようにも聞こえるのだった。ミッターマイヤーは空のワイングラスを、指先で強くはじいた。

「皇帝《カイザー》ラインハルト陛下の御手によって、分裂していた宇宙が統一され、平和がもたらされる。卿の言うように、明日、同盟が滅びるなら、明後日の朝は平和の光で明けるだろうよ。そうでなければ、おれたちがやってきたことも、これまでに流された血もむだになる」

「……そのとおりだ」

うなずいたロイエンタールの顔は、ワインのかるい酔いの下に見えざる迷彩をほどこしていた。それはつまり、彼自身の心の迷宮が皮膚を透過してあらわれたものなのである。

「だが、おれは思うのだ。歴史が血を飲みあきたとしても、それは量だけのこと。質的にはどうかな。犠牲は高貴なほど、残忍な神に喜ばれるものだし……」

「ロイエンタール!」

友人の声はきびしく、理性と現実感覚のするどい風音がロイエンタールの神経回路を吹きぬけて換気扇の役をはたした。彼は体内から追いだされた酒精と思考の見えざる靄《もや》を、片手をあげて追いはらうと、彼本来の明晰な知性が脳細胞を再占拠するまで、やや沈黙をたもった。

「……どうも柄にもない役を演じていたようだな。おれは詩人でも哲学者でもなく、粗雑な軍人にすぎぬというのに。このような役はメックリンガーなどにまかせたがよさそうだ」

「目をさましてくれてありがたい。さしあたりおれたちとしては、会ったこともない歴史の神とやらより、目の前にいる敵の思惑をこそ知りたいものさ」

ロイエンタールは耳朶《じだ》をつまんだ。

「いずれにしても、この戦いは儀式というべきだ。自由惑星同盟《フリー・プラネッツ》の葬列にたむけるためのな。この形式をふまねば、生者も死者も、滅亡の事実をうけいれることはできぬだろう」

彼らは最後のワインをたがいのグラスにそそぎあうと、沈黙のうちにスクリーンを見やった。遠く近く、無数の艦艇がかさなりあい光の波頭をつらねている。明日には、そのかなりの部分が永久に消えさって、宇宙を構成する暗黒の板に埋めこまれてしまうだろう。

やがてミッターマイヤーはブリュンヒルトを辞してみずからの旗艦〝人狼《ベイオウルフ》〟に帰っていった。


自由惑星同盟宇宙艦隊司令長官アレクサンドル・ビュコック元帥は、旗艦の執務室で作戦の最終チェックをおこなっていた。彼自身の思いはべつとして、勝算をすこしでも高めておくのが指揮官の責務である。

この〝自由惑星同盟最後の戦い〟において同盟軍が動員しえた兵力がどのていどの数量であ

ったか、厳密には確定しえない。すでに統合作戦本部は軍部統帥の機能を失っており、多くの資料や記録は破棄されて、推定と記憶が空白を埋めるのみである。それでも、艦艇二万ないし二万二〇〇〇隻、将兵二三〇万ないし二五〇万人という、意外に多くの数字をもとめることができる。

「宇宙暦《SE》八〇〇年初頭のマル・アデッタの戦いは、自由惑星同盟最後の戦いというより、皇帝《カイザー》ラインハルトとビュコック元帥とのあいだにかわされた私戦というべきである」

と極論されることもあるのだが、すくなくともビュコックは同盟の旗をかかげて戦ったのだし、統治能力を失った同盟政府を見すてて老将のもとへ駆けつけた将兵たちは、首都ハイネセンに逼塞《ひっそく》する政・軍のＶＩＰたちではなくビュコックをこそ同盟の象徴とみなしたのである。善悪で論じるべき次元ではなく、それが事実だったのだ。〝バーラトの和約〟成立後わずか半年の破局は、長期的戦略の立案においていちじるしく同盟軍の不利となったが、戦艦等の廃棄がいまだなかばであった点では皮肉な有利さをもたらしたといえる。

〝パン屋の二代目〟ことチュン・ウー・チェン大将は、兵力整備にあたって二律背反する立場にみずからをおいている。ラインハルトの侵攻に積極的に対処しうるだけの兵力をととのえると同時に、後日にそなえてヤン・ウェンリーらのために兵力を残しておかねばならない。彼は、〝帝国軍の双璧〟に洞察されたように、みずからを同盟軍の葬礼をつかさどる祭司と目《もく》し、いっぽうでは民主共和革命軍の出産をたすける助産夫でもあろうとしていた。そのために、本来なら有能な信頼すべき味方となったであろう旧ヤン艦隊の幹部たちをエル・ファシルへ送りだしたのだ。

この時期、ムライ、フィッシャー、パトリチェフらに統率された艦隊はいまだヤンとの再会をはたしていない。彼らは最初から同盟軍との摩擦や帝国軍との接触をさけるため、辺境星区を大きく迂回してイゼルローン方面へむかわなくてはならなかった。通常なら一カ月の必要期間を算すれば充分なところだが、今回は未知の部分の多い辺境航路をなかば手さぐりで進まなくてはならず、ファラーファラ星域では恒星爆発のため通信がとだえて艦隊が分散してしまった。ようやく再編成がすむと、艦隊運用の名人であるフィッシャーが過労のため高熱を発し、動揺した将兵のなかに離脱をはかる者もでて、一時、艦隊は解体の危機に直面した。このときムライがいそいで主力を掌握するいっぽう、パトリチェフとスーン・スールが精鋭をひきいて造反者たちを制圧したのだが、間一髪ほどの差で、造反は成功するところだったのだ。

本来、パトリチェフは〝去る者は追わず〟というヤン・ウェンリー亜流主義を信奉していたのだが、今回、造反者たちの離脱をゆるせば自分たちの目的や位置を知られてしまう危険がある。艦隊戦において十全の自信は彼らにはなかったので、ムライならずとも、秘密保持に神経質にならざるをえなかった。造反者たちを監禁したのちも、再三にわたって事故や反抗計画に悩まされ、スーン・スールの述懐によれば、〝長征一万光年の鱗《うろこ》の一枚ほどには匹敵する〟苦労のすえ、イゼルローン回廊へはいってヤン・ウェンリーらと再会しえたのは宇宙暦《SE》八〇〇年一月末のことである。そのときヤンは監禁されていた造反者四〇〇余人を解放し、ハイネセン出立以来の給料を渡してやった。造反者の半数はあたえられたシャトルで去ったが、半数は翻意してそのままイゼルローン要塞に残留し、ヤン・ウェンリーとともに戦うことになる……。

アレクサンドル・ビュコックは、宇宙暦《SE》八〇〇年のうちに七四歳の誕生日をむかえるはずであったが、バースデイ・ケーキに林立するキャンドルにむけて老年の肺活量をためす機会を、彼はとうに期待していなかった。

参謀長チュン・ウー・チェンが、緊張感を欠く表情で入室してきた。

「もうお寝《やす》みになってはいかがですか、閣下」

「うむ、そうするつもりだったが、やはり戦う以上は納得のいく戦いをしたいのでな」

「大丈夫ですよ、皇帝《カイザー》ラインハルトがあきれるようなことはないでしょう」

「そうねがいたいものだ。それにしても、わし自身はともかく、多くの者を死なせることになるな。いまさらではないが罪深いことだ」

「来世は医者にでもおなりください。それでバランスがとれるはずです」

ビュコックは意外そうな目で参謀長を見やった。来世などという言葉をチュン・ウー・チェンが使うとは思わなかったからだ。だがそのことは口にせず、疲れた瞼《まぶた》を指でもみながら独語じみた述懐をもらした。

「考えてみると、わしはたぶん、幸福者だろう。人生の最後に、ラインハルト・フォン・ローエングラムとヤン・ウェンリーという、ふたりの比類なく偉大な用兵家に出会うことができた。そして、ふたりのうちいずれかが傷つき倒れる光景を見ないですむのだからな」

それに自由惑星同盟《フリー・プラネッツ》が完全に滅亡するありさまも――とは、チュン・ウー・チェンの聴覚ではなく洞察力がとらえた老元帥の無言の声であった。

Ⅲ

この年一月一六日、無数の前哨事《ぜんしょうじ》ののちに、帝国軍と同盟軍とは正面から激突する。帝国軍は標準的な凸形陣だが、前衛もそれほど突出せず、重厚な陣形の深みで敵を圧するように前進していく。回廊正面に位置する同盟軍と対峙し、砲門を開いたのは一〇時三〇分であった。

「撃て《ファイヤー》!」

「撃て《ファイエル》!」

指令の叫びには、おそらく秒の差もなかったであろう。数万の光条が無窮の暗黒をえぐりぬき、エネルギーの白い牙が艦艇をかみさいて、光芒を炸裂させ、両軍の戦闘スクリーンを繚乱《りょうらん》たる花園に変えた。ひとつの光の花が数百の生命と等価なのだ。

第一撃の応酬が終わると、同盟軍の艦列は整然と砲撃をつづけながら、はやくも後退を開始した。帝国軍の前衛、グリルパルツァーとクナップシュタインは猛然と突進し、せまい回廊内にしりぞこうとする同盟軍後衛と激戦をまじえてかなりの損害をあたえ、一〇時五〇分にはグリルパルツァーが回廊突入に成功した。

だが、一一時二〇分、恒星風の一波が無秩序な乱れかたで帝国軍の左側面をおそい、艦列は秩序を失いかけた。ミッターマイヤーが、浮足だつ味方に叱声《しっせい》の鞭をたたきつけ、陣形を再構築にかかったが、回廊に突入したグリルパルツァー軍は、密集態形に同盟軍の砲火をうけて回避もなしえず、せまい宙域にひしめいたまま爆発光を連鎖させた。

「なにをしている。このままでは戦力を消耗するばかりではないか。後退して逆に敵をひきずりだせ」

ラインハルトの叱咤がとどいたわけでもなかったが、グリルパルツァーは狭小な回廊に大兵力を密集させる危険性に気づき、後退を開始した。同盟軍の集中砲火は苛烈をきわめ、グリルパルツァー艦隊の前衛には白く青く爆発光が咲きみだれた。あるていどの被害は覚悟のうえであったが、解放されたエネルギーや破砕された艦体が恒星風にのって帝国軍の艦列に正面からおそいかかり、帝国軍の傷口に塩をなすりつけた。帝国地理博物学協会の若い会員は、熱い汗と冷たい汗に軍服の内側をぬらしながら、かろうじて艦列の崩壊をくいとめ、砲火の乱打をあびながらも回廊からの脱出をはたした。

ビュコックは追撃を禁じた。狭小な回廊のなかで戦ったからこそ優勢に戦いえたのであり、広大な安全宙域にでれば圧倒的な大軍に包囲されるのは明白である。グリルパルツァーは回廊から脱出すると同時に陣形を拡散させ、追撃に対処したが、けっきょく、同盟軍が追ってこなかったので、三割ちかい兵力を失った無念に歯がみしながらも、残存兵力を再編し、回廊の出口にあらためて布陣した。これが一二時一〇分である。このとき、旗艦ブリュンヒルト艦橋のスクリーンで回廊の戦闘を展望していたラインハルトは、すでにアーダルベルト・フォン・ファーレンハイト上級大将に指令をくだしていた。

「卿《けい》の兵力をもって、老いた虎を追いだせ」

百戦錬磨のファーレンハイトには、それ以上の具体的な戦術指令は必要なかった。彼は水色の瞳を光らせて麾下の艦隊に命じ、最大戦速をもって危険宙域を突破し、回廊の背後へまわって同盟軍に一撃をあびせようとした。後背を衝かれれば、同盟軍は前方へいわば押しだされ、全面展開する帝国軍の輻輳《ふくそう》する火線にさらされることとなろう。

一三時〇分、グリルパルツァーにかわってクナップシュタインが回廊へ侵入を開始した。迂回作戦を敵にさとられぬための、これは常套《じょうとう》手段である。むろんただ敵の注意を集中させるだけにとどまらず、その戦力を消耗させ、さらに迂回した味方と呼応する重要な任務が彼にはある。クナップシュタインにとっては用兵家として貴重な経験をつむことになるであろう――むろん彼が激戦にたえて生き残れば、だが。

「さて、どんなものかな」

ロイエンタールが胸中につぶやいたのも道理であろう。クナップシュタインはせまい回廊のなかで的確な狙撃を集中されて、たちまち窮地にたたされていた。地の利をえず、しかも経験の差は大きい。いっきょに崩壊に直進せず、どうにか艦隊の秩序をたもちえているのが、むしろ非凡というべきであろう。

戦闘スクリーンに視線を凝固させたまま、司令長官ミッターマイヤー元帥の声はサブスクリーンに映る部下にむけられた。

「あの老人を殺したくないものだな、バイエルライン。敵ながら敬愛に値するじいさんだ」

「同感ですが、降伏をすすめても承知はしないでしょう。私としても、敵に敗れて、あおぐ旗を変えようとは思いません」

ミッターマイヤーはうなずいたが、わずかに眉をうごかしてバイエルラインに注意した。

「卿の考えはそれでよいが、口にだすのは慎しめよ」

かつての敵手に臣従して、重要な存在となっているファーレンハイトやシュトライトのような生きかたもあるし、それは非難されるべきことではない。彼らの場合、最初にあおいだ旗がまちがっており、敵手に能力や人格を認められて以降が、彼らの真の人生というべきであった。

いずれにしても、同盟軍の善戦は賞賛に値した。本来、兵力といい、第一線指揮官の能力といい、戦略的要因はあげて帝国軍に有利であったはずだが、ビュコックは巧妙に帝国軍の戦力をそぎ、地の利を充分に生かして、兵力差をおぎなっている。

「同盟軍め、楽しませてくれるではないか」

ラインハルトが歌曲《リート》の一節をうたいあげるように賞賛した。完勝の自信あってのことではあるが、敵であっても用兵技術の巧緻さは彼をこころよくする。

ロイエンタールは苦笑したが、それは瞬間的なものにとどまった。豪勇を誇る帝国軍が弱敵を相手に悪戦している情景を見るのは、皮肉っぽい喜びをおぼえもするが、皇帝の首席幕僚たる彼は、増援部隊を投入して全戦場を制圧するタイミングを測るべき責務がある。投入するのはアイゼナッハ艦隊とさだめてはいたが、このように無秩序な混戦では、投入の時機をはかるのも容易ではなかった。

Ⅳ

一五時四〇分。同盟軍の後背にまわりこむことに成功したファーレンハイト艦隊が、最初の砲火をあびせかけた。回廊の奥への集中砲火であったが、同盟軍の応射は意外に激烈であった。ひとたび強行突入をこころみたファーレンハイトであったが、一六時一五分、せまい回廊入口に殺到しようとする部下を制して後退を開始した。これは凡庸ならざる戦術眼のなせるわざであって、同盟軍が大挙、回廊を逆進してくることを予想し、その出現と同時に零距離射撃によって掃滅しようとしたのだ。

そこまではファーレンハイトの計算どおりであり、回廊から躍りでた同盟軍は彼の砲火になぎ倒されるかとみえた。だが一六時二〇分、小惑星帯の各処に分散して潜伏していた同盟軍が、このとき一本の巨大な光の矢となってファーレンハイト艦隊の左側背をついた。これを指揮していたのは、先年のランテマリオ会戦でも勇戦したラルフ・カールセン提督であった。このためファーレンハイトは不本意な後退をしいられた。

帝国軍総旗艦ブリュンヒルトの艦橋で、オスカー・フォン・ロイエンタールは、あまりにも著名な金銀妖瞳《ヘテロクロミア》をわずかに細めていた。用兵家としての思惟《しい》が光速で内宇宙を駆けまわる。なかなかどうして、同盟軍の戦術も軽視しえぬものがあるではないか。帝国軍が回廊の後方へ迂回するのを予期して伏兵をしいているとは。つぎは当然、帝国軍の後背へでようとするであろうが……。

「ロイエンタール」

「はっ」

「卿《けい》はどう思う？　クナップシュタインは敵の逆進につけこむかたちで回廊の奥へはいりこんでいったが……」

「はいったはよろしいが、でてこられるかどうかでしょう」

「理由は？」

「私であれば、回廊内に機雷を敷設《ふせつ》し、侵入してきた敵の前進を阻止します」

「同感だ。いまにして思えば、こちらがその策《て》を使ってもよかったな」

ラインハルトの声と表情が、危機を感じるというよりむしろ生気にみちてかがやくのを、ロイエンタールはまぶしい思いで見やった。

「今後、ひとつの可能性としては、この星域の敵全軍が戦局を混乱させ、時間をかせぐ隙に、別動隊が後方に迂回するという策が考えられます。ただ、現在の同盟軍にそれほど膨大な別動兵力が存在するとも思えません。まして迂回したところで……」

帝国軍の後衛部隊は、〝鉄壁〟ことナイトハルト・ミュラー上級大将の指揮するところである。同数、いや五割増しの兵力を相手どっても、長期にわたって戦線を維持しうること疑問の余地がない。

ラインハルトが優美な眉をわずかにうごかした。

「だが、ヤン・ウェンリーの件はどう思う？」

なるほど、この天才にしてあの魔術師を無視することはかなわぬとみえる。ロイエンタールは自分の心のうごきにおどろいた。彼はどうやらヤンにごくわずかながら嫉妬したようなのだ。皇帝の意識をかくもとらえてはなさぬ敵将に。

「万が一にも別動隊の指揮官がヤン・ウェンリーであるとすれば、わが軍を直接攻撃するより、後背へでて帰路をたつのではありますまいか」

「卿《けい》の言うとおりだな」

ラインハルトがうなずくと、ゆたかな頭髪が黄金色に波だった。ヤン・ウェンリーという人界の惑星は、帝国軍が戦略をねり戦術を実行するにあたって、かならず計算にいれるべき要素であった。ただ、なにぶん、ハイネセン脱出以来、その兵力はきわめて劣弱であるとみなされたし、シュタインメッツから急報ももたらされず、今回は軽視してよいものと思われていたのだ。

「もしヤン・ウェンリーがフェザーンへの帰路を絶つとすれば、わが軍は前進して正面の敵を一蹴し、惑星ハイネセンを撃ち、イゼルローン回廊から帝国本土へ帰るだけのことだ。おそれるべきなにものもない」

きらびやかな覇気の表現であったが、同時に、それは、ラインハルトがイゼルローン失陥の事実をそのとき知らなかった事実を意味するものであった。

そして二〇時三〇分、戦局はさらに苛烈な展開をしめすにいたる。このとき同盟軍カールセン艦隊は時計まわりに帝国軍の後背に殺到し、ナイトハルト・ミュラーは全艦隊を凹形陣に展開して果敢にそれを迎撃しようとしていた。さらにカールセンの後背にはファーレンハイトが、猛禽《もうきん》が翼をひろげるように肉迫し、彼の後尾にはビュコックの同盟軍本隊がせまって、二重三重の追尾戦の輪を形成しつつあったのである。

これでクナップシュタインがビュコックの後背にくらいつけば、状況は帝国軍に完全に味方したのだが、クナップシュタインはビュコックが回廊中に散布した機雷群の時差爆発戦法によって損害をこうむり、いまだ回廊からの脱出をはたしえないでいる。

このため、後方に安全圏をいだいたビュコックは、ファーレンハイトを追尾する愚をさけ、針路を天底方向に転じてミュラーの堅陣をかいくぐり、いっきょにラインハルトの本営をつこうとした。

「皇帝《カイザー》をまもりまいらせよ!」

危険をさとったミュラーが、全軍死兵と化したカールセンの猛撃をふみこたえながら、麾下の兵力の三割をさいてビュコック艦隊にたたきつけた。ビュコックの前進速度は低落したが、兵力減少したミュラー軍の一角を突破して、カールセン艦隊の一部がラインハルト本営の後方空間へ躍りでた。そこへ、ロイエンタールの冷静な防御指令がとび、至近距離から集中するエネルギー・ビームの怒濤が同盟軍を蒸発させる。

カールセンは、ミュラー、ファーレンハイトという前後の雄敵に挟撃され、灼熱したエネルギーと爆発物の剣でなぎ倒された。皮肉なことに、このときカールセンが全滅をまぬがれたのは、至近での同士討ちを懸念した帝国軍が猛攻を自制したゆえであった。

二一時一八分、アイゼナッハ上級大将の大兵力が戦場を大きく迂回してビュコックの後背に出現し、ビームとミサイルの豪雨をあびせかけた。同盟軍の艦艇は脈動する光のなかで、つぎつぎと分子に還元していく。

アイゼナッハの攻勢はきわめて効果的で、同盟軍は後方から大蛇にのまれて消化される羊となり終わるかとみえた。

二二時〇分。またも恒星風が急変し、自然のものと人工のものと、無秩序に混合したエネルギーの乱流がアイゼナッハの左前方で渦をなした。このためアイゼナッハの整然たる艦列がくずれ、司令官が再編をこころみるあいだに、ビュコックは強力な円錐陣《えんすいじん》をもって、ミュラー、ファーレンハイト、カールセン三者の殺戮の場をかすめすぎ、ラインハルトの本営へ殺到したのである。

「老人め、やる！」

感歎しながらもミッターマイヤーが鋭鋒をビュコック軍の側面につきつけ、主砲三連斉射によって艦列に穴をあけると、みずからの艦列を躍りこませ、四方につきくずしはじめた。

戦艦ブリュンヒルトの艦長ジークベルト・ザイドリッツは、いわば〝移動する大本営〟を運用する最高責任者であるから、格式のうえからも准将の階級を有している。一艦長にして将官というのは、帝国全軍に彼ひとりである。初代艦長カール・ロベルト・シュタインメッツが提督の称号をおび辺境星区へ転属したのち、ロイシュナーとニーメラーがあいついで後任となったが、その期間は短かった。ザイドリッツがもっとも長く、ラインハルトの旗艦を指揮しつづけている。年齢は三一歳、幾本かの若白髪のまじった煉瓦《れんが》色の髪から軍靴の爪先にいたるまで、純血種ともいうべき宇宙船乗りである。〝ザイドリッツ家の当主は、六代つづけて地上では死ななかった〟ことが彼の誇りでもあり、乗員の信頼には圧倒的なものがあった。唯一、部下たちが閉口するのは、本来は謹厳なこの青年士官が酔うとかならずある歌をうたいだすことである。人類社会には何百万もの歌があるのに、なにもよりによって「宇宙はおれの墓、船はおれの棺桶《かんおけ》」などという陰気な歌を愛唱することはないではないか。

とはいうものの、〝ザイドリッツ家の七代目〟は、帝国軍の至宝たるブリュンヒルトの艦長として完璧にちかい能力の所有者であり、参加したすべての遠征、すべての戦闘でラインハルトを満足させてきた。その功績にくらべれば、歌手としての欠点などささいなものというべきであった。

ブリュンヒルトの周囲は火球と光球の群舞に占拠されている。巨神が黒ビロードの上に宝石箱をくつがえしたかのようであった。ザイドリッツのたくみな操艦によって、ブリュンヒルトは散乱する宝石のなかに端然と座しているようにみえる。これほどの兵力差にもかかわらず、これほどの混戦と苦戦をしいられたのは、ラインハルトとしては不快な経験であったが、それも終曲にちかづいている。同盟軍の攻勢は終末点に達した、と、ラインハルトはみていた。もはや、死力をつくしてあがいても、エネルギーの飛沫をはねあげるだけで前進することはなしえない。二二時五〇分、伸びきった同盟軍の戦線がまさに縮小に転じようとする一瞬、大軍を指揮するために造形されたラインハルトの唇が命令を発し、ザイドリッツ艦長の合図とともに、戦艦ブリュンヒルトが白銀にきらめくエネルギーの槍を同盟軍の艦列に突きさした。ほとんど同時に、通信オペレーターが奇声を発し、ザイドリッツ艦長ににらみつけられて赤面しながら報告した——ただいま黒色槍騎兵《シュワルツ・ランツェンレイター》艦隊が戦場に到着しました、と。

V

「そうか、黒色槍騎兵め、よほどあわてて駆けつけたものとみえる」

ラインハルトは笑った。本隊との通信をたたれ、孤軍となって驀進していたビッテンフェルトが、ようやく戦いにまにあったのである。シュタインメッツからの通信受領に成功し、同盟軍ハイネセン進発のあとを追尾するように逆進してのことだった。突如として光点の大群が後背に出現したのを確認したファーレンハイトが、敵の別動隊かと一瞬、おどろいたほどである。僚友のおどろきなど意に介せず、ビッテンフェルトはその傍を猛進し、疲労の色が濃い同盟軍の艦列を文字どおり蹴ちらしにかかった。

「猪突《ちょとつ》するなよ、卿《けい》ら。敵将は老巧の人だ。想像もつかぬ詭計を用意しているかもしれぬぞ」

皇帝の首席幕僚たるロイエンタール元帥が、かるい皮肉をこめて通信波で注意した。この時機に戦場に着いて個人の功を誇るか、と言いたい気分がわずかながらある。だが、ラインハルトは、豪奢な黄金の髪をかきあげながら、猛将を弁護した。やや苦笑まじりに。

「あれはあれでよい。ビッテンフェルトが自重に度をすごすようなことがあれば、黒色槍騎兵《シュワルツ・ランツエンレイター》の長所をかえって殺《そ》ぐことになろう」

ロイエンタールは首肯《しゅこう》した。皇帝は正しい、と、やはり苦笑まじりに認めざるをえない。猛進、猪突こそが奴らの本領だ、と。

ビッテンフェルトにも主張すべき理はあるのだった。彼が艦隊指揮官として完敗を喫したのは、旧帝国暦四八七年、アムリッツァ星域会戦においてヤン・ウェンリーの零距離射撃に屈したときのみである。それはヤンにとっても、ヤン艦隊にとっても、特技となった一点集中砲火戦法の最初の収穫となったのだが、その屈辱を経験して以来、三年余にわたって、〝黒色槍騎兵〟はいかなる戦場においても、こうむった損害をうわまわる打撃を敵にあたえつづけてきたのだ。門閥貴族連合軍にとっても、自由惑星同盟軍《フリー・プラネッツ》にとっても、黒く塗装された、たけだけしい艦艇群は畏怖の対象であった。

そしていま、ビッテンフェルトは、鋭気を直線的に同盟軍にたたきつけ、砲火の嵐でなぎはらいつつある。光点が光点をくいつぶし、戦場には暗黒神の領土がひろがっていく。もともと個対個の戦いにおいて同盟軍は黒色槍騎兵に敵しえず、エネルギーをつかいはたしたいま、抵抗もなしえず破壊されていった。

二三時一〇分、カールセン提督戦死の報がビュコックにもたらされる。このときすでに同盟軍は兵力の八割が失われている。破壊と殺戮は一方的なものとなり、勇敢さでは人後におちぬ諸艦も、完全に勝敗は決したものとみなして、脱出の途《みち》をさぐりはじめた。だが、同盟軍司令部はいまだ崩壊していない。旗艦を中心に一〇〇隻ばかりが執拗な抗戦をつづけ、味方のために細い退路をつくっているのだった。

「堅固だな、まるであの老人の精神のようだ」

ラインハルトのつぶやきに、その心境を察したヒルダが、いま一度降伏を勧告してはどうかとすすめた。だが、若い覇王は、豪奢な黄金の髪を波うたせて答えた。

「無益だ。未練をあの老人に笑われるだけだろう。だいいち、なぜ勝者たる予が、敗者にこびねばならぬ?」

皇帝の声は不機嫌ではなかったが、どこかに傷つけられた少年の誇りがにじんでいるようであった。ヒルダはかさねて皇帝の寛恕《かんじょ》をこうた。敗敵に手をさしのべるのは勝者の器量をしめすもの、それをうけいれぬ敗者こそが狭量なのですから、と。ラインハルトはうなずいたが、自分自身では降伏勧告をおこなわず、代理の者におこなわせることにした。

二三時三〇分。

「敵将に告ぐ！」

帝国宇宙艦隊司令長官ミッターマイヤー元帥の声が通信波にのって流れる。

「敵将に告ぐ。卿《けい》はわが軍の完全な包囲下にあり、帰路はすでに失われた。これ以上の抗戦は無意味である。動力を停止して降伏されたし。皇帝《カイザー》ラインハルト陛下は、卿らの勇戦にたいし、寛大なる処遇をもってむくわれるであろう。かさねて申しこむ。降伏されたし」

期待してはいなかったので、同盟軍からの反応を通信オペレーターが報じたとき、ミッターマイヤーは意外さすらおぼえたが、とにかく通信回路を総旗艦ブリュンヒルトとのあいだにつないだ。通信スクリーンに映った老提督の顔色は疲労ゆえの鉛色をしていたが、両眼には静かだがなおゆたかな生色があった。若い美貌の征服者に敬礼をほどこす手も、ふるえてはいない。

「皇帝《カイザー》ラインハルト陛下、わしはあなたの才能と器量を高く評価しているつもりだ。孫をもつなら、あなたのような人物をもちたいものだ。だが、あなたの臣下にはなれん」

ビュコックは視線を横にうごかした。頭部に血のにじんだ包帯を端整とはいえぬかたちにまきつけて、彼の総参謀長が一本のウイスキー瓶と二個の紙コップをかかげてみせた。老元帥は微笑してスクリーンに視線をもどした。

「ヤン・ウェンリーも、あなたの友人にはなれるが、やはり臣下にはなれん。他人ごとだが保証してもよいくらいさ」

ビュコックの伸ばした手に紙コップがにぎられるのを、ラインハルトは一言も発せず見まもっている。

「なぜなら、えらそうに言わせてもらえば、民主主義とは対等の友人をつくる思想であって、主従をつくる思想ではないからだ」

乾杯の動作を老元帥はしてみせた。

「わしはよい友人がほしいし、誰かにとってよい友人でありたいと思う。だが、よい主君もよい臣下ももちたいとは思わない。だからこそ、あなたとわしはおなじ旗をあおぐことはできなかったのだ。ご好意には感謝するが、いまさらあなたにこの老体は必要あるまい」

紙コップが老人の口の位置でかたむいた。

「……民主主義に乾杯！」

総参謀長がそれに和した。破滅と死を目前にして彼らは淡々とすらしていたが、老人の顔にはややてれくさげな表情がうかんでいた。柄にもない説教をしたといいたげであった。

好意を拒絶されたにもかかわらず、ラインハルトの心に怒りはなかった。わずかに存在したとしても、それを圧倒する別種の感情が、静かに、だがゆたかに彼の精神の大地を浸《ひた》しつつあった。つまるところ、みごとな死というものはみごとな生の帰結であって、いずれかいっぽうだけが孤立することはないように思える。彼の友にして生命の恩人であったジークフリード・キルヒアイスもそうではなかったか。ラインハルトは胸にかかる銀のペンダントを掌のなかにつつみこんだ。

統帥本部総長オスカー・フォン・ロイエンタール元帥が、黒と青の眼光で美貌の皇帝の横顔を照射した。それに感応してラインハルトは顔をあげ、スクリーンを正視した。うなずきとともに、皇帝の両眼から氷片がはしって、同盟軍の旗艦に突きささった。ロイエンタールが片手をあげ、ふりおろした。

スクリーンの中央で火球が炸裂した。一ダースをこえるビームがただ一隻の艦体に集中したのである。二世紀余の歴史を有する自由惑星同盟《フリー・プラネッツ》宇宙艦隊がその瞬間、最後の司令長官および総参謀長とともに消滅したのだった。

「他人になにがわかる……」

脈うつ光に半神的な美貌をてらしださせつつ、ラインハルトが独語した。低いつぶやきのなかにさえ、声調の微妙な揺動があった。彼は人生の途上において、最初から臣下だけをもとめていたのではなかった。宇宙全体より広大な夢を共有し、その実現にいたる路程を同行する友を、半身を、彼はまずもとめていたのだ。その欲求はひとたびかなえられ、それが潰《つい》えたのちは、ラインハルトはひとりで夢をせおい、ひとりで歩まざるをえなかった。老人の毅然たる態度ほどには、その言葉はラインハルトに感銘をあたえはしなかった。彼は手をさしのべ、老人は正当な権利によってそれを拒否した。それだけのことであった。

同日二三時四五分。銀河帝国宇宙艦隊司令長官ウォルフガング・ミッターマイヤー元帥は、皇帝《カイザー》ラインハルトからの命令を全軍に通達する。戦場を通過、離脱するに際し、将兵の全員が敵将にたいし起立、敬礼すべし、と。

命令が実行されることは、確認するまでもなかった。ラインハルトは、不屈のままに、しかも毅然と死んでいった敵の老元帥の姿を当分は忘れえそうになかった。傍にいた参謀長と乾杯の声をかわしつつ、光と熱のなかで消滅していったのであろう。

「ロイエンタール元帥……」

「はい、陛下」

「予はちかいうちにいま一度、このようなかたちで敵将に対面することとなりそうだな」

固有名詞については、問答の必要もないことだった。

「御意……」

とロイエンタールは応じ、やや単純さを欠く視線で、私室へ去るラインハルトの後ろ姿を見送った。

ヤン・ウェンリーを麾下にくわえるか、あくまで敵手とみなしてこれと戦い、撃滅するか。皇帝《カイザー》ラインハルトの心の糸も、結論へむかって一直線に張りわたされているとはいいがたい。昨年、バーミリオン星域会戦終結後の会談で臣従を明快に謝絶されながら、ラインハルトの人材収集欲はなお同盟軍最高の智将を彼の人材コレクションの一隅に陳列したく思わせるのだった。これもあるいは勝者が敗者にこびることになるのであろうか。

そうではない、と、ラインハルトは思う。彼はヤン・ウェンリーをひざまずかせ、忠誠を誓約させたいのだ。そのような結果になれば、おそらく興ざめするのではないか、とも思うのだが、全銀河系を征服するに際して、人ひとり征服しえないのも残念である。

私室にはいったラインハルトのところへ、侍従のエミール・ゼッレ少年がクリームコーヒーをはこんできた。戦いの興奮が両眼に余韻をのこしている。

「陛下におつかえさせていただいたおかげで、こんなにも遠くに来て、いろんな経験をすることができました。家に帰ったら自慢できます」

「ことさらにそんな言いようをするところをみると、家が恋しいか。望むなら帰省のために休暇をやってもいいぞ」

崇拝する若い偉大な主君にからかわれて、未来の皇帝主治医は顔だけでなく全身を上気させた。

「とんでもありません。陛下の征《ゆ》かれるところへなら、どこへでもお供します。たとえ他の銀河系でも」

一瞬の沈黙ののち、美貌の皇帝はダイヤモンドの鎚で水晶の鐘をくだくような笑い声をたて、少年の頭をなでて髪をくしゃくしゃにしてしまう。

「お前は予などよりずっと気宇《きう》が大きいな。予には銀河系だけで充分だ。他の星雲はお前が征服するといい」

こうしてマル・アデッタ星域会戦は終結する。自由惑星同盟軍《フリー・プラネッツ》にとって、それは最後の艦隊戦であり、最後の敗北でもあった。

その三時間後、皇帝《カイザー》ラインハルトは、イゼルローン要塞失陥の報に接する。ヤン・ウェンリーがイゼルローン要塞到着直後、ビュコック元帥の訃報に接したように、歴史は登場人物たちを激流どころか滝にのみこもうとしているようであった。

第七章　冬バラ園の勅令

I

無数の歓喜は無数の失望に変化し、勝利の祝杯は苦杯《くはい》と化して床にたたきつけられた。皇帝の軍靴が、所有者の全体重を憤激にかえて、くだけたワイングラスの細片をさらに解体し、微弱にきらめく光の粒を床面にちりばめた。

何百光年もの虚空をへだてて、ようやく妨害を排しえた超光速通信《FTL》の画面の前でシュタインメッツ上級大将は首をすくめかけたが、彼の背後にうなだれるルッツの恐懼《きょうく》を思うと、同情を禁じえない。先年、ヤン・ウェンリーの奇略の犠牲となって敗者の座にすえられたのはシュタインメッツ自身であった。ルッツの無念は他人ごとではないのである。

行動にだしたためラインハルトの激情はあるていど発散され、彼は声まで蒼白にして敗北の様相を語り謝罪するルッツの報告を、怒声をあげることなく聞き終えることができた。

「してやられたか、またしてもあの男に」

通信スクリーンにむかうラインハルトの背後で、ミッターマイヤーが慨歎し、にがい表情でロイエンタールが同意したのは、たんにイゼルローンを奪取された戦術レベルの敗北をさしたものではなかった。故ビュコック元帥とヤンが緊密な連係のもとに役割を分担し、前者が犠牲となって皇帝の本軍を阻止するあいだに、後者がイゼルローンを奪取する。ルッツ個人がヤン個人に敗れたなどというものではなく、全帝国軍がヤンひとりに苦杯をなめさせられたのではないか――そううたがったのである。

むろんこれは結果から逆算しての過大評価であったのだが、彼らふたりと同様の疑惑をラインハルトもいだき、一瞬、暗灰色の敗北感に視野のなかばを強奪されたほどであったのだから。それが思いすごしであることを主張したのは首席秘書官のヒルダであった。

「これは相互に独立した個人プレイが競作した結果であるにすぎません」

もし連係された作戦であるとすれば、ビュコック元帥がイゼルローン攻略を担当し、陛下にはヤン・ウェンリー自身がたちむかってきたであろう。イゼルローン攻略は、あらかじめ策をさずけておけば、ヤン自身でなくとも実行は可能である。だが、陛下とわたりあうにはヤン自身でなくてはかなわない。現にビュコック元帥は戦死をとげている。これはヤンにとってたえがたい損失であるはずだ。ビュコックを犠牲にして自己の勝利を確保するのはヤンの性格に反するし、そう宣伝されれば人望を失う結果にもなりかねない。そのような愚策をヤンがとるとは思えない……。

「なるほど、おそらくそうだろう」

ヒルダの見解をうけいれはしたが、イゼルローン失陥の報が不快なものであることには変化の生じようがない。ラインハルトは、ルッツにさしあたり謹慎を命じた。憤怒がおさまるまで処断を延期したのである。

　ラインハルトの背後にたたずむ統帥本部総長オスカー・フォン・ロイエンタール元帥が沈黙の天使に抱擁されているのをかえりみて、若い美貌の皇帝は、豪奢な黄金の髪を白い指でかきあげつつ声をかけた。

「ロイエンタール元帥、卿《けい》の偉功も残念ながら一年にみたぬ寿命だったな」

「残念です」

　みじかく答えたが、金銀妖瞳《ヘテロクロミア》の名将の心理は、返答ほどには整理されていなかった。現象としてはルッツがヤン・ウェンリーに手玉にとられたことは事実だが、皇帝《カイザー》ラインハルトにしてもロイエンタール自身にしても、責任が皆無であったとはいえない。結果としてラインハルトはイゼルローン要塞の戦略上の価値を軽視したことになるし、一年前に要塞奪回の大功をたてたロイエンタールも、ヤンの〝奸計《かんけい》〟を見ぬきえなかったのであるから。

「なにかたくらんでいるとは思ったが、かくも周到に数年後を予期していたとはな……」

　コルネリアス・ルッツは、ロイエンタールが要塞奪回をはたしたときの副将である。非凡な作戦指揮能力を有し、人格的にも安定している人物であるのに、やはりヤン・ウェンリーの遠謀と奇略に抗しえなかったのか。

イゼルローン要塞を追いだされたかたちのコルネリアス・ルッツは、なお大小一万隻にちかい戦力を擁しており、その意思さえあればエル・ファシルを強襲して劫火のもとに焼きつくすことも可能であった。だが彼は、無防備にひとしい惑星を劫略してイゼルローン失陥の意趣がえしをすることをいさぎよしとせず、敗北のなかに名誉をたもつべく努力しながら、ガンダルヴァ星系の僚友シュタインメッツのもとへ退却していったのである。ヤン・ウェンリーがエル・ファシルにあることを知っていれば、あるいは気が変わったかもしれないが、ルッツは黒髪の魔術師がこれまでのすべての例のように攻略戦の先頭に立っているものと思いこんでいた。ルッツひとりではない、ラインハルトもロイエンタールもそう思っていたのだ。

ラインハルトとしては、いまさらルッツに言うべきことはなかった。先年以来、ヤン・ウェンリーの奇略に敗退しつづけた帝国軍第一級指揮官のリストにあらたな名がひとつくわわっただけであった。ラインハルトは心情を整理するために私室に閉じこもってしまった。諸将は顔をみあわせ、しぜんに散会した。

「銀河帝国の名将ことごとくヤン・ウェンリーのためにひきたて役となるか」

廊下を歩きながらロイエンタールが皮肉と慨歎の化合物を声帯からはじきだすと、ミッターマイヤーが憮然として蜂蜜色の髪を片手でかきまわした。

「吾《われ》ら一〇万光年の征旅《せいりょ》をおそれざるも、ヤン・ウェンリーの頭蓋骨の内容物《なかみ》をおそれざるあたわず――というわけだ。あの男に吾らと同数、あるいはそれ以上の兵力があったら、運命の女神はあちらに媚をうったかもしれんな」

そのような台詞を、ミッターマイヤー以外の者が口にすれば、臆病者とそしられたであろう。敵手を尊敬する道を知る点で、彼は主君にまさるとも劣らなかった。仮定は意味がない、と応じかけて、金銀妖瞳《ヘテロクロミア》の名将はふとべつの仮定に心をひかれた。

「……ジークフリード・キルヒアイスが生きていたら、こんなかたちでイゼルローンをふたたび失うことはなかったかもしれんな」

ジークフリード・キルヒアイスが生きていれば、皇帝《カイザー》ラインハルトの半身として大軍の指揮に才腕をふるい、ヤン・ウェンリーを宇宙の一角に逼塞せしめたであろう。すくなくとも、ヤン・ウェンリーという名の軍事的爆風は、速度と圧力を弱めたにちがいない。あるいは、彼が生きていれば、ヘルムート・レンネンカンプには重すぎた高等弁務官の職務を、比類ない公正さと明晰さによってはたし、同盟政府に恐慌と自棄ではなく信頼と誠実さをもたらしえたかもしれない。また、彼が生きていれば軍務尚書の座をしめ、皇帝《カイザー》ラインハルトの親征に後顧の憂いをなからしめ、現在の軍務省にたいする諸提督の不信や不満は生まれおちるまえに消えさったかもしれなかった。

「そのとおりだ。キルヒアイスが生きていたら、あのオーベルシュタインがしたり顔で軍務を専断することもなかったろうよ」

それこそがもっとも強調すべき点であるように、ミッターマイヤーには思われるのだった。

いずれにしても、ヤン・ウェンリーの軍事的魔術を政治状況に連動させないためには、一日もはやく同盟首都ハイネセンを攻略する必要がある。両元帥のみならず、ラインハルト自身もそう思い、ただちに全軍の再進撃を命じようとしたが、ヒルダがかぶりをふって制止した。

「陛下、お急ぎになることはありません。堂々として同盟首都《ハイネセン》におちかづきあれば、その圧力のみで同盟政府は潰えましょう」

ラインハルトは、イゼルローン失陥の不快さを一瞬忘れたように、美貌の少年めいた伯爵令嬢を見やって、微笑にたどりつくことのできそうな表情をつくった。

「同盟政府は卵の殻とでも思うのか、フロイライン」

「はい、卵の内部で嵐がおきるでしょう。おそらく彼らは内紛によって自滅します。陛下の御手をわずらわせるにおよびません」

「……ふむ」

ラインハルトの微笑は未発におわり、彼はやや要領をえない表情で考えこんだが、納得したようにうなずくと、行軍を再開するよう命じた。ヒルダの主張どおり、いそがず、しかも堂々と。

カール・ロベルト・シュタインメッツが同盟首都ハイネセンを独力で灰燼《かいじん》に帰せしめる戦力を有しながらついにうごかず、牽制と監視、さらに基地整備の任に徹した理由は判然としている。若い金髪の皇帝は客人としてではなく征服者としてハイネセンの土を踏むことを願っている。そのことを彼は信じており、結果としてその判断は正しかった。シュタインメッツは、皇帝の案内をする必要もあり、しばしばハイネセンからの情報をえてそれをラインハルトにつたえていたが、二月にはいって、おどろくべき情報をもたらしたのである。

　それは自由惑星同盟《フリー・プラネッツ》の降伏と、同盟最高評議会議長ジョアン・レベロの死とを伝えるものであった。

II

　その年二月二日、自由惑星同盟最後の元首ジョアン・レベロが執務室でどのような仕事をしていたか、記録は沈黙している。彼が生涯の最後の章にいたるまで、効果や結果はともかく自己の責務をなげうとうとしなかったことはたしかであった。

　レンネンカンプの死とその原因とを暴露した皇帝《カイザー》ラインハルトの宣告は、このとき同盟にとって致命傷となっていたのである。

　これまで事実を必死に隠匿《いんとく》してきた同盟政府の主観では、共犯者によって背後からナイフを突きたてられたにひとしいことだった。だが、隠匿したあとになんらかの展望をいだいていたわけでは、もともとないのだ。レベロが悪辣な策謀家であれば、徹底して虚構をつらぬき、ヤンを卑劣な逃亡者にしたてあげ、混乱の全責任をヤンにおしつけることができたかもしれない。

しかしそこまでは彼はなしえなかった。彼は本来、いささか狭量ではあっても、正道を歩んできた人間であり、レンネンカンプの死後、とぼしい権謀の才をつかいはたして、ひたすら狭小な範囲の責務に没頭しているようだった。そして陰惨な雰囲気の波がひたよせるのを感じ、ふと目をあげて周囲を見わたしたとき、その場にいるはずのない群像が武器をたずさえて彼をかこんでいるのを見いだしたのである。なかでただひとりの旧知の人物に彼はむしろ無感動な声をかけた。その相手は、同盟軍統合作戦本部長ロックウェル大将であった。

「本部長、なんの用でここへやってきたのかね。きみたちを呼んだおぼえはないが」

「あなたの記憶など、どうでもよいことだ、議長。問題は吾々の欲求だから」

ロックウェル大将には、かつては懊悩も迷いもあったにせよ、現在では自分自身の羞恥心をひきつぶして直進する意図であるようだった。鈍磨していたレベロの感性にやすりがかけられて、彼はまったく突然に自分のおかれた状況を理解した。

「……私を殺すつもりかね」

「…………」

無言はすなわち肯定であった。レベロはやや投げやりなため息をつき、腕をくんで、自分に地上ならざる場所への切符をおしつけようとする士官の集団をながめまわした。

「理由を聞かせてもらえるかな」

「あなたを信頼できない」

「というと？」

「帝国軍がヤン・ウェンリーの首を要求すれば、すぐにあたえる。もし私の首を要求してきても同様だろう。これはあくまでも自衛的手段であって、あなたの権力を欲してのことではない」

「自衛というが、無用のことだ。帝国軍がきみたちの首を要求するはずがない。きみたちはヤン・ウェンリーではない」

冷静な指摘は、不快な噴霧となって士官たちの顔をしめらせた。

「このやりかたを教えてくれたのは、閣下、あなただ。ヤン元帥を犠牲の羊として、自分をまもろうとしたではないか。いまあなたがこのような最期をとげるのも、いわば自業自得というものだ。ご自分の浅慮《せんりょ》をこそ、おうらみになるがいい」

レベロの両眼に生気がみなぎった。知性と意思のエネルギーが、衰弱した全身にそそぎこまれたようにみえた。彼は背すじをのばし、恐怖に縁どおい姿で士官たちに正対した。

「なるほど、自業自得か。そうかもしれないが、私の死を正当化することと、きみたちの行為を正当化することとは、まったくべつのものであるはずだ。私の良心ときみたちの良心とでは、かせられた義務もことなる。だが、よろしい。私を撃ってきみたちの安全をかいたまえ」

レベロという人間の、むくわれることがなかった責任感と良心を、何者かが哀惜《あいせき》して、死の直前に可能なかぎりの恩寵《おんちょう》をあたえたのでもあったろうか。このとき、武器ひとつもたない最高評議会議長の瘦身は、暗殺者たちをたしかに圧倒した。ロックウェル大将は、周囲の人影から動揺の陽炎《かげろう》がたつのを感じとった。それは彼自身からもたちのぼり、気力が昇華しつつ全身のエネルギーを奪い、あとには後悔と敗北感だけが残るように思えた。彼は小さからざる努力のすえに、口を開いて閉じた。拡散した意識が収束したとき、レベロが複数のビームにつらぬかれた身体を椅子から床へずり落とすのを見たのである。

……報告をうけたラインハルトは無言だったが、いずれにしても、これは無血開城というべきである。ラインハルトはハイネセンへの直行を指令し、すでに衛星軌道上に艦隊を展開させたシュタインメッツに迎えられた。一〇万隻の帝国軍が、総旗艦ブリュンヒルトをまもってその降下を見送った。

宇宙暦《SE》八〇〇年、新帝国暦二年の二月九日、ラインハルト・フォン・ローエングラムは歴史上はじめて惑星ハイネセンの地表を踏んだ銀河帝国皇帝となる。

宇宙港に到着したラインハルトは、シュタインメッツ麾下の武装兵四個師団にまもられながら同盟政府ジョアン・レベロの遺体が安置された国立墓地へおもむき、遺体への対面をすませた。対面じたいは時間もみじかく、感想らしきものを皇帝が口にすることもなかったが、シュタインメッツはレベロの葬儀に際して委員長たることを命ぜられた。

「ジョアン・レベロの不幸は、最悪の時機に元首となったことにはなく、元首となったことそれじたいにある。レベロは他人のつくった虚構――たとえば民主国家体制の不可侵性――を信じることはできたが、自分自身で虚構をつくりあげる資質、俗にいうカリスマ性にめぐまれなかった」

との評もあるが、歴史的な評価はべつとして、ラインハルトは旧敵にたいする勝者としての礼節を完全にまもった。逆にいえば、礼節をまもっていればなんら問題のない、これは場合であって、よぶんな感情をさしはさむ必要がなかったのである。

墓地をでたラインハルトは、ヒルダを同乗させた地上車《ランド・カー》のなかから、ロイエンタール、ミッターマイヤー、ミュラーに手みじかな指令のいくつかを発した。

ローエングラムの黄金獅子旗《きんじしき》（ゴールデン・ルーヴェ）が旧同盟国旗の掲揚台にひるがえっている。この日、惑星ハイネセンの官公庁地区は晴天ではあったが、強風がひややかな愛撫を皮膚にくわえ、人々は寒気と不安に首をすくめて若い征服者の行進を見まもった。武装した兵士の列が勝者と敗者をへだてていたが、ときおり市民の視線は車中の半神的なまでに美しい征服者をとらえ、そうすると、とくに女性は寒気と不安を一瞬忘れさってしまうのである。むろんそれは多く表層的なもので、ラインハルトにしたがって遠征と転戦をかさねてきた兵士たちの崇拝ぶりにおよばないこと遠い。英雄というものを、彼の欲望、ないし主観的な理想のために多くの者が喜んで死地におもむく人間、と定義すれば、ラインハルトはまさしく英雄であった。すでに天上《ヴァルハラ》は彼に殉じた戦死者たちでみちており、その居住区はさらに拡張を必要とするであろう。

地上車《ランド・カー》が停止した。群衆のあいだでなにかトラブルが発生したようであった。帝国軍装甲車の一台が接近し、黒と銀の軍服にたくましい長身をつつんだ高級士官がおりたつと、ラインハルトの地上車《ランド・カー》の傍にひざまずいた。シュタインメッツとともに市街の警備をラインハルトからゆだねられたビッテンフェルト上級大将であった。〝黒色槍騎兵《シュワルツ・ランツェンレイター》〟の司令官である。

「黒色槍騎兵に退却の二字なし」

この豪語は信仰を強化するものであり、彼らの信仰は実績を生んだ。旧王朝のもとで、ビッテンフェルトが貴族出身でないにもかかわらず将官にのぼり、ラインハルトに見いだされるにいたるのは、この信仰と実績のためであった。若い覇王に評価されるにたるものを彼は所有していた。

猛将のもとに弱兵は存在しないという。黒色槍騎兵の場合、それはまったくの事実であった。全軍の先頭に立って司令官が突進すると、部下たちは鋼鉄の濁流となってそれにつづき比類ない破壊力を発揮しつづけたのである。

フリッツ・ヨーゼフ・ビッテンフェルトはヤン・ウェンリーやオスカー・フォン・ロイエンタールと同年齢で、宇宙暦《SE》八〇〇年、新帝国暦二年には三二歳を迎える。他人は〝猛将〟の一語で彼の全体像を表現しうるように思い、当人もそれを否定するどころか、むしろみずから誇称しているのだった。彼の勇猛と、直線的なまでに剛性の用兵と、それらによって今日まで樹立してきた武勲とは、たしかに猛将の評判をうらづける。だが、ランテマリオ星域会戦のあと、彼の部隊において最高の功績をあげたと司令官に評価され、そのむねをラインハルトに報告されたのは、敵軍を草でも刈るように撃ちたおした勇者たちではなく、激戦の渦中にあって負傷兵の治療、救出、後送にあたった病院船の乗員《クルー》たちであった。

ラインハルトはおどろき、率直に感銘もうけて、ビッテンフェルト麾下のものにとどまらず、全軍の病院船乗員にあつく恩賞をあたえた。

「ビッテンフェルトの奴、陛下へのうけをねらったのではないかな」

「だとしても、病院船の功績をみなおすのは悪いことではないさ」

「そのとおりだ。たとえうけをねらったとしても、それを考えつくのは、なかなかに抜けめがないことではあるな……」

当時、ロイエンタールとミッターマイヤーはやや苦笑まじりに僚友の意外な一面を認めたものであった。

……そのビッテンフェルトが、恐縮の態《てい》で停止した地上車《ランド・カー》の傍にひざまずいている。ヒルダがラインハルトの目を見て地上車《ランド・カー》のドアをひらくと、オレンジ色の髪の猛将は緊張の衣を軍服の上にかさねて一礼した。

「宸襟《しんきん》をさわがせたてまつり、恐縮でございます、陛下。どうかご寛恕あって、臣の不首尾を許したまわんことを」

若い美貌の皇帝は敬語の用法には無関心だった。なにごとが生じたか、それだけを明瞭に知りたがった。

「はい、群衆のうちにおりました共和主義者が、陛下の御生命をねらおうと大それたまねを……」

群衆はすべてが共和主義者ではないかと思ったが、それもラインハルトは口にださない。

「その者はどうした？　逮捕したか」

「包囲いたしましたところ、その場で銃をもって自殺をとげました。弑逆《しいぎゃく》未遂の大罪、死しても免罪というわけにはまいりません。至急、身もとをたしかめ、しかるべく処置したいと存じます」

ラインハルトの描いたようにかたちのよい眉が不快そうなカーブをつくった。

「無用無益のことをするな。遺体は家族にひきわたしてやるがよい。念をおしておくが、家族に害をくわえてはならぬ」

「は……」

「不満か。卿《けい》の忠誠心は貴重だが、度をすぎればそれが予をルドルフにするぞ」

その一言でオレンジ色の髪の猛将は主君の意を諒解し、最大限のうやうやしさをもって頭をさげた。ルドルフという名は、ラインハルトのみならず彼の臣下にとっても忌避《きひ》すべきものであった。

ドアがとざされ、ふたたび走りだした地上車の座席で、ラインハルトは自分ひとりの思惟の森に身をひそめ、目を閉じた。長い睫毛が白皙の皮膚に影を落とすさまを、ヒルダはしばらく見つめていた。

Ⅲ

旧敵にたいして、むろんラインハルトは無原則に寛大であったわけではない。彼にとってその日最後の公務は、ジョアン・レベロの暗殺者たちを面接することであった。ほかの提督たちが市内の治安や施設接収の任にあたっていたため、皇帝の傍にある軍最高首脳はアーダルベルト・フォン・ファーレンハイト上級大将だけであった。

暗殺者たちに面接したラインハルトは、最初から侮蔑の意思をかくそうともしなかった。傲然と、長い脚をくんで、ロックウェル大将以下一一人の叛乱士官を見くだした。ぎこちなくひざまずいた男たちに、氷点をはるかに下まわる声を投じる。

「卿《けい》らのためにさく時間は、予には貴重すぎる。ひとつだけ聞いておこう。卿らがことをおこなったとき、卿らの羞恥心はどの方角をむいていたのか」

ロックウェル大将は動揺と不安にサンドイッチされた顔をかろうじて若い覇王にむけたが蒼《アイ》

氷色《ス・ブルー》の視線に対抗するのは容易ではなかった。

「吾々が恥知らずな者どもだとおっしゃるのですか、陛下」

「それ以外のことを言ったように聞こえたら、予の言いかたが悪いのだろうな」

「陛下のお側におられるファーレンハイト提督にしても、昔日《せきじつ》は貴族連合軍の一将であったはず。いまこころざしをかえて陛下におつかえしておられる。であれば吾々にも寛大なご処置をたまわってもよいと思いますが」

ラインハルトは冷笑で氷の竪琴《たてごと》をかきならした。

「聞いたか、ファーレンハイト、この者たちは、みずから卿の同類だと称しているぞ」

「……まことに光栄のきわみ」

ふたつの王朝で勇将の名をほしいままにした提督の水色の瞳が怒りの蒸気をたゆたわせつつ降伏者たちを直視した。彼は大貴族連合軍の一員であったとき指揮官として最善をつくし、盟主ブラウンシュヴァイク公の無能と狭量をみかぎったあとも、公を敵に売りわたすことなど考えなかった。レベロ暗殺犯たちから同類とみなされる不快感はたとえようもない。その表情を見やって、ラインハルトはうなずいてみせた。

「よろしい、ファーレンハイト、予の心も卿のそれにひとしい。本来、戦場の外で流血をなすのは卿の本意ではあるまいが、とくに卿に命じる。この薄ぎたない二本足の腐肉獣《ハイエナ》どもを処理して、せめて宇宙の一隅だけでも清潔にせよ」

「御意！」

皇帝の言葉なかばにして、すでに投降者たちは色を失って立ちあがっている。ファーレンハイトが片手をあげると、人の輪が一一人の男たちの周囲に軍服の壁をつくった。

「……法の保護を！」

放った悲鳴はファーレンハイトの一喝にはじき返された。

「前王朝ならいざ知らず、ローエングラム王朝には裏切者を保護すべき法はない。無益な哀願をするな」

「……フロイラインの予言したとおりだった。腐肉を食う輩は、自分の嗜好《しこう》で他人を量《はか》るものらしいな」

ファーレンハイトらにひきたてられた暗殺者たちが、悲鳴と抗弁と哀願の不快な三重奏で空気をかきまわしつつ遠ざかっていくと、ラインハルトはそう言いすてて白い指をやはり白い前歯にあてた。嘔吐寸前の不快感に、やはりたえつづけてきたヒルダは、小さなせきをして、感想とも自省ともつかずつぶやいた。

「たぶん人間は自分で考えているよりもはるかに卑劣なことができるのだと思います。平和で順境にあれば、そんな自分自身を再発見せずにすむのでしょうけど……」

ラインハルトの瞳の奥で蒼氷色《アイス・ブルー》のカーテンが揺れて、剛毅な外皮につつまれた繊弱な魂のごく一部が外気にふれた。〝卑劣〟という語を〝愚劣〟におきかえれば、彼もまた、煉獄《れんごく》に幽閉されるべき罪人であった。誰よりも自分自身がその事実を知っていた。

「……奴らが下水の汚泥《おでい》とすれば、マル・アデッタで死んだあの老人はまさに新雪だったな」

黄金の髪をゆらせて言ったのは、彼自身も気づきえない逃避であったかもしれない。にしても、いつわりを彼は口にしたわけではなかった。

「不死鳥は灰のなかからこそよみがえる。生焼けでは再生をえることはできぬ。あの老人は、そのことを知っていたのだ。奴らを処断して、天上《ヴァルハラ》であの老人にわびさせよう」

ラインハルトは優雅な動作で側近たちの一群をかえりみた。

「白ワインを一杯もってきてくれぬか、エミール」

侍従の少年は一礼すると、走りだす半寸前の早足でひとたび皇帝の御前から退出した。やがて透明にちかい色の液体をクリスタル・グラスにみたして帰ってくると、うやうやしく主君にさしだす。

だが、ラインハルトはみずからが飲みほすためにワインを欲したのではなかった。エミールの手からクリスタル・グラスをうけとると、若い金髪の皇帝は優美な長身を窓に正対させ、しなやかに手首をひるがえした。白ワインのカーテンが窓ガラスの表面を流れおち、黄昏《たそがれ》の掌になかばつつみこまれた庭園の光景をぬらした――ラインハルトの、死者へたむける花束がこれであった。

翌日、皇帝の布告が発せられた。

「たとえ帝国軍の敵として戦った者でも、同盟軍の戦死者の遺族、および傷病兵にたいしては、これを厚く遇するであろう。もはや憎悪によって歴史をうごかすときではない。待遇に不満ある者、現に困窮する者は遠慮なく申しでよ」

その布告をうけたとき、同盟政府官僚たちのうけた衝撃は小さなものではなかった。自分たちが軍事力によって敗れたのではなく、民主共和政体が一個人の器量に敗北したのではないか、という深刻な恐怖が彼らを動揺させたのである。無慈悲な報復がなされれば、専政者にたいする反発心も生じようというのに、まったく逆の寛大さが、氷をとかす陽光に似て反抗の意思をくじけさせた。

政府や軍部の高官には転向する者があいついだ。レベロ暗殺犯たちへの苛烈な処断が、転向者たちを用心深くはさせたが、職務への精励というかたちで協力するのは、皇帝の潔癖を刺激しないでであろう。

民主共和政治への忠誠心を放棄しなかった者は、むしろ中堅以下の無名の軍人や官僚に多かった。彼らの多くはひそかなサボタージュによって征服者への抵抗をこころざしたが、公然と自己の意思を口にする者もいた。ハイネセン首都政庁の参事官ビジアス・アドーラは、皇帝に忠誠の誓約書を提出せよ、という帝国軍からの指示をまっこうから拒否した。

「皇帝とは誰のことか。自由惑星同盟《フリー・プラネッツ》には、市民にえらばれた元首はいても、皇帝など存在しない。存在しない者から命令をうける理由はない」

財政委員会事務局国庫課長のクロード・モンテイユは、国有財産の全リストを提出するよう命じられたが、頑として応じなかった。

「国有財産リストを閲覧する権利は、選挙権および被選挙権を有し、納税義務をはたしている同盟市民のみに帰するものである。また、政府公務員は同盟の法律および自己の良心にもとづいてのみ職務をおこなうことになっている。私はじつのところこわい。生命がおしい。だが、ひとたび公僕《こうぼく》となった以上、ささやかな義務をはたさないわけにはいかない」

さらに最高評議会書記局の二等書記官グレアム・エバード・ノエルベーカーは、二月一一日の公式記録につぎのように記した。

「本日一〇時三〇分、銀河帝国皇帝を自称するラインハルト・フォン・ローエングラムなる者、法律上の資格なくして議場の見学を申請す」

そして削除をもとめられても応じなかった。

彼らは獄中の人となったが、やがてそれを知った皇帝《カイザー》の命令で釈放された。

「りっぱな男たちだ。そのような男たちが中堅以下の地位にとどまっているようだからこそ、同盟が滅びたのだ。その者たちに危害をくわえてはならぬ。さしあたり従順な者たちだけを登用して政務を担当させよ」

少数の勇敢な抵抗者たちによっても、さして占領行政に支障が生じたわけではなかったので、ラインハルトは個人的な感動あるいは感傷を実体化させることができたのかもしれない。

やがて、いくつかの証言や証拠から故人となったレンネンカンプ高等弁務官の首席補佐官ウド・デイター・フンメルが、ロックウェル大将らの不満分子たちにレベロ暗殺を教唆《きょうさ》したものだと判明すると、ラインハルトの眉間に雷雲がたれこめた。彼はミュラーに命じてフンメルを出頭させ、なぜそのように不名誉な教唆をおこなったかと詰問した。陛下の御手をわずらわせることをおそれたため、とフンメルが答えると、ラインハルトはするどく決めつけた。

「殊勝な心がけだが、それならレンネンカンプの軽挙を制するべきだったのだ。いまさらさかしげにふるまって予に恩をうるつもりか」

そして即日、フンメルを更迭《こうてつ》し、帝都オーディンへ帰す決定をくだしたのである。

Ⅳ

こうして二月二〇日、〝冬バラ園の勅令〟が公布される。ハイネセンの官公庁地区の一角にある広大な国立美術館敷地内の冬バラ園で布告されたがゆえにそう呼ばれるのだが、正式な名称はむろん散文的なもので、〝新帝国暦二年二月二〇日の勅令〟という。誤解しようのない名称だが、人々の感性には訴えることがなく、通称が長く記憶されることになる。

皇帝の後方にひかえて、現在進行形の歴史を見まもりつつ警備にも心をくばっていたナイトハルト・ミュラーは、緑灰色に沈んだ背景のなかに浮きあがる黄金と真紅の色彩を、永く記憶していた。ウォルフガング・ミッターマイヤー、オスカー・フォン・ロイエンタールの両元帥を左右にしたがえ、ヒルデガルド・フォン・マリーンドルフから勅令書をうけとって、帝国軍と同盟政府の高官たちの前にたたずんだラインハルトの姿は、あらゆる星座のかがやきを人のかたちに凝縮したようにも見え、冬バラのなかの王花が擬人化されたようにも思われた。暮色が急速に濃度をまし、人々の実体が影と一体化するなかで、ラインハルトの黄金の髪だけがまばゆく浮きあがっており、彼は陽光の最後の一閃をみずからの頭部にまきつけたかのようであった。

「銀河帝国皇帝たる予、ラインハルト・フォン・ローエングラムはここに宣告する。自由惑星《フリー・プラ》同盟《ネッツ》はその名称をかかげるべき実質を失い、完全なる滅亡をとげた。本日より人類社会を正当に統治する政体は唯一、銀河帝国のみである。同時に、過去の歴史において、不名誉なる叛乱軍の名称のもとに抹殺されてきた自由惑星同盟の存在は、これを公認する……」

ロイエンタールはミクロン単位で唇の片端を皮肉にうごかした。皇帝の宣告の、なんと辛辣なことであろうか。同盟は、名実ともに消滅しさったあと、はじめて帝国の最高権力者から認められたのだ。あくまで過去の存在として……。それは屍衣《しい》をかざる虚妄の花束であった。

勅令を発しおえたラインハルトの視線が庭園の上を遊泳している。かつて歴代の同盟元首が散策し、支持者をあつめて園遊会をもよおしたであろうその庭園は、新無憂宮《ノイエ・サンスーシー》のばかばかしいほどの壮大さには遠くおよばないまでも、充分に観賞にたえるものであった。

　真紅、白、淡紅色、淡黄色の冬バラが冬のさなかにもかかわらず地上に虹をつくっている。この庭園にはささやかな二階建のゲストハウスが付属していて、ハイネセン滞在中の宿舎をここにさだめよう、と、ラインハルトは思った。彼は乗艦の優美さ、ひきいる軍隊の壮麗さをもって知られたが、私生活はむしろ質素で、豪華な邸宅にたいしては嫌悪感すらしめした。庭園には多少の興味をしめしたが、幾何学的な人工美より自然にちかい風致を好んだ。自由惑星同盟《フリー・プラネッツ》の文物のうちで、この冬バラ園は彼が好んだ少数のもののうちのひとつだった。行宮《あんぐう》という名は大げさにすぎるが、ともかく彼はここを今後の宿舎とさだめたのである。

　ロイエンタール元帥の副官、エミール・フォン・レッケンドルフ少佐が上司になにかささやくと、統帥本部総長はうなずいて皇帝に現宿舎たるホテルへの帰還を請うた。その夜は一〇〇〇名以上の高級士官を集めて祝宴がおこなわれることになっており、冬場のことゆえ園遊会としゃれこむわけにもいかなかった。皇帝が歩きだすと、冬バラ園の周囲をかためていた五万人余の兵士たちが、誰の命令にもよらず歓声を発した。

「皇帝ばんざい《ジーク・カイザー》」

「わが皇帝ばんざい《ジーク・マイン・カイザー》」

「ラインハルト皇帝ばんざい《ジーク・カイザー・ラインハルト》」

　将兵の熱狂は、やや無秩序ではあるが力強い合唱の天蓋となって、帝国全軍をおおった。皇帝の周囲に佇立する歴戦の驍将たちも、このとき自分たちが、永く語りつがれ、歴史に黄金の鏨《たがね》をもって彫りこまれる瞬間にいあわせたのだということをひとしく感じて、彼らの〝冬バラの王〟を誇らかに見つめた。

とうとうここまできた。胸中にラインハルトはつぶやいた。旧同盟の首都は、いまや彼の広大な支配地の末端に位置する属領でしかない。以前、この地をふんだとき、名目上、彼はいまだゴールデンバウム王朝の廷臣《ていしん》でしかなかった。だがいまは彼は皇帝である。神聖不可侵などというたわごとにたよらずとも、宇宙でもっとも強大な存在となったのだ。

だが、ほんとうは、いまよりもなお強大な存在になりえたはずだった。彼の見えざる翼の半分が、彼自身の罪によって折られることがなかったら。その傷みをふりはらうように彼が片手をあげると、兵士たちは地上におりたった太陽をあおぐかのように感情を奔騰させ、皇帝を賛美しつづけた。

翌二一日、ラインハルトはかりの大本営となったホテルの一室に最高幕僚たちを参集し、みずから軍をひきいてイゼルローン要塞再々奪取作戦の敢行を告げた。ルッツの失ったものは予がとりかえす、というのであった。

若い主君の覇気が壮麗なものであることをロイエンタールは率直に認めたが、ヤン・ウェンリーの奇謀にたいする警戒の念もおさえることができなかった。あるいはヤンは、激発したラインハルトがみずから出撃してくるのを待ちうけて策をたてているかもしれない。危険をおかすべきではないと思ったのだ。

吾ながら奇妙だ、と、ロイエンタールは思わざるをえない。皇帝の敗北や失策は、彼の台頭につながるはずであり、彼としては野心のおもむくままにラインハルトの破滅を傍観してよいはずである。にもかかわらず、彼はこのとき心から諫言したのであった。

後世の歴史家が、ロイエンタールという人物にたいする評価を単純なものとなしえないのも当然である。彼自身が彼の心のうちに迷宮を見いだしていたのだから。

「わが皇帝《マイン・カイザー》よ、もし御身に万一のことがあれば、新王朝は解体し、時代は旗手を失います。ひとたびフェザーンにお帰りあって、長久《ちょうきゅう》の計をおはかりください。ヤン・ウェンリーはミッターマイヤーと私と、両名をもって討伐の任にあたらせられますよう」

「ロイエンタールの申しあげるとおりです。陛下のご親征も、ひとまず目的を達しましたからには、前線での苦労は私どもにおまかせくださって、ご休息ください」

ミッターマイヤーが熱心に友人を支持した。昨今、しばしばラインハルトが過労のため発熱するのを、彼は心配していた。

「卿《けい》らの武勲を横どりする気はないが、予はヤン・ウェンリーとみずから結着をつけたいのだ。あの男のほうでもそう思っているだろう」

このとき発言をもとめたのは、皇帝の首席秘書官ヒルダことヒルデガルド・フォン・マリーンドルフ伯爵令嬢であった。

「陛下、両元帥のおっしゃるとおりです。どうぞひとまずフェザーンへお帰りください。陛下がいらっしゃればこそ、フェザーンは安定し、全宇宙の中心として礎《いしずえ》をかためることができましょうから」

このときラインハルトの覇気は、負の方向に刺激されたようで、蒼氷色《アイス・ブルー》の眼光が針をふくんだ。

「フロイライン・マリーンドルフ、慎重も度がすぎれば優柔不断とのそしりをまぬがれぬ。イゼルローンを失ってそのまま予が帰路につけば、反帝国勢力はヤン・ウェンリーが予に不戦勝したと思い、彼を偶像視してその周囲に結集するだろう」

「陛下、お考えください。ヤン・ウェンリーが戦術レベルで万全を期すのであれば、イゼルローン要塞にこもって堅守するしかありません。それは回廊の両端をわが帝国軍の支配にゆだねることとなり、戦略レベルにおいてなんらの効果をもたらさぬことになります」

ラインハルトは低く笑いすてた。

「迂遠なことを言う。フロイラインらしくもない。ヤン・ウェンリーはすでにエル・ファシルを占拠し、回廊の出口をおさえているではないか」

ヒルダはひるまない。

「さようでございます。ですけど、この場合、戦略レベルの条件をみたすことは、戦術レベルにおいて過度のささえを要求することになります。ヤン・ウェンリーの戦力はもともとイゼルローン要塞のみを防御するにも不足しがちなのです。その過小の戦力をもって、エル・ファシルまでも軍事的に確保し安定させるのは、困難の極といわねばなりません。彼の卓絶した智謀をもってしても、つまりヤン・ウェンリーは戦略的構想と戦術的条件と、双方の命題を同時に満足させがたい状況のなかにあります。この矛盾が整合されないかぎり、ヤン・ウェンリーを討つ機会はいくらでもあります」

「ヤンは整合させてしまうかもしれないぞ」

そう反論はしたが、ヒルダの正しさを認めざるをえなかったのか、皇帝の語勢は強くなかった。

けっきょく、ラインハルトはイゼルローン方面への親征を中止した。あくまでも一時とりやめただけのことである。彼にそうさせたのは、ヒルダの諫止もさることながら、遠くフェザーンからもたらされた報告書であった。

第八章　前途遼遠

I

「吉報はひとりでしか来ないが、兇報は友人をつれて来る」

とは、さして独創的でもないアレックス・キャゼルヌの述懐であるが、この年の初頭にイゼルローン要塞へ〝家出息子の帰宅〟をはたして以来、ヤン艦隊には単独行の訪問者がたえがちであった。

吉報といえば、ムライ、フィッシャー、パトリチェフ、スールらに統率された艦隊の到着ぐらいのもので、これによって戦力と人的資源はいちじるしく強化されたが、いっぽうで、ムライの名を耳にしたオリビエ・ポプランなどが、

「またあの小うるさいおっさんが……」

と口笛で葬送行進曲の一節をかなでたのも事実であるし、アッテンボローが、

「ピクニックが研修旅行になってしまった」

と評したのも、たしかなことであった。

帝国軍のビッテンフェルト上級大将が、反転してマル・アデッタ星域へむかうとき、いっきょに同盟首都ハイネセンをつくよう主張した部下に言ったものである。

「おれたちは武人を天職と思っているのだ。ヤン・ウェンリー一党のように、ほかにやることがなくて戦争ごっこや革命ごっこをやっているのと事情《わけ》がちがうぞ。無原則なことをするな」

このビッテンフェルトの言いようは、誹謗《ひぼう》そのものであるが、根も葉もない言いがかりだ、と一蹴しうる者はヤン艦隊の幹部たちのなかに存在しなかったであろう。ダスティ・アッテンボローなどはみずからそれを認め、〝伊達と酔狂〟が自分達の動力源であることを公言したほどであるから。そして、彼自身は、救われがたいことに、それを自慢にすらしていたのである。

このような部下たちを、意識してヤンが麾下に集めたという証拠はないのだが、結果としてまさしく類は友をよび、複数の朱がたがいをさらに赤く染めあって、宇宙暦《SE》七九六年の発足以来、宇宙に冠たるヤン艦隊の気風が育成されたのである。

「帝国軍の皇帝ばんざい《ジーク・カイザー》に対抗する歓呼というと、民主主義ばんざい《ビバ・デモクラシー》しかないように思うのだが、どうだろう」

「いまひとつ民心に訴えないなあ。やはりこちらも司令官の人名で勝負すべきだと思うけど、どうも華麗さでいまいつつおよびませんしね」

アッテンボローとポプランは、多忙であるべき軍務のあいまに、不謹慎な相談をかわしていた。

　さすが不敵と陽気を誇る彼らすら一瞬、沈黙の深淵のなかへ追いこまれざるをえなかったのは、アレクサンドル・ビュコック元帥の訃報をうけたときである。

　それをヤンに知らせるとき、フレデリカは暗黒と無音の数百秒ののちに、ようやく立ちあがって鏡を見た。赤血球がいちじるしい過疎状態にあるのを確認して、呼吸をととのえ、かるく化粧して、夫である司令官の執務室にはいると、熱い紅茶の紙コップを片手に書類に目をとおしているヤンの前に立った。不審そうな視線が移動するのを待って、可能なかぎり声調を安定させる。

「……ビュコック司令官が戦死なさいました」

　ブランデーの香のつよい紅茶を、ヤンはひと口すすった。まばたきを二度くりかえしたあと、副官である妻から視線をそらして、ヤンは壁面にかかった無名画家の抽象画を見つめた。

「閣下……」

「聞こえてるよ」

　フレデリカの卓絶した記憶力の柱にも刻印されていない、それは弱々しい声だった。

「その報告に訂正の余地はないのかい」

「傍受した通信波のすべてが、おなじ事実を報じていますし」

「……そうか」

つぶやいたヤンの姿には生気というものが欠けていた。若い学者が、若い学者の石像に化したような印象があった。ブランデーの香気がフレデリカの嗅覚のなかで揺れて、彼女は息をのんだ。ヤンの掌が紙コップをにぎりつぶして、熱い紅茶が彼の片手をぬらし、湯気をたてていた。フレデリカは夫の手から紙コップをとりあげ、火傷をおった手をハンカチでぬぐった。救急箱をデスクの抽斗からとりだす。

「全艦隊に通知してくれ、フレデリカ。ヤン不正規隊《イレギュラーズ》はこれより七二時間にわたって喪に服す」

フレデリカの治療を他人《ひと》ごとのようにうけながらヤンは指示した。感性が致命傷をうけ、理性だけが声帯をつかさどっているようだったが、不意に精神のベクトルが逆転して、声が激した。

「なにが智将だ。私は救いがたい低能だ。司令長官のお人がらからいって、こうなる可能性は小さくなかったのに、それを予測もできなかった」

「あなた……」

「ハイネセンから逃げだすとき、誘拐同然でもいい、司令長官をおつれすべきだった。そうだろう、フレデリカ、私がそうしていたら……」

フレデリカは必死に夫をなだめた。ビュコック元帥の人がらを問題にするなら、ハイネセンからの逃亡などをビュコックが承知するはずがない。ビュコックの死にまで、ヤンが責任をとわれる必要はない。そのような責任の感じかたは、かえってビュコックの意思と選択を軽視するものではないか。

「わかったよ、フレデリカ、きみの言うとおりだ。興奮して悪かった」

ヤンはようやく言ったが、打撃の巨大さから容易に回復できそうになかった。

ゴールデンバウム王朝のように専制支配の罪をかさねた体制でさえ、滅亡のときにはそれに殉じる者がいた。まして建国の父アーレ・ハイネセン以来、理想と人道に生きてきたはずの自由惑星同盟《フリー・プラネッツ》が、高官にひとりも殉じる者なく滅亡したとあっては、民主国家の存立にそれだけの価値がないということになろう。人命を国家の滅亡時に供するという思想を、ヤンは否定したいのだが、ビュコック元帥の選択を非難する気にはなれなかった。

あの老人が生きているあいだ、ヤンは彼に頭があがらなかった。現在もそうだったし、未来においてもさらにそうであろう。

ビュコックの年齢のことはなんらなぐさめにならなかった。老境にあったとはいえ、医学上の平均寿命になお一五年以上もとどいてはいなかった。ただ、その生涯が充実したものでなかったと言いうる者がいないであろうことが、ささやかな慰撫《いぶ》となった。ヤンの心理を部下たちも共有することになった。

シェーンコップは、老人の生涯と冥福のために乾杯した。スーン・スールは一五年ぶりに涙《るい》腺《せん》の機能を全開させた。メルカッツは粛然として軍服の襟をただした。ムライははるか惑星ハイネセンの方角をむいて敬礼した。それはなかば、ビュコックに殉じたかたちのチュン・ウー・チェンにささげられたものであった。アッテンボローはムライにつきあったあと、シェーンコップの相手役をつとめた。

ユリアンは、自分自身もさることながら、ヤンの傷心に思いをいたして、相乗作用で無彩色の世界に沈んでしまった。

オリビエ・ポプランでさえ、つねの闊達さの給水源をたたれて、口数をへらしていた。自ら〝無節操と無分別の混血児〟と称し、ダスティ・アッテンボローなどからは〝トラブルがあればかならず首をつっこみ、トラブルがなければ自分で種をまく〟と評される青年だが、本来、不機嫌な表情をうかべるためにはつくられていない眉目に冬の風を吹かせて、一時に活気を喪失した要塞のなかを黙然と歩きまわっている。

一同の、柄にもない意気消沈ぶりを心配したのはアレックス・キャゼルヌである。彼自身の落胆が一段落すると、夫人にむかって首をふってみせた。

「陽気と横着がとりえの連中なのに、ああも沈んでいてはいかんなあ」

夫人は、イゼルローンが帝国軍に占拠されていた一年間、使用されていなかった官舎の古いオーブンに、老後の生きがいをあたえているところだった。

「あなたみたいに、神経がワイヤーロープでできている人ばかりじゃありませんもの。ビュコック元帥はいいかたでしたし、皆さんの反応はしごくまともですよ」

「おれは善意で言っているんだぞ。あいつらは陰気や深刻が似あう連中ではないんだからな」

自分自身を除外して論評するキャゼルヌである。つまるところは彼もヤン艦隊のうたがいもない一員であった。自分ひとりはまともだと信じこんでいるのだった。

「あなたは補給と経理のことだけ心配なさっていればいいんですよ。このていどで再起不能になってしまうような人たちなら、最初から同盟政府やら帝国やらにさからって革命戦争をおこしたりするものですか。権力者の言いなりになっているのがいちばん楽なのに、わざわざ自分たちから苦労をかって、しかもそれでお祭り気分なんですからね」

「まったくそうさ、ばかな連中だ」

「ひとりの例外もなくね。わたしが後方勤務本部長の令夫人になりそこなったのは、どなたのせいだったかしら」

〝ふん！〟の一言で、後方勤務本部長の椅子をけとばした男は狼狽した。

「お前はおれのやることに反対しなかったじゃないか！　おれが辞表をたたきつけて家へ帰ったら、もうスーツケースに荷物をつめていたくせに……」

夫人は動じる色もみせない。

「当然です。あなたが自分ひとり地位をまもって友人を見すてるような人なら、わたしはとうに離婚していましたよ。自分の夫が友情にうすい人間だったなんて子供に言わなきゃならないのは、女として恥ですからね」

キャゼルヌが口のなかでなにやら言葉の泡をはじけさせるあいだに、夫人はみごとに焼きあがったクリーム・チキン・パイをオーブンからテーブルにうつしていた。

「さあ、あなた、ヤンご夫妻をお呼びしてくださいな。生きている人間は、死んだ人のぶんまできちんと食べなきゃなりませんからね」


ヤン艦隊という広場にはお祭り気分が欠くべからざるものであることを、キャゼルヌにおとらず早く再発見したのは、おそらくオリビエ・ポプランであったろう。悲報をうけた当日は人なみにかしこまっていた彼も、翌々日には心の喪服をぬぎすてて、艦隊の心理的再建にとりくむことに決したようである。それを理由として、彼は景気づけのためコーヒーカップに大量のウイスキーを移民させた。喪中であるゆえ公然とアルコールは飲めないのである。

「それにしても、われらが元帥どのでも、ああも落ちこむことがあるのかねえ」

ベルンハルト・シュナイダーがそれをききとがめた。彼は無情な男ではなかったが、ビュコックとはほとんど面識がなかったので、たちなおるのにポプランの協力を必要としなかった。

「貴官は、自分たちの司令官を珍獣のようにでも思っているようだが……」

直接にはポプランは答えない。

「ビュコック元帥は同盟軍なんぞにはもったいないみごとな爺さんだった。過去形を使わなきゃならないのが残念だがね。悼むのは自然かつ当然としても、そろそろ、真の慰霊法を考えるべきさ」

「というと？」

「帝国軍と戦って勝つ」

「ノウハウを無視して結果を論じないほうがいいと思うが……」

「ノウハウはわれらが元帥どのが考えるさ、それしか特長《とりえ》がないんだから」

にくまれ口のなかに、誇りやら敬愛やら揶揄《やゆ》やら、多彩な精神作用の和音がみちているようにシュナイダーには思われる。

「しかし、シュナイダー中佐、お前さんも考えてみればそれほどりこうでもないな。帝国軍に残っていれば皇帝《カイザー》ラインハルトのもとで出世できただろうに」

シュナイダーはそっけなく笑っただけで、挑発性ゆたかなポプランの疑問に答えようとはしなかった。彼に兄弟がいれば、英明な若い君主につかえて才腕を生かすよう説得したであろうが、彼自身はどこまでも敗将たるメルカッツにしたがうつもりでいるのだった。皇帝《カイザー》ラインハルトには多くの忠実な臣下がいる。メルカッツにもせめて自分ひとりぐらいいてもいいではないか……。

Ⅱ

宇宙暦《SE》七九九年の五月に〝バーラトの和約〟が成立したのちも、歴史の激流は静止したわけではない。同年の八月にはヤン・ウェンリーが同盟政府の策略に抵抗して首都を脱出し、やはり同月、帝国軍のワーレン提督によって地球教団の本拠が壊滅させられている。波濤は無限の前進をつづけていた。

ただ、宇宙暦《SE》八〇〇年が明けると、伏流がいっきょに地表へ奔騰して万物をのみつくしたかの観がある。それにさきだつ四カ月が、無数に意思と行為の小爆発を連鎖させながら、奇妙な静止感をもたらすのは、その前後に位置する噴火の熱と光が巨大すぎるがゆえであったかもしれない。事象の表面しか見ようとしない人には、ラインハルト・フォン・ローエングラムが惑星フェザーンを発して同盟首都ハイネセンにいたるまで無用に日数をついやしたように思われるし、ヤン・ウェンリーがハイネセンを脱してからイゼルローン要塞を再奪取するまで、またそれ以降もなにをしていたのか、と思えるのであろう。

このような人々は、皇帝が号令を発すれば一〇〇〇万の大軍が艦隊編成も補給も必要なく即日にして行動しえると考えるし、戦場において戦術が実施されるまでにそれにふさわしい環境をととのえるための戦略立案に必要な時間の存在を理解することもないであろう。ラインハルトの帝国軍と、ヤン・ウェンリーの革命軍と、規模の大小こそあれ、補給体制の確立が容易ではなかった。帝国軍の場合、フェザーンからの長い補給路と、大量の物資を確保する苦労は尋常ではなかった。名誉のうえからも政略のうえからも略奪は厳禁されていた。ヤン・ウェンリーたちの場合、エル・ファシルの生産力とイゼルローンの備蓄物資とで現在は十分に補給をまかなうことが可能だったが、帝国軍にたいして戦力は強化せねばならず、兵士が増員されれば補給能力が限界をこえる。深刻な二律背反にいずれは直面するであろうことが予想され、アレックス・キャゼルヌも頭痛の種をさがすのに苦労しなかった。

ヤン・ウェンリーは戦略上の構想と戦術上の条件を両立させがたい困難な立場にある——そう看破したのは皇帝《カイザー》ラインハルトの首席秘書官、ヒルダことヒルデガルド・フォン・マリーンドルフ伯爵令嬢であるが、じつのところ、この当時のヤンにはさらに政治上の課題がうわづみされていたのである。かててくわえて、彼は再革命運動の最高指導者ではなく、みずから革命政府の実戦部門においてのみ専門家であろうとした。

これがワルター・フォン・シェーンコップなどからみれば、舌打ちの一ダースもかさねたくなる迂遠さに思えるようであった。

「非常の時である。非常の策をもちいてしかるべし」

というのが彼の意見で、この三年ほどつねにヤンに権力の掌握をといてやまない。

「信念など有害無益のものだと他人にはお説教しておきながら、ご本人の頑固なこと。言行不一致とはこのことだな」

そうユリアン・ミンツに語ったことがある。ユリアンのほうでは、三年もあきらめないシェーンコップの執拗さにも感心するのだが。

だからあのときラインハルト・フォン・ローエングラムを倒しておくべきだったのだ——ビュコックの訃報をうけたとき、ワルター・フォン・シェーンコップはそう思ったが、その考えを舌にのせて体外へ放出しようとはしなかった。他人の評価とのあいだに誤差はあるであろうが、この男は、毒舌を弄するべき時と場合をわきまえていないわけではなかった。

彼が口にだしたのは、ユリアンにたいして、実体化の機会を失った構想をもらしたのが唯一の例である。

「ビュコックの爺さんが健在だったら、爺さんを新政権の首班に推《お》して、その下でお前さんの保護者が軍務をつかさどる、という形式も考えられたんだがな。いまさら言ってもしかたないことだが……」

それはユリアンにとっても、新鮮で魅力的な発想だった。ただ、故人となった老元帥が、頂点に立つことをがえんじるとは思いにくかったが。

そのシェーンコップも、やがて自分自身の問題に直面することになった。

カリンことカーテローゼ・フォン・クロイツェル伍長が、決然としてというべきであろうか、父親に面会を申しこんできたのである。ここにいたるまで、半年ほども接触を拒絶してきた不自然さに、形式はどうであれ終止符がうたれようとしていた。

シェーンコップの執務室にあらわれたカリンは、見えざる甲冑を二重三重に着こんで臨戦態勢にあった。かたくるしい敬礼、こわばった表情、しかつめらしい態度。いずれもこの年一六歳になる少女としてはふさわしくないとシェーンコップは内心で品さだめしている。

「小官はイゼルローン要塞奪取作戦に際して、参加を志願しておりましたのに、実戦指揮官であるシェーンコップ中将閣下は小官をリストからおはずしになりました。納得しがたいので理由をお聞かせいただきたく存じます」

カリンがあらかじめ準備しておいた文章を宙に読みあげていることは明白だった。シェーンコップがやや皮肉っぽいほころびを口もとにつくったのは、僚友のアッテンボローが、入場料をとられてもこの場にいあわせたがったことだろう、と思ったからである。少女の詰問などは意に介するにもたりなかった。

「私は作戦に完全を期したかった。だから貴官にかぎらず白兵戦の経験がない者を参加させたくなかった。それだけのことだが、なにかおかしいかね」

カリンは返答に窮《きゅう》した。さまざまな意味で彼女の視野はいまだ狭小であり、自分以外の白兵戦未経験者がどのように遇されたかまでは思いおよばなかったのである。

「……とまあ、これは建前。じつのところは、きれいな女の子がトマホークをふりかざす図など見たくなかったのでね」

そうつけくわえたシェーンコップの態度ときたら、カリンが、このような態度だけはとってほしくないと思いつづけてきたものだった。

軽薄で不実な色事師。

「……あなたは、わたしの母をくどくときにも、そんな調子だったんですか⁉」

急上昇した声調におどろいたのは娘自身のほうで、父親のほうは文字どおり眉すらうごかさなかった。デスクの前に直立したままの娘をあらためて見あげると、

「つまりはそれを訊くのが会見の真の目的か」

舌打ちをこらえるような声が、カリンをいっそう動揺寸前の状態にした。

「興ざめだな。私の父親としての責任を問いたいのであれば、最初からそう言うべきだろう。なにも私の作戦指揮をとやかくあげつらう必要はない」

カリンは赤面した。心の発熱が肉体におよんで、頬の表面の細胞がもえた。

「おっしゃるとおりです。失礼しました。あらためてうかがいますが、わたしの母を――ローザライン・エリザベート・フォン・クロイツェルを愛しておいででしたか」

「愛してもいない女を抱くには、人生は短すぎるだろうな」

「それだけですか」

「愛してもいない男に抱かれるにも、人生は短すぎるだろうよ」

カリンはいきおいよく背すじを伸ばした。関節が音をたてないのが不思議だった。

「閣下、わたしに生命をくださったことには感謝しています。でも、育てていただいたご恩はありませんし、閣下を敬愛すべき理由もわたしの裡《うち》には見いだせません。ご忠告にしたがって、はっきり申しあげておきます」

シェーンコップとカリンの視線が正対したが、やがて父親のほうからそれをはずした。彼の表情には、公人としてのカーテンがかけられていたが、そのわずかな隙間から苦笑と当惑の月光がもれていた。彼のほうから視線をはずしたのは、ひるんだためではなく、会話によって迷路を織りだす必要を認めないからだ、と、カリンは理性によらずさとった。形式にのっとったという意味においてのみ、完璧な敬礼をひとつすると、カリンは身をひるがえし、駆けだすこととふりかえることと、ふたつの衝動にたえながら父の部屋をでた。

Ⅲ

ワルター・フォン・シェーンコップとオリビエ・ポプランとは、ヤン艦隊における〝家庭道徳と良識の敵〟の両巨頭である。どちらがより悪質かと問われれば、彼らはためらいもなくた

がいを推薦しあったことであろう。宇宙暦《SE》七九九年のすえに、両雄は半年ぶりに再会したのだが、

「いや、わが敬愛おくあたわざる上官、戦友のかたがたがしぶとく健在しておられることを確認し、小官の喜び、これにすぎるものはありません」

などとポプランはあいさつしたものである。それにこたえてシェーンコップがいわく、

「よく帰ってきた。ポプラン中佐がいてくれないと、おれの趣味がひきたたない」

シェーンコップのひきたて役になどなる気もない撃墜王《エース》は、いま多少の余裕をもって競争相手をデスクごしにながめている。おれは種はまいても実をみのらせるようなへまはしない、と、その眼光が露骨に語っていた。

「……というわけで、失礼ながらいささかお嬢さんの境遇はこころえているわけです」

お嬢さんという言葉をことさら強く発音したのは、むろん完全ないやみだが、シェーンコップの顔はイゼルローン要塞の外壁さながらに、彼の内面を保護していた。ポプランは側面にまわって、

「カリンはいい娘《こ》ですよ、父親に似ずね。まだいい女にはなれないでいますが」

「いや、いい娘だとおれも思っているさ。なにしろ養育費が一ディナールもかからなかった」

「今後の精神的慰謝料に加算されるかもしれませんがね、覚悟しておかれることですな」

辛辣な皮肉の斬撃をあびせておいて、ポプランは表情と口調をあらためた。

「シェーンコップ中将、すこしまじめに言いますと、あの娘は自分自身で感情をもてあましているし、それを的確に表現するすべも知らんのです。年長者のがわが、出口へさそってやるべきだと、おれは思いますね。ですぎたことを言って申しわけありませんが」

シェーンコップは表現しがたい視線で、七歳年少の僚友を見やった。ややあって、笑いの波動を声にふくませる。

「いや、今年は記憶と記念に残すべき年だ。おれの知るかぎり、はじめて良識的なことを言ったな、お前さんは」

「それはまあ、娘が父親の罪をせおうこともなかろうしね」

ほかの人間ならとどめをさされたところかもしれなかったが、シェーンコップは平然として同意のうなずきをしたのみか、厚顔にもこうつけくわえたのである。

「まったくだ。ついでに言っておくなら、おれの娘だということで甘えることのないようにしてもらいたいな」

「きびしい父性愛、おそれいりますよ」

自分がやや防御的な姿勢になったことを、若い撃墜王は認めざるをえなかった。このオリビエ・ポプランさまにしてしかり、ましてカリンごとき未熟者が敗退するのは無理もない。

立ちさろうとするポプランに、シェーンコップが最後の一声を投げた。

「お前さんにはこの件にかんしていろいろと手数をかけてもらっているらしいが、ひとつだけ

「訂正をもとめておく」

「なんです？」

おれのことを不良中年だと言ってまわっているそうだが、おれはまだ中年じゃない」

……半時間後に、ポプランはカリンのもとに瀟洒《しょうしゃ》な姿をあらわした。軍港を見おろす展望ゾーンで所在なげに艦艇の群をながめやっていたカリンは、青年士官の姿を認めて敬礼した。いあわせた数人の兵士が立ちさったのは、遠慮したのであろうか、おそらくある種の先入観にもとづく遠慮であったにちがいない。カリンは気づかず、ポプランは気にもとめなかった。

「どうだ、父上にお会いした感想は。そのようすでは失望したかな」

「いいえ、べつに。ああいう人だとわかっていましたから、いまさら失望なんてしません」

「なるほど。ただ言っておくがな、カリン」

若い撃墜王《エース》の緑色の瞳に、考え深げな光がゆれた。

「おれの知るかぎり、この部隊にいる奴で家庭的に安定して幸福だったというのは、キャゼルヌ家のシャルロット・フィリス嬢くらいのものだぜ。あとは多かれすくなかれ、ろくでもない環境に育ったんだ」

意味もなく黒いベレーに手をやる。

「ユリアン・ミンツにしたところで、両親が健在ならヤン・ウェンリーみたいな社会不適応者の家でやしなわれずにすんだのさ。お前さんよりはるかに幸福だとはいえないぜ」

「ごく幼いころ帝国から亡命してきた人だし、安楽な境遇とはいえなかっただろう、彼も……」

「…………」

「ワルター・フォン・シェーンコップ氏のほうが、例としてはよかったな」

「どうしてここにユリアン・ミンツ中尉がでてくるんです?」

「うん?」

「中佐」

言いさして、ポプランは自分自身の声を遮断した。自分がシェーンコップを弁護するなどというのは不条理きわまる事態である、と気づいたようであった。

「……まあ、なんにせよ、カリン、不幸を商品にするのは、うちの艦隊の気風にあわないし、お前さんにも似あわんぜ。たとえ気にいらない奴でもいつまでも生きているわけはなし……」

言いさして、ポプランは、彼とおなじ世界を去った戦友のことを不意に想いおこしたようであった。

「イワン・コーネフの野郎なんか、おれを裏ぎりやがった。殺されても死なない奴だと思いこませておいてな」

思わずカリンはポプランの顔を見なおしたが、若い撃墜王《エース》は表情にブラインドをおろしていたので、カリンの洞察力ではまだそれをつらぬくことはできなかった。ポプランは、黒ベレーの角度を注意ぶかくなおしながら立ちあがった。

「順当にいけば、シェーンコップの不良中年は、お前さんより二〇年早くくたばる。墓石と仲なおりしたって意味があるまい」

〝中年〟という語を発したときのポプランの口調は、おせじにも純朴なものとはいえなかった。


士官クラブで、喪の明けたあとの訓練計画をポプランがたてていると、ユリアンがやってきておなじテーブルについた。コーヒーカップからたちのぼるアルコールの霧についてはなにも言わなかったが、ポプランのシェーンコップ父娘歴訪の件は知っていて、

「家庭訪問、ご苦労さまです」

笑って言うユリアンの亜麻色の頭を、ポプランはかるくこづいた。ユリアンもどうやら精神の失調を回復することができたようであったが、おそらく努力をしている最中なのだろうと撃墜王はみてとった。

「イワン・コーネフなみに憎らしくなってきたな。そのうちシェーンコップ中将クラスに進化するだろう。こまった奴だ」

「すみません」

「まあいい、すなおなうちは救われるさ」

「それで、シェーンコップ家の平和のためになにか処方がおありなんですか」

「パターンとしてはだな、娘の生命が危機にさらされる、それを父親が身をもって救い、娘は心を開く……」

「ほんとうにパターンですね」

「立体TV《ソリビジョン》ドラマの脚本家どもは、おなじパターンを何百年も恥ずかしげもなく使っているぜ。つまるところ、人間の心理なんて、石器時代からかわりはせんよ」

「石器時代に生まれても、中佐は名うての色事師だったでしょうね」

それにたいしてポプランがなにか答えたが、ユリアンは聴覚神経のぶんまで神経機能を他方角へまわしてしまっていた。

〝薄くいれた紅茶の色〟の髪、青紫色《バイオレット・ブルー》の瞳、挑戦的なまでに活力と生気にあふれる表情をユリアンは思いおこした。それは若者にとって不快なものではなかった。これまで彼にそのような情緒的反応をもよおさせた同年齢以下の少女はいなかった。

だが、ユリアンは自分自身の心のスケッチにまだ彩色をほどこそうとする気にはなれなかった。つい半年前、フレデリカ・グリーンヒルのヤンとの結婚を、いくばくかの傷《いた》みをもって見送ったばかりであるのに、たちまちあたらしい舟に乗りかえるのは軽薄であるように思えた。だいいち、カリンに好意をもたれているという自信もなかったのである。

Ⅳ

三日間の喪があけると、ヤン・ウェンリーは内心はともかくとして、背すじをのばし、顔をあげて歩くようになった。キャゼルヌに言わせると、ようやく上に立つ者の自覚がでてきた、ということになろうか。

実際、残照の美を悼んでばかりいるわけにいかなかった。あらたな、より強烈な太陽が反対側の地平にのぼりつつあり、手をこまねいて酷暑の到来を待つわけにはいかなかったのである。ビュコック元帥という堅固な堤防が崩壊したいま、皇帝《カイザー》ラインハルトの覇気は灼熱した怒濤となって全同盟領をのみこみ、古い体制をとかしさるであろう。

喪があけると同時に、ヤンの左手の包帯もとれた。電子治療は、傷ついた皮膚細胞を活性化させ、それに象徴されるかのように、ヤンの脳細胞も暗い寝室からとびだした。知的活力を回復させたヤンを見てフレデリカはよろこび、ビュコック元帥がヤンの襟首をつかんで昏迷《こんめい》の地下室からひきずりだしてくれたのだと思った。

戦略立案や部隊編成、エル・ファシルとの連絡に多忙をきわめながら、ヤンは紅茶を飲む時間は犠牲にしなかった。ヤンのヤンたるゆえんである。

「フレデリカ、私がいま気になっていることがあるんだ」

一日、シロン葉の香気をあごにあてながらヤンが話しかけた。

「つまりレベロ議長が、帝国の意を迎えようとする軍部のはねあがりどもに暗殺されるのではないか、ということだ」

フレデリカは声をのんだ。彼女のヘイゼルの瞳に、ぬいだ黒ベレーを両手でもてあそぶ夫の姿が映っている。

「まさか、そこまでやるでしょうか」

フレデリカが口にしたのは反論ではなく、夫のくわしい説明をもとめるためだった。ヤンはベレーをいじくる手をとめた。

「レベロ議長がみずから範をしめしたからね。むろんレベロ議長には自分なりの正当性があったし、自分のみの安泰をはかったわけでもないが、その外形だけをまねしようとする連中はかならずいるだろう」

皇帝《カイザー》ラインハルトは敗者や降伏者にたいして寛大であるが、それが無原則なものであると誤解すれば、羞恥心や自尊心をポケットから放りすて、手みやげを用意して媚をうる連中にはことかかないはずであった。

数日を経過して、バグダッシュ大佐から首都の状況についての報告がもたらされた。彼は通信波傍受のため、エル・ファシルからさらに首都方面へ情報収集艦で出動していたのだ。

「自由惑星同盟《フリー・プラネッツ》の元首ジョアン・レベロが一部の軍人によって暗殺されました。決起部隊は帝国軍に降伏を申しいれ、無抵抗のうちに帝国軍はハイネセンへの進駐をはたしました」

その報をうけて、さらにヤンは妻とユリアンに予言してみせた。

「それでは彼らは自分自身の処刑命令書にサインしたことになる。皇帝《カイザー》ラインハルトは彼らの醜行をけっして赦さないだろうよ」
二、三日してレベロ暗殺グループの全員が銃殺に処されたむね、情報がはいったが、ヤンはもはやなんら関心をしめさなかった。国父アーレ・ハイネセンの理想が衰弱死をとげることは、ヤン自身の首都脱出の際に明白なものとなっていたし、ビュコック元帥の訃報の衝撃のなかで、同盟という国家の滅亡にたいする心情も整理されていたからであろう。それより重要な課題がほかにいくらでもあった。
「全宇宙に皇帝《カイザー》ラインハルトとローエングラム王朝の宗主権を認める。そのもとで一恒星系の内政自主権を確保し、民主共和政体を存続させ、将来の復活を準備する」

その基本的な構想を説明したとき、エル・ファシル独立政府の首班ロムスキー医師は瞳をかがやかせたりはしなかった。

「皇帝の専制権力と妥協するのですか。民主主義の闘将たるヤン元帥のお言葉とも思えませんな」

「多様な政治的価値観の共存こそが、民主主義の精髄ですよ。そうではありませんか?」

軍人が政治家に民主主義について講釈するばかばかしさに、ヤンは内心、ため息をつきたくなる。イゼルローンからエル・ファシルにいたる超光速通信網《FTL》が完全にヤン艦隊の制御下におかれたため、こうして会話もできるのだが、それは会話がみのりあるものであることを保証するものではなかった。

ロムスキー医師は、独立政府の首班として精力的にはたらいている。彼が良心的で責任感にとんだ革命政治家であることはたしかであったが、「どんなに大きくてもファウルでは得点にならない」というワルター・フォン・シェーンコップの毒舌を、じつのところヤンは首肯せざるをえない。ハイネセンが完全に制圧され、同盟最後の元首が横死すると、彼は両靴に不安の羽をはやし、ヤンを呼びつけて、帝国軍エル・ファシル侵攻の可能性について言いたてたものだ。

「そのような事態は充分、予測しておいでだったと思いますが」

ヤンの口調には毒気のスパイスが多少混入してしまう。いまさら皇帝《カイザー》ラインハルトの全面攻勢がせまっているからとて動揺するようで、よくも独立政府だの再革命だのと呼号《こごう》しうるものだ。そのくせ他方では、ヤンがラインハルトの主権を許容することに難色をしめす。危険なくして理想を満足させたがるのだ。

つまるところ彼らも、ヤンがラインハルトを戦場に倒し、民主国家が宇宙を統一するという夢を素材にして、ヤンに料理させようとしているのだった。そして自分たちはナイフとフォークを手に、刺繡《ししゅう》いりクロスのかかったテーブルで待っている。民主主義とは政治という名の高級ホテルの賓客になることではない。まず自力で丸太小屋を建て、自分で火をおこすことからはじめなくてはならないのに。

「考えてみればヤン元帥がバーミリオン星域会戦で皇帝《カイザー》ラインハルトを打倒なさっていれば、万事スムーズにいったのですな。どうせ同盟政府は滅びてしまったのですから。そうすれば、すくなくとも現在吾々《われわれ》が直面している最大の危機はまぬがれていたことになります。おしいことをしましたな」

むっとして、ヤンは返答しなかった。ロムスキー医師の発言は冗談の厚化粧をほどこされてはいても、素顔がどのようなものであるか明白だった。ヤンの表情をみて、ロムスキーが「冗談ですよ」と要《い》らぬことを言ったので、ますますヤンは不愉快になったのだが、またそれを見てロムスキーは知人に「ヤン元帥には思ったよりユーモア感覚がない」ともらしたものである。「たまらんなあ」というのがヤンの心境であったが、いまさらロムスキーを再教育しうるものでもなかった。

「ヤン・ウェンリーが同盟政府のレベロをすててあらたにえらんだのは、エル・ファシル独立政府のロムスキーであった。けっきょく、ヤンには人を見る目がなかったといわざるをえない」

という後世の一部学者の評価は、おそらく公正さを欠くであろう。ヤンはレベロに排除されかかったのであって彼のほうから能動的にレベロをすてたのではなかったし、政治思想と戦略構想の双方をみたす最低限の要件としてエル・ファシル独立政府をえらばざるをえなかったのであって、ロムスキー個人に忠誠を誓約したわけでもなかった。ヤンが口でいうほど安らかに楽をして生涯を送る気であったら、彼はそれこそ〝人を見る目〟にもとづいてラインハルト・フォン・ローエングラムの臣下になっていたであろう。あるいはその選択のほうが、ヤン個人の安寧《あんねい》のみならず、宇宙全体の——あくまで専制政治の支配下における——平和に貢献しえたかもしれない。その深刻な矛盾と自己懐疑から、ヤンはついに生涯、解放されなかった。

V

ユリアン・ミンツやオリビエ・ポプランが地球からもち帰った光ディスクの件を、ヤンは記憶巣の最奥部におしこんで、しばらく蓋をしてしまっていた。イゼルローン要塞の再奪取にようやく成功したと思ったら、ビュコック元帥やレベロ議長の訃報があいつぎ、検証する機会を失ってしまったのである。なにしろ地球教本部が帝国軍のワーレン提督によって潰滅させられたこともあって、地球教にかんする情報を集める緊急度が低下したのも一因であった。

極端なことをいえば、ユリアンやポプランが無事に帰ってきたことで、ヤンが満足していたという面も否定しえない。それでも、脳裏の辺地から中心部へ抗議の声がとどき、ヤンは多忙な時間の一部をさいて光ディスクの記録を検証した。フレデリカ、シェーンコップ、ユリアン、ポプラン、ボリス・コーネフ、マシュンゴ、ムライの七名が同席した。そして、ほんの一部を知りえた段階で、愕然とした顔を見あわせることになる。そこに記録されていたのは、フェザーン自治領《ラント》と地球教との、一世紀にわたる関係であったからだ。

「つまり表がフェザーンで裏の顔は地球教だった、ということになるのか」

「するとフェザーンの商人たちと手をくむことは、地球教の奴らと仲よくチーク・ダンスを踊るということになりますかね」

毒とはいわぬまでも針をふくんだ視線で、ポプランはボリス・コーネフの顔をひとなでし、無言で釈明を要求した。

「冗談ではない、そんなことはおれは知らんぞ。おれが地球教とよい関係があるとすれば、巡礼者を地球にはこんだことがあるくらいさ」

ボリス・コーネフが主張するのも当然で、彼は地球教本部においてはユリアンに協力して狂信者たちと銃火をまじえた身である。フェザーンが裏面で地球教となかよく肩をくんでいたといわれたのでは、立つ瀬がなさすぎるというものであった。

ヤンもボリス・コーネフが地球教とおなじ歌をひそかにうたっていたなどとは思わない。だが、代々の最高幹部たちはどうか。現在、行方不明とされている〝フェザーンの黒狐《くろぎつね》〟ことアドリアン・ルビンスキーなどはどうか。これまでなにをたくらみ、このさきなにをたくらむつもりなのか。

シェーンコップがややとがりぎみのあごをなでた。

「九世紀にわたる執念か、おそれいるね。だがこうなると寒心《かんしん》なきをえないな。ほんとうに地球教の奴らは滅びたのか。総大主教《グランド・ビショップ》とやらはたしかに死んだのか？」

その疑問を聞いて、不敵なオリビエ・ポプランまでが眉をしかめて沈黙してしまった。彼にしても総大主教とやらの死体を目撃したわけではなく、それを確認するには地球を再訪して数百億トンの土石を掘りおこさなくてはならなかった。

「わかった、おれをフェザーンへやってくれ。どうせ独立商人たちと連絡をとらなくてはならないし、この際、ルビンスキーの黒狐についても調べておきたいからな」

「フェザーンへ行って、そのままもどってこない、などということはあるまいな、コーネフ船長」

ポプランの口調は抑制されたものだったが、内容じたいが過激だったので、ボリス・コーネフの不快感をやわらげる効果はなかった。ひとしきり、言語の低気圧が衝突しあったあと、ヤンはボリス・コーネフのフェザーン行を承諾して、一同を解散させた。ヤンとしては心楽しくはなれない。フェザーンと地球教のあいだに尋常ならざる関係があるとすれば、かるがるしく彼らと手をくむことは、投機と狂信の醜悪な連合体が民主主義の内実をくいつくす結果を招来するかもしれない。たんに経済上の要求というだけでフェザーンとおなじ船に乗りこむわけにはいかないだろう。ヤンの基本的な戦略は、必要条件のひとつに重大な修正をしいられそうであった。

ヤンの部屋に、ヤン夫妻とユリアンが残った。三人ともしばらく、光ディスクの記録と激論の残滓のガスを吸っていたが、やがてヤンがソファーにすわりなおした。

「ユリアン」

「はい」

「陰謀やテロリズムでは、けっきょくのところ歴史の流れを逆行させることはできない。だが、停滞させることはできる。地球教にせよ、アドリアン・ルビンスキーにせよ、そんなことをさせるわけにいかない」

ユリアンはうなずいた。

「まして地球教の場合、目的とするのは惑星エゴイズムの充足でしかない。地球の権利を回復するのではなくて、過去を正当化して特権の蜜におぼれようというのだからな」

地球教はほんとうに滅びたのか。残党がいるとすればなにをもくろんでいるのか。ヤンは知りたかった。

それにしても時間がない、とヤンは思わざるをえない。だいいち、目前にせまった皇帝《カイザー》ラインハルトのほうがよほど脅威だ。しかも、地球教のような悪しき反動であるがゆえに脅威なのではなく、民主主義体制とことなる体制によって時代の変革に成功しつつあるのが脅威なのだ。まったく、専制とは、変革をすすめるにあたって効率的きわまりない体制なのである。民主主義の迂遠さにあきれた民衆は、いつも言うではないか。

「偉大な政治家に強大な権限をあたえて改革を推進させろ！」と。逆説的だが民衆はいつだって専制者をもとめていたのではないか。

そしていま、最良の部類に属する専制者をえようとしているのではないか。見あげるにたる、崇拝するにたる半神的存在を——ラインハルト・フォン・ローエングラムを。民主主義など、よりまばゆい黄金の偶像にくらべれば、色あせた青銅の偶像でしかないのではないか……。

いや、ちがう。ヤンはあわてて首をふった。おさまりの悪い黒い髪がゆれた。

「ユリアン、吾々は軍人だ。そして民主共和政体とは、しばしば銃口から生まれる。軍事力は民主政治を産みおとしながら、その功績を誇ることは許されない。それは不公正なことではない。なぜなら民主主義とは力をもった者の自制にこそ真髄があるからだ。強者の自制を法律と機構によって制度化したのが民主主義なのだ。そして軍隊が自制しなければ、誰にも自制の必要などない」

ヤンの黒い瞳がしだいに熱を発した。ユリアンにだけは理解してほしかったのだ。

「自分たち自身を基本的には否定する政治体制のために戦う。その矛盾した構造を、民主主義の軍隊は受容しなくてはならない。軍隊が政府に要求してよいのは、せいぜい年金と有給休暇をよこせ、というくらいさ。つまり労働者としての権利。それ以上はけっして許されない」

年金という言葉でユリアンは反射的に笑ってしまったが、ヤンはそれほどユーモア感覚にうったえるようなことを言ったわけではなかった。ユリアンは二瞬ほどで笑いをおさめ、反動でまじめすぎるほどの表情になって、長いあいだ考えつづけてきたことを口にしてしまった。

「でも、ぼくは提督には私情で、私欲でうごいていただきたかったです」

「ユリアン！」

「おしかりをうけるのは当然ですけど、これはぼくの本心です」

皮肉な状況だ、とユリアンは思うのだ。巨大な才能にとっては、民主主義より専制政治のほうが自由な活動が可能であるとは。ラインハルトとヤンの境遇がもし逆転していたら、あるいはラインハルトは民主政治にとって有害な野心家、あのルドルフ大帝の悪《あ》しき再現となったかもしれないではないか。ヤンのほうこそが黄金の冠をいただくことになったかもしれないではないか。

「そいつは、ユリアン、おもいきって無意味な仮定だね」

「わかっています、でも……」

「私は私情を完全に排したわけじゃない。バーミリオン星域会戦のとき、ラインハルト・フォン・ローエングラムを私は殺したくなかったんだよ、ユリアン、こいつは本気で言っているんだ」

念をおされるまでもなく、ユリアンにはそのことが理解できた。

「彼は人格的に完璧ではないにしろ、この四、五世紀の歴史のなかで、もっともかがやかしい個性だ。それを私の手で撃ち倒すのは、そらおそろしい気分がしてしかたなかった。私はあのとき政府の命令を口実に、逃避したのかもしれない。それは政府や私自身にはあるいは忠実だったかもしれないが、たとえば戦死した兵士たちにとっては許しがたい背信行為だったかもしれないんだ。彼らが権力者の保身や私の感傷のために死ぬべき理由なんてないんだから」

ヤンは笑った。笑うしかない、といった感じの笑いで、それを見るといつもユリアンは言葉の無力を痛感させられ、沈黙するしかないのだった。

「私はいつもこうだ。進歩のないことおびただしいな。さて、それほど時間もない。すこしは前向きの話をしようか」

その前に潤滑物が必要なようだった。ひさびさに、ユリアンが名人芸を披露し、アルーシャ紅茶の香気で室内のあらゆる波動をそめあげた。

フレデリカが操作卓《コンソール》に手をのばし、白い指を踊らせると、画面に星図があらわれた。二度三度とそれが拡大され、イゼルローンとエル・ファシルをむすぶ〝解放回廊〟を描きだす。

「吾々はイゼルローンとエル・ファシルと、ふたつの拠点を有する。帝国軍にしてみれば、複数の敵拠点があればこれを分断するのが当然の用兵策となるだろう。おそらく、皇帝自身の本隊と同時に、帝国領から別動隊がイゼルローン回廊をねらってくると思う……」

「それはいつごろのことになるでしょう」

「そうだね、遠い未来のことではないだろう。時をついやすことのプラス面よりマイナス面を、皇帝《カイザー》は考えるだろうから」

なによりもあの金髪の若者は、自分以外の者が歴史をつくることにたえられまい、とヤンは思う。時をおけば、他者に策動の機会をあたえる。自由惑星同盟《フリー・プラネッツ》を名実ともに滅亡せしめた現在、砲火と艦艇の巨大な濁流をもってヤン一党を掃滅にかかるであろう。昔日のルドルフ・フォン・ゴールデンバウムにまさる覇気の怒濤が宇宙をおおいつくす。

それにたいして、ヤンは微力ながらも堤防の任をはたさなくてはならない。いつか怒濤が去り、潮がひく日のために。いつのことかはわからない。おそらくヤンの存在が記録上のものにすぎなくなるころだろうけど。

……と、〝民主主義の騎士〟的な決意をかためながらも、ついヤンは自分と敵手との立場を相対化してしまうのである。一方には平和と統一への最短の道があり、他方には民主政治の王道をめざすはるかな路《みち》がある。双方が流血の戦いをまじえるとき、もし唯一絶対の神とやらが存在するなら、どちらを是《ぜ》とするだろうか。

第九章　祭りの前

Ⅰ

宇宙暦《SE》八〇〇年、新帝国暦二年の二月。惑星フェザーンから惑星ハイネセンの帝国軍大本営にもたらされた報告書は、〝一〇〇〇万人の足をとめた一通〟としてのちに知られるようになる。だが、これ以前にこの報告書の内容が周知になっていれば、質の低い冗談として葬りさられたにちがいない。報告をうけたヒルダことヒルデガルド・フォン・マリーンドルフ伯爵令嬢が、絶句して数瞬、皇帝への報告をためらったのも無理からぬことだった。

「ロイエンタール元帥に不穏の気配あり」

それが軍務尚書オーベルシュタイン元帥と内務省内国安全保障局長ラングの連名というだけであったら、ヒルダはそんなものに衝撃をうけはしなかったであろう。だが、それは司法尚書ブルックドルフからのものであった。同盟政府からの使者と称するオーデッツなる男が、皇帝《カイザー》にも会えずフェザーンに到着したあと、大声で噂をばらまいてまわったのだ。いわく、ロイエンタール元帥に叛意あり。そしてそれに、内務省内国安全保障局長ラングがとびついたのだ。

オーデッツは自分の舌先に国家の命運を賭け、死を覚悟した悲壮な心境で帝国を混乱させようとしたのだろうか。ミッターマイヤーに一蹴されて失われた弁舌家としての自信を、いささか極端なかたちで復活させようとしたのだろうか。自暴自棄で社会を騒がせたかったのか。よほど弁舌と虚構の効果を期待していたのか。誇大妄想に類する精神的傾向があったのか——その当時は誰にも判断しえなかった。いずれにしても、その創作力と熱意は非凡であったといえるだろう。皇帝《カイザー》ラインハルトの英明をもってしても、ロイエンタールやミッターマイヤーの勇略をもってしても、まさかこのようなかたちで、あの軽薄な長舌族に害をこうむるとは考ええなかった。人は全能ではありえない。とくにその思考は気質の制限をうける。オーデッツのような小人《しょうじん》など、直接会ったミッターマイヤーですら、名を失念していた。まして、門前ばらいをくわせたラインハルトや、その傍にいたロイエンタールなどが、記憶の一隅に席をあたえるはずもなかった。

銀河帝国の司法尚書ブルックドルフは四〇歳をすぎたばかりの少壮の法律家で、緻密な頭脳と厳正な政治姿勢の所有者であった。だからこそラインハルトによって一検事から抜擢《ばってき》されたのだが、皇帝と職務にきわめて忠実である彼は、同時に、新王朝の初代司法尚書となった以上、相応の野心もあれば抱負もそなえていた。倫理と秩序意識を離乳食にまぶして成長し、法律知識の酒と司法事務の食事でおとなになった彼が、私人としてオスカー・フォン・ロイエンタールの漁色《ぎょしょく》をこころよく思っていなかったことはたしかである。だが彼がロイエンタールの弾劾に加担したのは、私人としての感情からではなかった。彼としては政府高官の綱紀を粛正する必要を感じていた——けっしてゆるんではいなかったが、きびしいほどよいにきまっているし——、さらには、軍部にたいする司法省の立場を有利に確立してもおきたかったのである。もともとローエングラム王朝は軍人皇帝のもと、軍部独裁の傾向が強い。創立時はそれでもよいが、いずれ法律、官僚、軍部の均衡をとらねば健全な国家の発展はありえず、軍部の最重鎮たるロイエンタール元帥を弾劾して軍人どもの鼻柱を折っておくのは無益ではないはずであった。

ロイエンタールの漁色を公然と非難するのは、じつのところ容易ではない。ほとんど例外なく、女性のほうから彼に接近し、一方的な思慕のすえに一方的に捨てられるのである。じつはロイエンタール元帥は、現象としての漁色とはまったく逆に、内面はかなり深刻な女ぎらいなのではないか、という噂もあるのだった。それが証拠もなく真実をとらえていると知る者は、生死をともにしてきた親友、ウォルフガング・ミッターマイヤーだけであり、彼がそのことを口外するはずもなかったから、さして信用もされない噂にとどまっていた。

いずれにしてもブルックドルフは噂など信じなかった。彼が信じるのは、状況とおきかえられる現象、それに証拠だけであった。ひとつには、見すてられつつある帝都オーディンに帰るより、明日の宇宙の中枢であるフェザーンに居場所を確保しておきたかったのかもしれない。

軍務尚書オーベルシュタインの諒解と、内国安全保障局長ラングの協力のもとに、ブルックドルフはフェザーンに臨時執務室をかまえ、ロイエンタールの身辺調査にのりだした。そして、いささか拍子ぬけするほど容易に、エルフリーデ・フォン・コールラウシュという女性の存在をつきとめてしまったのである。

「ロイエンタール元帥は、自邸に、故リヒテンラーデ公爵の一族をかくまっておられる。あきらかに陛下の御意にそむくもの、大逆に類するといっても過言ではありません」

興奮を隠そうとしてラングは失敗し、毛細血管を破裂させた目で司法尚書を煽動した。ブルックドルフはやや不愉快にもなり、法律家としての良識もあって、当のエルフリーデという女性から直接、事情を聴取することにした。あまり容易に女性の存在が知れたので、すべてがロイエンタールに反感を有する者の工作ではないか、とも思われたのである。だが、エルフリーデは拒絶もせず聴取に応じ、結果はラングを狂喜させることになった。

「その女はロイエンタール元帥の子をみごもっている。それを伝えると元帥はそれを祝福し、この子のためにより高きをめざそう、と言った——と、女は証言している」

すくなくとも心の奥では、ラングは歓喜のワルツを踊ったことであろう。彼はまずロイエンタール弾劾の権限を司法尚書からもぎとった。ロイエンタール元帥は陛下の御意にそむいてはいるが、成文化された法律に反してはいないから、ことは司法省の管掌《かんしょう》するところならず——というのが理由である。報告書に名前を利用されただけと知ってブルックドルフは激怒したが、けっきょく、法律至上の罠に足をとられた自分自身の愚劣な失敗を思いしらされ、せいぜいさぎよくしりぞくしかなかった。

エルネスト・メックリンガーはつぎのように記録している。

「パウル・フォン・オーベルシュタインという人は、しばしば辛辣かつ無慈悲な策謀を弄して他者を粛清し、しかも弁解も説明もしないので、明快さと率直さを愛する武人型の諸将にきらわれたのは無理もない。ただ、彼は私益をはかって策謀を弄したことはなく、すくなくとも主観的には国家と主君に無私の忠誠をささげていた。軍務尚書としての管理能力、職務にたいする忠実度もきわめてすぐれていた。おそらく、最大の問題点は、主君にたいする忠誠心と表裏一体化した、彼の猜疑心であったろう。ミッターマイヤー元帥は、〝オーベルシュタインの奴は自分以外の重臣がすべて反逆者の予備軍だと思いこんでいる〟と評したが、この評はまことに正鵠《せいこく》を射ている。この猜疑心によって、オーベルシュタインは当然ながら信頼すべき僚友を信頼しえず、ラングのような男をもちいざるをえなかった。彼がラングの人格を高く評価していなかったことはたしかである。おそらくたんなる道具としか思っていなかったであろう。対等の人間なら猜疑したであろうが、道具としかみなしていなかったからこそ、猜疑もしなかった。ところが、この道具には猛獣のごとき牙も猛禽のごときくちばしもなかったが、毒の棘《とげ》がついていたのだ」

……こうして、二月二七日、オスカー・フォン・ロイエンタールは、陽気とはいいがたい表情のナイトハルト・ミュラー上級大将を宿舎に迎えることになる。金銀妖瞳《ヘテロクロミア》の元帥は、朝食を終えかけたところであったが、年少の僚友に食後のコーヒーをともにするようすすめた。ミュラーは知性は充分ながら演技のできない青年で、砂色の瞳にたゆたう曇りを見ただけで、ロイエンタールは彼のたずさえたものが吉報にあらざることを洞察していた。コーヒーを飲みおえたロイエンタールが黒と青の視線でうながすと、ミュラーは緊張に作法のコートをきせて、大本営への出頭をもとめたのである。

同日九時。宇宙艦隊司令部にあてられた宇宙港そばのホテルに出勤したウォルフガング・ミッターマイヤーは、ロイエンタール拘禁の報をうけて、睡魔の残兵を一瞬に体内から追いだした。無言できびすを返すと、執務室の扉からとびだしかける。

その瞬間、若いバイエルライン提督がすばやく扉の前に立ちはだかった。

「どこへお出かけです、閣下?」

「知れたことだ。ロイエンタールに会う」

「いえ、なりません、閣下。このような事実があきらかとなった時期にロイエンタール元帥とお会いになっては、無用な疑惑をまねくことになりましょう」

必死の表情でとめる。ミッターマイヤーの両眼に、怒気の電光が一閃した。

「賢《さか》しげに忠告するな。おれには一ミクロンの後ろ暗いところもない。陛下の廷臣どうし、年来の友人どうしが会ってなにが悪い。誰をはばかる。そこをどけ、バイエルライン」

だがほかにも制止する者がいた。

「元帥閣下、バイエルライン提督の言うとおりです。閣下が公明正大であられても、見る者のレンズがゆがんでいれば、映る像もおのずとゆがみます。ロイエンタール元帥の不名誉な嫌疑が晴れさえすれば、いつ閣下がお会いになられても、そしる者はおりますまい。ご自重ください」

そう言ったのはビューロー大将である。

ビューローはミッターマイヤーより年長であり、その説得には軽視しえざるものがあった。〝疾風《ウォルフ・デア・シュトルム》ウォルフ〟は、グレーの瞳に充満していた電光を弱め、しばらく沈黙のうちにたたずんでいたが、やがてデスクに腰をおろした。つねの俊敏さとは縁どおい重い動作であり、発せられた声も生気と弾性を欠いていた。

「おれは帝国元帥の称号を陛下よりたまわり、帝国宇宙艦隊司令長官という過分な地位もいただいた。だが、どれほど高位につこうとも、友人と会うことすらままならぬのでは、一庶民にもおとるではないか」

幕僚たちは声もなく、敬愛する上司を見つめていた。

「あのとき、陛下はいまだローエングラム侯爵の身分であられたが、リヒテンラーデ一族の男どもを死刑に処すること、女どもを流刑に付することはたしかにお命じになられた。だが、配所に流された女どもを永劫に他地へ移してはならぬとはおっしゃらなかった。ロイエンタールはけっして御意にそむいたのではない」

それはきわめて不器用な詭弁であり、自分自身のためにならミッターマイヤーはけっして使うことはなかったであろう。

「いずれにしてもロイエンタール元帥は軍部の重鎮であり、国家の元勲であられます。無責任な噂を信じて処罰をくだされるようなことは、皇帝《カイザー》ラインハルト陛下はけっしてなさいますまい」

ビューローの声に機械的なうなずきで応じながら、ミッターマイヤーは、不安の雨滴が心の平地に落ちはじめる光景を、孤独のうちにながめていた。

II

ロイエンタールの幕僚ハンス・エドアルド・ベルゲングリューンの鋭角的にひきしまった顔が憂色をたたえている。大敵を相手として沈毅さを失ったことのない彼も、上官の意外な危機を前に、当面は無力だった。

先年、イゼルローン要塞を同盟軍の手中から奪還したとき、ロイエンタールはベルゲングリユーンにむかって、皇帝にたいする単純ならざる心理の一端をもらしたことがある。いま、仮設大本営となった国立美術館の一室で、端然と椅子に腰をおろした上官の背中とダーク・ブラウンの頭髪をながめながら、ベルゲングリューンは息ぐるしさにたえていた。

ロイエンタールの〝尋問〟にあたったのはナイトハルト・ミュラーであったが、この尋問者は被尋問者にたいして礼が篤く、ベルゲングリューンの陪席を認めたのも、秘密裁判めいた印象と、ロイエンタール麾下の人々の動揺をさけるためであったろう。

ミュラーの質問にたいするロイエンタールの答弁が壁に反響した。

「自分ことオスカー・フォン・ロイエンタールが武力と権力にまかせて略奪暴行をこととし、人民を害しているなどと噂されるのであれば、これは自分にとって最大の恥辱である。反逆して帝座をねらうと言われるのは、むしろ乱世の武人にとって誇りとするところ」

ほとんど傲然とも称すべき言葉に、ベルゲングリューンは呼吸器の機能を急停止させ、ミュラーはデスクの表面で音もなく指を踊らせた。

「……しかしながら皇帝《カイザー》ラインハルト陛下が先王朝において元帥府を開設されて以来、自分は一日の例外もなく陛下が覇業をなされるに微力をつくしてきた。その点についていささかも心にやましいところはない」

ベルゲングリューンの先入観が彼自身の意識野を侵蝕《しんしょく》しているのであろうか、ロイエンタールの答弁には微妙すぎる陰翳《いんえい》がふくまれているように思える。

「笑うべきは、自分を誹謗する者の正体である。内務省内国安全保障局長ラングとは何者か。先年、上級大将以上の武官のみが出席を許される会議において、資格もなく出席しあまつさえ発言までもなした不心得者だ。そのとき自分に退室を命じられて不満をいだき、私情をもって不当な告発をなしたのであろう。その間の事情にご留意いただきたい」

ひととおり問答を終えるとミュラーがたずねた。

「閣下のご主張はうけたまわりました。いかがです、陛下に直接お会いして弁明なさいますか、元帥」

「弁明という言葉は意にそわぬな……」

ロイエンタールは唇の片端を微妙な角度につりあげた。

「だが、陛下に直接お会いしてわが意のあるところを知っていただければ、讒訴者《ざんそ》どもにつけいられる隙もなくなろう。お手数だが、ミュラー上級大将、しかるべくとりはからっていただけようか？」

「元帥がそうお考えなら、問題はありません。すぐにも陛下にそのむねをお伝えしましょう」

ラインハルトがミュラーからの通達をうけて、金銀妖瞳《ヘテロクロミア》の元帥をみずから審問するにいたったのは、昼食後である。場所は冬バラ園を糸杉の林の彼方にのぞむ国立美術館の大広間で、帝国軍進駐までもよおされていた油彩画展の出品物がいまだにならべられていた。陪席を許されたミッターマイヤー以下の軍最高幹部はおりたたみ椅子をみずからの手でならべてそこにすわったが、これは新王朝の形式美にこだわらない一面をしめしたものである。彼らが椅子をならべて見まもるなかで、呼吸する美術品のような金髪の皇帝は、むしろもの憂《う》げに端麗な唇をひらいた。

「ロイエンタール元帥」

「は……」

「卿《けい》が故リヒテンラーデ公の一族につらなる女を私邸においているという告発は事実か」

ただひとり大広間の中央に直立したロイエンタールの金銀妖瞳——深く沈んだ黒い右目と、するどくきらめく青い左目とが、若い皇帝をおそれげもなく直視した。後悔や弁明とは無縁の目であった。

「事実です。陛下」

つぎの瞬間に、広間の空気が波だったのは、ロイエンタールではなく彼の親友の声によってであった。彼は椅子から立ちあがっている。

「陛下！　ロイエンタールはその女に逆恨みされ、生命をおびやかされたのです。非礼を承知であえて申しあげますが、どうか前後の事情をお考えのうえ、ロイエンタールの軽挙をお赦しくださいますよう」

軍服の裾が引っぱられるのにミッターマイヤーは気づき、わずかに視線をうごかした。傍の席に坐していた〝沈黙提督〟ことアイゼナッハ上級大将が、口を線形にたもったまま、鉱物質の表情でミッターマイヤーを見あげた。彼の言わんとするところを諒解はしたが、ミッターマイヤーはなお皇帝《マイン・カイザー》へのうったえをやめない。

「陛下、わが皇帝《マイン・カイザー》、私は軍務尚書オーベルシュタイン元帥、および内務省内国安全保障局長ラングのほうをこそ弾劾します。ヤン・ウェンリー一党がイゼルローンに拠って帝国に公然と敵対しようとしているいま、陛下の首席幕僚たるロイエンタール元帥を誹謗するとは、軍の統一と団結をそこね、結果として利敵行為に類するものではありませんか」

彼の熱意は、皇帝の心を、すくなくとも表面はとかしたようである。ラインハルトは端麗な唇の線をわずかにほころばせた。

「ミッターマイヤー、そのくらいにしておけ。卿《けい》の口は大軍を叱咤するためにあるもの。他人を非難するのは似あわぬ」

帝国軍最高の勇将は、若々しい顔をあからめ、呼吸をととのえて、ぎこちなく着席した。皇帝と被審問者との問答に割りこむのは本来なら不敬罪にも該当する非礼であった。彼は皇帝に甘えたわけではなく、一喝と厳罰を覚悟のうえであったのだが、ラインハルトにしてみれば、〝疾風ウォルフ《ウォルフ・デア・シュトルム》〟の剛直は不快をもたらすものではなかった。

「わが皇帝《マイン・カイザー》」

ロイエンタールが主君に呼びかけた。〝マイン・カイザー〟という言葉をもっとも美しく発音した者はロイエンタール元帥であった、と、のちに幾人かが語った、その口調である。皇帝《カイザー》ラインハルトは才知と同様、美貌においても比類ない存在であったが、ロイエンタールも堂々たる美丈夫であり、皇帝の前で背すじをのばして直立する姿は、美術館内に多くかざられた彫刻群の美と威厳をこえていた。

「わが皇帝《マイン・カイザー》よ、リヒテンラーデ公の一族の端につらなる者と知りながら、エルフリーデ・フォン・コールラウシュなる女を私邸におきましたのは、わが不明。軽率さは深く悔いるところです。しかしながらそれをもって陛下にたいする叛意のあらわれとみなされるのは、不本意のいたり、誓ってそのようなことはございません」

「では、その女がみごもったことを告げたとき、それを祝福して、その子のためにより高みをめざそうと語ったというのは?」

「そちらは完全な嘘偽《きょぎ》です。あの女が妊娠したことを私は存じませんでした。存じていれば……」

金銀妖瞳《ヘテロクロミア》の海に自嘲の氷山がわずかにその頭頂部をのぞかせた。

「即座に堕胎させておりました。この点、うたがう余地はございません」

「なぜそう断言できる」

「私には人の親となる資格がないからです、陛下」

ロイエンタールの声には暗さはあっても濁りがなく、大広間にいならぶ人々の沈黙をさらに深めた。ミッターマイヤーは友のために軍服の下で汗を流した。

その点にかんして、ラインハルトは質問しようとしなかった。ロイエンタールが私行上さまざまに悪評を招いていることを、むろんラインハルトは知っているが、たとえ専制君主であっても臣下の精神上の寝室に土足でふみこむ気はなかった。もともと他人の色事などに興味をいだく彼でもない。若い皇帝の氷河の一部をうえこんだような白い歯のあいだからは、ロイエンタールの返答と一見無関係な言葉がつむぎだされた。

「いまだローエングラムの家名をつがぬころ、予は卿《けい》から忠誠を誓約されたことがあったな……」

それは五年前、ラインハルトがミューゼル大将でしかなかった一九歳の日である。クロプシュトック侯爵による皇帝暗殺未遂事件が発生し、派遣された討伐軍が帝都オーディンへ帰還してきた夜。雷鳴が夜と雨の厚いカーテンを切り裂くなか、単身でラインハルトとジークフリード・キルヒアイスのもとを訪ねたロイエンタールは、友人ミッターマイヤーの生命が門閥貴族どもの手中にある事情を説明し、助力をこうとともに、今後の忠誠を誓約したのである。

いま、共通の光景が、皇帝と統帥本部総長の視野にかさなりあっていた。

「あの夜のことをおぼえているか、ロイエンタール元帥」

「忘れたことはございません、陛下。一日といえども」

「ではよい……」

ラインハルトの表情から憂愁の翳りが消えさったわけではないが、靄をとおして一条の陽光がきらめきわたったようであった。

「近日中に処分を決する。宿舎において指示を待て――それまで卿《けい》の職務はミュラー上級大将に代行させる」

安堵の呼気がかさなりあって大広間に微風の流れを生んだ。深々と一礼してロイエンタールおよび陪席の諸将が退出したあと、ラインハルトはもと館長室であった執務室にもどり、側近の人々に意見をたずねた。ロイエンタールの処分をどうするか、についてである。

高級副官シュトライトは思慮ぶかい眼光を若い美貌の主君に正対させた。

「ロイエンタール元帥が陛下の功臣であり国家の元勲であることは万人の知るところです。もし流言をかるがるしく信じて功臣をおろそかにするようなことがあれば、人心は動揺して、自分たち自身の地位にも不安をいだきましょう。陛下、どうかご明察あって公正なるご処置をたまわらんことを」

「ほう、予がロイエンタールを処断したがっているようにみえるか」

シュトライトに答えながら、ラインハルトの視線はヒルダにむけられた。智略と識見をもってなる伯爵令嬢は、だがそのとき、つねになく即答をさけた。ロイエンタールの存在は味方にすれば比類なくたのもしいが、彼にはどこかヒルダを不安にさせるものがあった。

昨年、バーミリオン星域会戦の前後に、ヒルダはミッターマイヤーに、同盟首都ハイネセンを直撃するよう依頼した。そのとき感じたものを、いまでもヒルダは完全に蒸発させることができずにいたのである。

Ⅲ

主人が不在となった統帥本部総長執務室では、ロイエンタールの幕僚たちが今後の打開策を語りあっていた。

レッケンドルフ少佐が身をのりだした。

「閣下、僭越《せんえつ》ながら申しあげます。コールラウシュとかいう女を軍務尚書からお引きわたしいただき、ロイエンタール元帥と対決させるべきでしょう。そうすればその女がロイエンタール元帥をおとしいれようとした事実が判明しましょう」

そう提案されたベルゲングリューンは憮然とした視線を僚友に投げかけた。

「そう簡単に事態ははこばんぞ、レッケンドルフ少佐。軍務尚書の為人《ひととなり》は卿も知ろう。ひとたびその女を手にいれた以上、どのような供述をさせるも軍務尚書のほしいままではないか」

大将の意見は正当なものに思えたので、少佐は沈黙した。ベルゲングリューンが腕をくんだ。

「まだロイエンタール元帥の身が確実に安全になったとは、残念ながら断言できぬ。いまのところ陛下は、旧《ふる》い友誼《ゆうぎ》をご信頼あって、寛大な気分でいらっしゃるようだが、今後はどちらに天秤がかたむくか……」

彼が自分自身の楽観をいましめるようにつぶやいたとき、士官のひとりが訪客の存在をつげた。

訪客は、ミッターマイヤー宇宙艦隊司令長官の幕僚、フォルカー・アクセル・フォン・ビューロー大将であった。

ビューローとベルゲングリューンは、かつて、故人となった赤毛のジークフリード・キルヒアイスの麾下にあって勇名を競いあった仲である。アムリッツァ会戦においてもリップシュタット戦役においても、艦列をならべて戦ってきた。キルヒアイスが不慮の死をとげたあと、その旗艦バルバロッサは光栄ある乗り手を失って帝都の宇宙港につながれ、幕僚たちは分散して各処に配属された。いま所属する部署はことなっても、ともに死線をこえた記憶は風化するものではない。

ビューローは別室でベルゲングリューンに対面し、皇帝はおそらく寛大な処置をたまわるであろうこと、ミッターマイヤー元帥も全面協力を約したことを告げて旧友をはげました。

「ありがたいことだ。だがな、ビューロー」

声を低めたベルゲングリューンの表情には、雷光を内にひそめる積乱雲がみなぎっていた。

「おれは軍務尚書のよけいな差出口で、上官たるキルヒアイス提督を失った。彼は若いが、まことの名将だった。わずか二、三年のあいだに、おなじオーベルシュタイン元帥のおかげで二度まで上官を失うようなことがあっては、おれの人生は悲惨で滑稽きわまるものとなるだろう」

「おい、ベルゲングリューン……」

旧友の眼前で、ベルゲングリューンは熱くて重い吐息をはきだした。

「わかっている、ビューロー、おれの責務はロイエンタール元帥をなだめて激発させぬことだ。全力をあげてそうつとめよう。だが、元帥がおかした罪より過大な罰をこうむるようなことがあれば、おれは看過《かんか》しえぬ」

室内に他人がいないことを知りつつも、ビューローは周囲に視線をくばらずにいられない。ロイエンタール元帥が私邸にリヒテンラーデ公爵の一族の女などをおいた、その軽挙がそもその原因ではある。だが、ヤン・ウェンリーとその一党がイゼルローン要塞を再奪取し、帝国全軍に団結と協力が要求されるこの時期に、統帥本部長の私行上の失点をとがめだて、大逆罪に直結するかのように言いはやす輩。それを憎悪する旧友の心情を、ビューローは充分に理解しえた。

ジークフリード・キルヒアイスが不慮の死をとげて以来、ベルゲングリューンはオーベルシュタインにたいする反感と不満の小さな火を絶やすことができずにいた。あのとき——旧帝国暦四八八年の九月、ラインハルトをねらった暗殺者の銃火は、本来、キルヒアイスの肉体ではなく銃口によってはばまれるはずであった。その日まで彼ひとりが、ラインハルトの傍で武器の所持を許されており、その射撃の技倆《ぎりょう》は衆にぬきんでたものであったのだから。

武器所持を不公正な特権とみなして廃止すべく進言したのはオーベルシュタインである。それを容《い》れたラインハルトにも罪はあるが、みずからを悔いる彼にくらべ、冷然たるオーベルシュタインのほうに、キルヒアイスの旧部下たちは、いきどおりを禁じえずに今日にいたっているのだった……。


惑星フェザーンにいる軍務尚書オーベルシュタイン元帥は、星々の大海をへだててベルゲングリューン大将らの敵意を感知することはできなかった。だが、感知したところで、態度や方針を変更することはなかったであろう。

ロイエンタールの〝叛意〟をたんなる噂から皇帝《カイザー》自身の審問を生むまでに育てあげたのはハイドリッヒ・ラングである。彼がゆがんだ喜びをもって、無責任な噂に多量の水と肥料をあたえるありさまを、オーベルシュタインは無言のうちに見まもっていた。奨励《しょうれい》もしなかったが制止もせず、不肖の弟子の演技をながめているようであった。ロイエンタールが失墜すればそれもよし、そうならなければそれまでのこと、とでもいうのであろうか。ラングの行為を黙認しているというだけでも、ミッターマイヤー元帥をはじめとする諸将は、オーベルシュタインに好意的ではいられないであろうに。

彼の部下フェルナーは思うのだ。軍務尚書は、あるいは諸将の反感・敵意・憎悪を彼の一身に集中させることで皇帝の楯となっているのかもしれない。それらしいことを彼自身がもらすことはけっしてないので、たんにフェルナーがそう解釈したというにすぎないかもしれず、そもそも当のオーベルシュタインにそのような意識があるか否か、判断しがたいところである。それにしても、本来、軍務省の属官でもないラングがオーベルシュタインの腹心面《づら》でフェザーンにいすわっている風景は、フェルナーには愉快ではなかった。だが態度にはいっさいださない。彼もそう単純明快な価値観の所有者ではなかったのである。

ロイエンタール元帥がついに皇帝自身の審問をうけることになったむねを報告にきたラングに、オーベルシュタインは義眼のひややかな光をむけた。ラングは内心の喜びにもかかわらずうつむいて、軍務尚書の厳格な顔よりむしろデスクにむけて語りかけているようだった。報告がおわると、はじめてオーベルシュタインが声を発した。

「ラング」

「は……?」

「私を失望させるなよ。卿《けい》の任務は国内の敵を監視して王朝を安泰せしめるにある。私怨をもって建国の元勲を誣告《ぶこく》し、かえって王朝の基礎を弱めたりしては、不忠のはなはだしいものになろう。こころえておくことだ」

「こころえております。尚書閣下、どうぞご懸念なきよう」

オーベルシュタインに透視能力はない。低く低くさげられて床に対面したラングの顔に、微量の汗と、奇妙に違和感にみちた蒸気がたゆたった。誰ひとり見まもる者のいない空間で、彼の顔はジグソーパズルの無機的な細片で構成されたように思われるのだった。

「……ハイドリッヒ・ラングが最初から危険な意図をもって事態を進行させようとしていたのか、自信をもって断定するにたる根拠はない。だが、新帝国暦二年の初頭においては、いまだ漠然としたものではあっても、彼の野心は輪郭をあらわしていたように、現在となっては思われる。軍務尚書オーベルシュタイン元帥と統帥本部総長ロイエンタール元帥とを相争闘させ、みずからが漁夫の利をえて帝国最大の重臣にのぼりおおせる、という……。これは今日、論評にも値しないだいそれた喜劇的発想であるように思われる。周知のように、ラングは、ロイエンタールのようにかずしれぬ武勲をかさねた不敗の名将ではなかった。オーベルシュタインのように、謀略と軍政の能力によって国家と主君の公敵を掃滅してきた有力な幕僚でもなかった。彼はたんなる陰謀家であり、不名誉な秘密警察の長であるにすぎなかった。だが、歴史は無数の実例をもって吾々《われわれ》に教示する。能力も識見もないたんなる陰謀家が、しばしば、自分よりははるかに有能な、あるいは偉大な人物を底なし沼につきおとし、その相手だけでなく時代そのものの可能性を沈めさってしまうことを……」

のちにそう記録を残すことになるエルネスト・メックリンガー上級大将は、このときラインハルトからの命をうけ、後方総司令官として麾下の全兵力をイゼルローン方面へうごかしつつあった。イゼルローン要塞を奪取したヤン・ウェンリーの行動を、攻防いずれにせよ掣肘しなくてはならない。ヤンが帝国領へ侵入してくればそれを防御し、逆にヤンが旧同盟領方向へうごくときにはその後方を扼す。重大な任務というべきであった。

激発し、感情にまかせて大軍をうごかしたように見えながら、ラインハルトは広大な宇宙の全域における軍事的情勢を、蒼氷色《アイス・ブルー》の視野におさめている。そしてそれは、イゼルローン要塞にあるヤン・ウェンリーのすでに洞察するところでもあった。

Ⅳ

帝都オーディンを出立する前日、メックリンガーはケスラー、ワーレンの僚友ふたりと夕食をともにした。

このとき、後方総司令部参謀長――すなわちメックリンガーの補佐役であるレフォルト中将はすでに衛星軌道上の艦に移乗して司令官を待っている。

同盟軍ないしヤン・ウェンリー一党にたいし、帝国が武力において圧倒的優位をほこることは事実であるが、メックリンガーからみれば軍事力の配置状況にやや問題がある。皇帝《カイザー》ラインハルトと彼の最高級の幕僚たちはほとんどフェザーンから同盟領にかけての広大な宙域に軍を展開させ、いまのところ同盟制圧は完全な成功をみていた。いっぽう、同盟領より広大な帝国本土においては、若い覇者に見捨てられたかにみえる帝都オーディンをケスラー上級大将が防衛し、メックリンガーはイゼルローン回廊周辺に布陣する。ワーレンも近日、地球討伐行以来の出撃を命じられるであろう。本来の帝国領における軍事力の密度は薄くならざるをえない。

「おれはいささか不安でな、メックリンガー提督。皇帝《カイザー》が大本営をフェザーンに遷されるのはよいとして、このオーディンをどうなさるおつもりか。陛下にとってだいじなかたもおられるのに」

食後のコーヒーを前に、ケスラーが問題を提起した。

「卿《けい》が言いたいのは陛下の姉君のことではないか、ケスラー提督」

ケスラーは憲兵総監兼首都防衛司令官であって、艦隊指揮官ではなく、本来〝提督〟の称号をうける身ではないのだが、僚友たちは形式にこだわらず、当人もそう呼ばれることを喜んでいる。

「そうだ。グリューネワルト大公妃殿下。あのかただ」

「皇帝《カイザー》と大公妃は、ご姉弟どうし、あれ以来ずっとお会いになっておられぬのだったな」

アウグスト・ザムエル・ワーレン上級大将がためらいがちに問いかけた。あれとは旧帝国暦四八八年九月のジークフリード・キルヒアイスの死である。あの悲劇を契機として、当時のグリューネワルト伯爵夫人アンネローゼはフロイデンの山荘にうつったのだった。

三人の名将は共通の懸念をテーブルの上にたゆたわせた。

皇帝《カイザー》には世嗣《よつぎ》がいない。彼と血を共有する人物は宇宙にただひとり、グリューネワルト大公妃アンネローゼが存在するだけである。皇帝たる弟の愛情と全宮廷の敬意を独占する貴婦人だが、フロイデンの山荘でひっそりと生活しており、血縁をたてとして国政に干渉することもない。皇帝はこの姉にたいして、しばしば旧皇宮たる新無憂宮《ノイエ・サンスーシー》でともに生活することをこうたが、アンネローゼは謝絶しつづけ、ラインハルトはしかたなく最小限の衛兵を送って姉の身辺を遠くから警護させていた。

まことに不吉かつ不敬をきわめる想像ではあるが、皇妃なく皇子なきまま皇帝《カイザー》が世を去ったとき、新生ローエングラム王朝を解体と崩壊の危険から救うのはこの姉君であるかもしれないのだった。このままフェザーンに全宇宙の中枢が移転すれば、オーディンは辺境の一惑星に転落する。そうなれば当然、警備の兵力も減少する。グリューネワルト大公妃の身辺の安全をより確実にたもつには、フェザーンへ移転してもらえればそれにこしたことはなかった。ついでにケスラー自身も、より帝座のちかくへうつることがかなえば、願ってもない。

「しかしそれは順序が逆だな。まず皇帝《カイザー》に皇妃をたてていただくべきだろう。そうすれば王朝の存続になんら問題はない」

メックリンガーが笑うと、ほかの二名も苦笑で応じた。じつはまさにそれが最大の問題なのであって、彼らの若い主君は、比類ない美貌にもかかわらず女色といまのところ無縁なのである。その意志さえあれば、後宮を繚乱たる花々で埋めつくすこともかなう身であるのに。しかし彼らがどう気にやもうと、これはラインハルト自身の心のおもむきにゆだねるしかない問題であった。

「そうだ、思いだした。問題といえば、カール・ブラッケのことがあった……」

ケスラーがあげた名は、民政尚書の座にある閣僚のものであった。旧帝国時代から開明派の要人として知られ、貴族でありながら〝フォン〟の称号をはずし、現在の財務尚書オイゲン・リヒターとともにラインハルトの改革政治に協力してきた人物である。

「ブラッケ民政尚書が皇帝《カイザー》にたいしてなにかふくむところでもあるというのか」

「不満をもらしている。連年みだりに兵をうごかし、戦役に国費をついやし、死者をふやすこと度がすぎる、と、先日部下にもらしたそうだ。いささか酒もはいっていたようだが」

「国庫はいまだ充分に安定しているはずだが」

「戦役をやめて内治につとめれば、より安定するはずというのだ。正論ではあるが、おれとしてはブラッケの不用意な発言が反皇帝《カイザー》派を利するほうが問題に思えるな」

ワーレンが左の義手でややぎこちなくあごをおさえて考えこむと、メックリンガーがコーヒーカップをピアノの鍵盤にみたてるよう指でたたいた。

「想像に翼をあたえてみれば、背後に不穏な意思を有する者がいて、ブラッケを代理人にしたてているのかもしれんな。いますぐ彼の処置をうんぬんするのも暴挙というものだが……」

「いずれにしてもブラッケ民政尚書は陛下が任命したもうた閣僚で、おれなどがどうこうできるものではないのだ。背後に誰か——そう、たとえばあの地球教徒どもがのたくっていたとしてもな」

彼らが蛇の一族でもあるかのように、ケスラーは広い肩をすくめて嫌悪の意思をしめした。

「考えてみれば、地球教の狂信徒どもに生存者がおり、奴らが報復をはかっているとすれば、おれとワーレン提督とは奴らの宗派の敵として、暗殺リストに名をつらねていることうたがいないな」

「では死なばもろともにということになるか」

一笑しようとして完全には成功せず、ワーレンは表情にするどいにがみをくわえた。地球教団の本拠を武力攻撃するに際し、彼は地球教の刺客によって襲われ、左腕を永久に失ったのである。奇禍にたえて任務を遂行したことで、ワーレンの剛毅さと冷静さにたいする評価は高まったが、その評価によってワーレンの失われた腕が再生するものでもなかった。

古風な時計が一〇時を告げた。この邸宅の主人メックリンガーは、散文詩人、ピアニスト、水彩画家であるとともに骨董品の収集家でもあった。口ひげをととのえた端整な紳士であり、リップシュタット戦役においては、敵地を占領するや即座に美術館や博物館にかけこみ、兵火から美術品をまもったものである。ケスラーがからかった。

「卿《けい》の収集家ぶりも堂にいってきたな。そのうち卿は皇帝《カイザー》やヤン・ウェンリーの戦歴を収集しはじめるのではないか」

メックリンガーはきまじめに考えこんだ。

「ヤン・ウェンリーが魔術を弄するまで、イゼルローン要塞は難攻不落だったはずだ。ところが彼は、要塞をまるでフライング・ボールのボールのように簡単に所有者を変えるものにしてしまったのだ。あれを芸術というなら、まさにあれ以上のものはない」

「だが、あれを模倣しうる者がほかにいるとも思えんな」

「されてはたまらぬ。にしても、思えば敵ながら賞賛に値する男だ。あの寡兵をもって、わが帝国の全軍をささえ、奔命につかれさせるとはな」

ワーレンの声には真実の重みがあった。先年、ヤンの奇略によって大敗をしいられた彼であったからだ。むろん、言外に、〝二度はやられぬ〟との決意がある。

やがてケスラーが最初に帰路をとった。彼の監視対象のひとりであるヨブ・トリューニヒトの動静について、部下の報告をきかねばならなかったからである。

前同盟元首ヨブ・トリューニヒトにたいするケスラーの態度は、よくいって〝鄭重な無視〟というところであった。トリューニヒトがヤン・ウェンリーに忌避されていたとの情報を複数の経路からえて、彼はいまだ見ぬ敵将に共感をいだくところがあったほどである。ヤン・ウェンリーの立場では、多数派支配という民主政治の根本原理を尊重せざるをえなかったが、ケスラーはヤンのおちいっていたような二律背反《アンビバレンツ》と無縁でいられたし、彼の気質はヤンよりさらに剛性であったから、もともとトリューニヒトの巧言と変節に好意的でありえようはずがなかった。彼の目から見ればトリューニヒトは不名誉な政治的盗賊でしかない。民主共和政体の不備を利用して権力を盗み、国家の衰亡それじたいを利用して自己一身の安泰を盗んだ。彼が家族と資産をともなって帝国領内に去ったあとには、喰いあらされた政治機構と、呆然自失の状態におちいった支持者が残された。

皇帝《カイザー》ラインハルトも彼をきらい、仕官をゆるさなかったが、トリューニヒトのほうはいまだ枯淡《こたん》の心境にはなりえないようで、ゆたかな資金と無原則なまでの行動力によって官界への工作をおこたらない。

自分の司令部へむかう地上車《ランド・カー》の後部座席で、ケスラーの不機嫌は水量をましていく。彼が首都防衛司令官兼憲兵総監として、僚友たちと別れ、ひとりオーディンに残留しているのは、皇《カイ》帝《ザー》の命令とそれにこたえうるケスラー自身の実務能力のゆえであって、彼の志望のゆえではなかった。彼に危機対処能力も組織管理能力もなければ、彼は地上をはいまわりつつ星空を見あげて憮然とせずにすんだであろう。ケスラーは、僚友たちの武勲をそねみはしなかったが、彼らのいる場所には羨望を禁じえなかった。数万隻の艦隊を統率し、星々のむらがる暗黒の大海をおしわたる勇者たち。本来、彼ウルリッヒ・ケスラーも、そうあるべしと志向して武官の途《みち》をみずからの人生にえらんだのである。

にもかかわらず、現実の彼は、征服されるべき星の群から数万光年をへだてて、主人のいない宮殿をまもりつつ、トリューニヒトのような男を接待しなくてはならない身である。彼が戦場にでぬまま平和と統一が達成されれば、ケスラーは、主君の偉業を喜ぶいっぽうで、不満のささやかな砂粒の存在を感じずにいられないだろう。

ケスラーが司令部に到着するころ、ワーレンも帰路についていた。一カ月後にはこの三人はそれぞれ数千光年をへだてた場所にいるはずであった。

V

三月一日。昼のあいだ、臆病にとびはねていた春の尖兵が夕暮の寒風に一掃されると、冷気が厚い透明なマントで惑星ハイネセンの一角をつつんだ。午後一〇時、皇帝の近侍エミール・ゼッレ少年は、もう用はないから寝《やす》むようにと皇帝から声をかけられ、廊下ひとつをへだてた自室にもどった。パジャマに着かえ、乳白色にくもった窓をわずかにあけると、身ぶるいするような冷気とともに冬バラの香気が鼻孔に侵入してきて、少年は小さなくしゃみをした。静寂な夜のなかではその音がひびいたとみえて、広い庭園を哨戒《しょうかい》していた兵士たちが不審の視線を送ってきた。エミールは窓をとざし、就寝前の儀式として大きなのびをひとつすると、ベッドにとびこもうとした。まさにその瞬間だった。窓のかたちに切りとられた白い光の塊が部屋の中央部をえぐったのは。光がオレンジ色に変色したかと思うと、今度は巨大な音の塊がエミールをおしつぶした。なにかが爆発したのをさとりつつ、少年はベッドをとびだした。

爆発音は連鎖してエミール・ゼッレの耳道を侵略した。思わず耳をおさえ、かえって反響になやみながら皇帝の部屋へとびこもうとすると、扉の前にすでにガウン姿のラインハルトがたたずんでいた。周囲に親衛隊員が柱と壁をつくるなか、黄金の髪がオレンジ色の光の波をうけてかがやきわたった。

「なにごとか、キスリング」

「いま調べさせております。いずれにしても、陛下、安全な場所へご案内いたしますゆえお急ぎを」

猫とも豹とも呼ばれる親衛隊長が、トパーズ色の瞳をむけて言うと、皇帝はうなずいた。

「エミール、着かえをてつだってくれ。皇帝がガウン姿で逃げだしたとあっては、同盟人の笑い話に供されるだろう」

そのような場合ではない、と、キスリングは言いたげであったが、エミールにとって命令とは皇帝《カイザー》の口から発せられる言葉のことである。ためらいもなくラインハルトのあとにつづいて部屋へはいり、若い征服者が黒と銀の軍服に着かえるのをてつだった。窓外に展開する光と影と爆発音の狂騒曲を無視して自分の着かえをすませると、皇帝はエミールのほうがパジャマ姿のままであるのを見て表情をくずし、自分のガウンを忠実な少年の身体にかけてやった。

足ぶみまでも靴音をたてずにしていたらしいキスリングに案内されて、皇帝たちは冬バラ園にでた。すでに諸将が兵士をつれて集合しつつあった。黒とオレンジ色の縞が乱舞するなかで、狙撃を心配して身を隠すよう諸将がすすめたが、ラインハルトはそれを黙殺して昂然と美しい黄金色の頭をあげていた。その姿を、大きすぎるガウンに身をつつんだエミールは崇拝の目で見あげていた。

火災は暁の最初の光が地平に一閃の白刃を横たえたころ、おさまった。火災原因の調査は、翌朝から即時開始された。被災者の救恤《きゅうじゅつ》と並行しておこなわれたのはむろんだが、原因じたいはすぐに判明した。旧同盟軍から鉱山開発用として民間にはらいさげられていたゼッフル粒子発生装置が、エネルギー源を切られぬまま誤作動し、どこかの小工場で徹夜の作業をしていた、その火花が引火したのである。

この大火はけっきょくのところ失火であり、同盟政府の崩壊と帝国の統治権力確立との間隙に発生した責任体制の私生児であったのだが、当時の人々はほとんどこれを放火とみなした。そうみなすほうが、当時の状況にあってはしぜんであったのだ。帝国軍としては、混乱に乗じてのテロを目的として旧同盟軍の残党が放火したのだろうと思いたいところであったが、実際には組織的な蜂起はなかった。混乱につけこんでの暴動は各処で発生したが、ことごとく初期の段階でおさえこまれていた。これは、ミッターマイヤーやミュラーの沈着な指揮ぶりもさることながら、ロイエンタールが周密に配慮していた緊急事態処理の教本《マニュアル》によって、帝国軍が効率的に出動し、要所をおさえて動揺しなかったからであった。

「とにかく犯人が必要だ。犯人を検挙せねば人心が安定しない」

消失面積一八〇〇万平方メートル以上、死者および行方不明者五五〇〇名以上、うち地理不案内の帝国軍兵士が半数をしめた。さらに、多くの歴史的建造物が灰と化したが、これは帝国軍にとってはまったく痛痒を感じぬことで、それだけに、勝ち誇った帝国軍が火によって旧弊を一掃しようとしたのだ、とまことしやかに噂する者もあった。憲兵副総監ブレンターノ大将が、いくつかの〝犯人候補〟のなかからひろいあげたのは、かつて同盟国内の好戦主義団体として猖獗《しょうけつ》をほしいままにした〝憂国騎士団〟の残存グループであった。

弾圧によって憂国騎士団が反帝国の英雄として象徴化される可能性を、帝国軍としても考慮しないではなかったが、捜査の結果、宇宙暦《SE》七九六年から七九九年にかけて、憂国騎士団と地球教団とのあいだに資金や人員の面で関係があったことが判明すると、もはや遠慮する必要を認めなかった。証拠はないにしても、彼らがやったことにちがいない、と信じる者も多かった。ひとつには、昨年夏の皇帝暗殺未遂事件からこのかた、地球に関係あるものは証拠なしに弾圧するも可なり、という不文律が帝国の政府と軍部には成立していたということもある。

一時的にでも憂国騎士団および地球教団と関係を有していた者二万四六〇〇名が検挙の対象となったが、実際に検挙された者は二万人に達しなかった。五二〇〇名が抵抗して射殺され、一〇〇〇名が逃亡したからである。彼らのアジトの多くから武器が押収され、弾圧の正当性を証明する皮肉な結果を生んだ。

こうしてブレンターノは治安責任者としての面目をたもつことができたが、ひとたび灰と化した都市の復興は後日の重大な課題として残された。


三月一九日。冬バラ園の仮設大本営に、帝国軍の最高幹部が参集した。この日、ロイエンタール元帥の処分が皇帝から発表されることになっていた。先日の大火にともなう混乱を最小限にとどめた功績が彼にはあり、おそらくきわめてかるい処分となるであろうことが予想された。だが、皇帝の宣告は、一瞬、出席者の心に霜をふらせた。

「ロイエンタール元帥、卿《けい》の統帥本部総長の任を解く」

無音のざわめきは、急激に可聴域にまで高まろうとしたが、最初の宣告につづくラインハルトの声は、冬バラ園の全域で人々の不安を散らせてしまった。

「かわって卿に命じる。わが帝国の新領土《ノイエ・ラント》の総督として惑星ハイネセンに駐在し、旧同盟領全域の政治および軍事をことごとく掌管《しょうかん》せよ。新領土総督は地位と待遇において各省の尚書に匹敵するものであり、皇帝にたいしてのみ責任をおうものとする」

うやうやしく頭をたれたロイエンタールの秀麗な顔に血がのぼっている。かるい処分などというものではない。想像の地平のむこうにのみ存在した栄光が、彼の前に拝跪《はいき》している。

金銀妖瞳《ヘテロクロミア》の角度をややかえると、黒と青の瞳に友人の姿が映った。自分自身のことのように、ミッターマイヤーは喜色をうかべている。

ロイエンタールは、統帥本部総長就任以前に彼が指揮していた艦隊をあたえられ、さらにクナップシュタイン、グリルパルツァー両大将の艦隊を麾下におさめることとなった。その結果、彼は艦艇三万五八〇〇隻、将兵五二二万六四〇〇名という大軍を統率する身となったのである。また、皇帝《カイザー》ラインハルト自身につぐ、これは銀河帝国において第二の強大な武力集団であった。総督の地位が閣僚に匹敵するものとさだめられ、それが皇帝自身から宣告されたことは、ロイエンタールが制度上、軍務尚書オーベルシュタイン元帥と同格の地位にたったことを意味する。むろん実戦力においては、はるかに軍務尚書を凌駕するものであった。

ラインハルトの決定は、ロイエンタールの一身にとどまるものではなく、それにともなう組織や人事の変更もこのとき発表された。

「統帥本部は予がみずからこれを統轄する。幕僚総監をおいて予を補佐させるが、この職にはシュタインメッツ上級大将をあてる。新領土総督府が成立するからにはガンダルヴァ星系に駐屯する卿《けい》の任務も完了したものとみなしてよいであろう」

じつはこの席を、最初ラインハルトはヒルダのために用意したのだが、一兵をも指揮したことのない身では諸将にはばかりがあるとて、伯爵令嬢は辞退したのであった。

「ただ以上の人事は、イゼルローン要塞に拠るヤン・ウェンリー一党を屈服させたのちに発効するものである」

ラインハルトの、金砂をまぶしたような声が、参列する文武の廷臣たちのあいだに戦慄に似た緊張の見えざる糸をはりめぐらした。

「諸勢力、諸分子が妄動せぬうちに、予はヤン・ウェンリーとその一党を討つ。彼に時を貸せば、その戦力が強化されるだけでなく、予と予の誇る軍隊とが、一個人の奇略をおそれて宇宙統一の責務をおこたったと喧伝されるであろう。ここに宣言する。予はヤン・ウェンリーを予の前にひざまずかせぬかぎり、オーディンはおろかフェザーンへも帰らぬことを……」

ラインハルトの声は、楽器なき交響楽となって諸将の覇気に和した。最初に誰が叫んだのかは不明である。冬バラ園の香気と清冽《せいれつ》な冬の大気が、熱くたぎる声に割れくだけた。

「ラインハルト皇帝《ジーク・カイザー・ラインハルト》ばんざい！」

さらに、ルッツ上級大将を最前線から更迭してフェザーン警備司令官に任じ、ワーレン上級大将をオーディンより呼びよせて戦列に参加させることなどを告げて、ラインハルトはひとまず宿舎のサロンにもどった。

冬バラ園をみわたす、広くはないが居心地のよいサロンに腰をおちつけると、エミールがコーヒーをはこんでくる。ヒルダが、思いもかけない課題をもちだしたのは、ラインハルトがコーヒーカップを受皿にもどしたときであった。

「陛下、彼女をどうなさいますか」

その代名詞が誰をさしたものか、一瞬、ラインハルトは記憶巣を刺激させそこなったようなので、ヒルダは補足せねばならなかった。

「ロイエンタール元帥の私邸にいたというリヒテンラーデ公一族の女性です」

「ああ……」

うなずいたラインハルトの表情に、無関心と困惑のわずかな光彩がゆらめいた。じつのところ、エルフリーデ・フォン・コールラウシュなる女性の存在など、すでにラインハルトの心にはなかったが、いちおう言ってみる。

「妊娠していると聞いたが、中絶させれば問題なかろう」

「妊娠してすでに七カ月ということです。この時期になっての中絶は母体をそこなう危険が大きすぎます」

「ではどうしたらよいとフロイラインは思う？」

「お許しをえて申しあげます。最善であるかどうか、かならずしも自信はございませんが、ロイエンタール元帥の私邸からどこかの施設へ彼女を移し、出産ののち、うまれた子供は養子にだしてはいかがでしょう」

「いますぐフェザーンから旧《もと》の流刑地へもどすというわけにはいかぬかな」

それにはヒルダは反対だった。宇宙船の跳躍《ワープ》が、この時期の胎児におよぼす悪影響を考慮すべきであった。流産または死産という結果が生じれば、またあらたな悲哀と憎悪の種子がまかれるのではないか、と、ヒルダは思ったのだが、ロイエンタール自身にはことなる見解があったことであろう。

「……わかった、フロイラインにまかせる」

簡単にラインハルトは処理をゆだねた。彼の心は星の海をつらぬく長大な征路を歩みはじめており、一女性のささやかな運命に目をむけるような無益なことをしたくなかったのである。ヒルダにはそのことはよくわかっていた。ラインハルトは非情なのではない。ゆたかで巨大な感性は、宇宙といまひとつの存在にささげられていたのだ。彼が冷酷であれば、エルフリーデに死を命じて、将来さらにもつれるかもしれない糸を切断してしまったであろう。むろんこれを〝甘い〟とみるものも当然存在するであろうが……。

「ヤン・ウェンリーを討ち、完全に宇宙を統一なさったらオーディンへもどって姉君にお会いになれますわね」

言い終える寸前に、すでにヒルダは後悔していた。皇帝の声に冬の気配がこもった。

「ですぎたことを言わないでもらおう、フロイライン、あなたには関係のないことだ」

「……はい、申しわけございません」

すなおにヒルダは謝罪した。考えればラインハルトは勝手なもので、フロイデンの山荘にある姉のもとへ、個人的な使者としてヒルダを送りだしたこともあるのだ。無関係などと一蹴しうるものではないはずだった。

だが、そのような少年めいた心のうごきは、ヒルダには充分に許容の範囲内であった。

Ⅵ

惑星フェザーンの地下深くに、厳重に外界と隔離された一室があった。そこに一年の月日をすごした人々は、いまひそかに、市街を五〇〇キロほどはなれたオカナガン山地に移動し、針葉樹林の奥に誰も知らぬ偉容をほこる館にひそんでいる。帝国軍の非友好人名録に名を記された五〇人ほどの人々を、ひとりの男が支配下においていた。

暖炉のあるサロンに、日中から二重のカーテンをおろしているアドリアン・ルビンスキーという名のその男は、フェザーンが自治領《ラント》と称して内政自主権を所有していた当時の自治領主《ランデスヘル》であった。ラインハルトの敢行したフェザーン占拠に際して権力の座を追われ、帝国軍の手中におちる寸前に地下に潜行したのである。現在、帝国軍の傀儡《かいらい》として総督の地位にあるボルテックがこれを知れば、舌なめずりして旧主人を処断の皿にのせるだろう。いましばらく、ルビンスキーは森の隠者たるにたえねばならなかった。

彼に正対するソファーに、ワイングラスを片手に坐《ざ》した女が口をひらいた。

「皇帝《カイザー》ラインハルトとロイエンタールの亀裂は修復したみたいね。粛清するどころか、旧同盟領全体の総督に任じるなんて！　あなたの工作は、逆効果もいいところだったのじゃない？」

「たしかに修復したかにみえるな。だが、皇帝がロイエンタールにあたえた地位と戦力は、一臣下には巨大すぎるものだ。すくなくとも軍務尚書オーベルシュタインなどはそう思うだろう。亀裂は隠れただけで、けっして消えてはいない」

「あなたが広げにかかるしね」

冷嘲の声を網のように投げかけた女は、ルビンスキーの情婦で、歌手出身のドミニク・サン・ピエールであった。冷嘲の波動をたくましい身体に吸いこみながらルビンスキーはつづけた。

「いまひとつ、皇帝の弱点はあのお美しい姉君だ。グリューネワルト大公妃が害されるようなことがあれば、皇帝は逆上する。英雄も名君も消えさって、激情家の孺子《こぞう》だけが残る」

「そうなれば御しやすいと思っているわけ？」

「すくなくとも、逆上する以前よりはな」

沈着というより無感動な表情でルビンスキーは応じ、ウイスキーグラスを口もとにはこんだ。

「でもはたして成功するかしらね」

「成功しなくてもよいのだ。たとえ未遂でもそのような暴挙が企図されたというだけで、充分に効果がある。金髪の孺子も、前進と上昇だけが奴の人生でないとさとるだろう。奴の権勢は拡大のいっぽうで空洞化しつつある。奴は膨張する風船の上に立っているのだ」

アドリアン・ルビンスキーは、このとき、ウイスキーグラスから液体化した陰謀をのみこんで胃壁で吸収し、自己のエネルギーに転化する非人間的な生物めいてみえた。

「姉が刺客にねらわれたとあれば、皇帝《カイザー》ラインハルトは新領土《ノイエ・ラント》を放っておいて姉に会いにもどるだろう。そのとき、皇帝《カイザー》と隙《げき》を生じたロイエンタール元帥が、堕天使となる誘惑にたえていられるかな」

「どうせあなたが煽動するんでしょう」

先刻の反応をドミニクがくりかえした。ルビンスキーにたいする冷嘲の調子は、彼女の属性と化しているようであった。

「必要性がどうこう言う前に、火の気のすこしでもあるところに油をまくのが好きなのだから。もしかして惑星ハイネセンの大火も、あなたのしくんだことじゃなくて?」

「高く評価してもらってうれしいが、あれは偶然だ。あまり各処に火を放ちすぎると、消火する前に自分自身が焼死することになる。だが、ひとたび発生した火災だ。できれば有効に利用したいものだな」

「あなたは廃物利用の天才だものね」

銀河帝国の幼帝エルウィン・ヨーゼフ二世、ランズベルク伯アルフレット、もと帝国軍大佐シューマッハ……そのほか無数の固有名詞がルビンスキーの道具箱にしまいこまれている。フェザーンの裏面の支配者であった地球教の幹部たちの名すらも。

「それにしても、地球教はほんとうに滅びたのかしらね」

「……さてな」

返答が即時のものでなかったことに、ドミニクは意味をもたせたく思ったが、ルビンスキーの反応はまったくちがう方向に水音をたてて出現した。〝フェザーンの黒狐〟は情緒をかく声で情婦の鼓膜をひとなでしたのだ。

「どうだ、ドミニク、ひとつ私の子供を産んでみないか」

一瞬の沈黙は、古いチーズのような臭気をともなった。

「あなたに殺させるために？　ごめんこうむるわ」

その一言が不可視のナイフと化して胸郭を斬り裂いたとしても、ルビンスキーは表情にはださなかった。かつて彼は、彼の地位を奪おうとこころみたルパート・ケッセルリンクという青年を死にいたらしめた。その青年はルビンスキーの息子であり、ドミニクは共犯として父親の息子殺しに加担したのである。

辛辣という名の香水のにおいをあとに残して自室にひきとる情婦の後ろ姿を、フェザーンの前自治領主《ランデスヘル》は乾季の沼のような目つきで見送った。

「……そうではない、ドミニク。私を殺させるためにさ」

その声はドミニクの背中を射程におさめるには低すぎた。

Ⅶ

ラインハルト・フォン・ローエングラムは冬バラ園の芝生の一角に腰をおろして、傲慢な春の侵略の前に敗退してゆく冬バラたちの末期を見まもっていた。すでにファーレンハイト、ビッテンフェルトは麾下の艦隊をひきいてイゼルローン方面へむかい、ミッターマイヤー、ロイエンタール、ミュラー、アイゼナッハらの諸将も大遠征軍の進発準備を完璧にととのえつつある。フェザーン回廊をとおって旧同盟領を縦断し、イゼルローン回廊を突破して帝国本土へ帰還する。構想といい実行といい、ラインハルト以外の何者もなしえぬであろう壮麗をきわめた作戦であった。

「……予は呪われた生まれつきかもしれない」

皇帝の低い声が冬バラのしおれた花びらを打ち、ただひとり傍にひかえていたエミール・ゼッレがおどろきの波動を宙に流した。

「平和よりも戦いを好むのだ。流血によってしか人生をいろどりえなくなっている。あるいはほかにやりようがあるのかもしれないのにな」

「でもそれは陛下が宇宙の統一を願っていらっしゃるからではありませんか」

当人にかわってエミールが熱心に主張した。

「統一がなれば、しぜんに平和になります。それにおあきになったら、ほんとうにべつの銀河系へいらっしゃればよろしいではありませんか」

そう、統一は平和をもたらす。だが、それから将来《さき》はどうなるのだろう。彼の発する生命力のかがやきは、それをうける敵がいてこそ華麗なものとなるのに。いっそこの少年が想像をはばたかせるように、べつの銀河系へでもいくべきだろうか。

ラインハルトは、画家の想像のうちにしか存在しえないほどかたちのよい手をのばして、少年の髪をなでた。

「お前は優しい子だな。よく予のことを思ってくれる。予は、予を思ってくれる者を幸福にしてやりたいのだが……」

それが独語であることは明白だったので、エミールは返答せず、憂いの霧にけむる皇帝の美しすぎる横顔をひかえめに見つめている。ラインハルトは昔日のように、自分の愛情と熱意がそれを反映する人々の幸福を約束すると信じこむことはできなくなっていた。もっとも彼の愛した人々にとって、自分は結果として兇神となってきたのではないかと思うことすらある。だが彼は、かつてたてた誓約を忘れたことはなかったし、それを遂行する義務をおこたろうと思ったこともなかった。

三月にはいって、ハイネセン方面から帝国軍の哨戒の手をのがれて〝解放回廊〟へ流入する旧同盟軍艦艇と民間船の数は増大の一途をたどっていた。四月の足音がちかづくと、彼らのもたらす情報は、危険水位のいちじるしい上昇をしめすものとなった。

皇帝《カイザー》ラインハルトは、ヤン一党の掃滅を宣言し、ビッテンフェルト、ファーレンハイトの両上級大将に先発を命じた。惑星ハイネセンはすでに帝国軍最大の軍事基地へと豹変しつつある。急激に戦機は熟しようとしている。

ラインハルトの壮麗な意図を察して、ヤン・ウェンリーも怠惰の冬衣をぬぎすて、脳細胞のすべてのポケットをひっくりかえして迎撃作戦を立案にかかっていた。彼の構想を有利なかたちで実現させるためには軍事的抵抗という手段を放棄するわけにはいかないのだ。彼の部下たちも、〝伊達と酔狂〟のことごとくをかけて、司令官の作戦にしたがうべく用意をととのえている。巨大なイゼルローン要塞も、内部に充満する人的エネルギーによって飽和状態に達するようで、この生死をかけた〝お祭りさわぎ〟を、ユリアン・ミンツはのちに細部まで思いだすことができた。

作戦図に見いって身じろぎもしないヤンの額に浮かぶ汗を、フレデリカがふいている。キャゼルヌが数字と格闘している。シェーンコップが槍試合にのぞむ騎士のように装甲服を手入れしている。ポプランが、あらたに編成されたスパルタニアンの各中隊につける酒の名をえらんでいる。ムライがしかつめらしく書類を整理し、フィッシャーは黙々と艦隊を点検し、シュナイダーをしたがえたメルカッツは、そこにいるだけで将兵の気分をおちつかせる。アッテンボローは艦隊運動のパターンを編成しながら、「革命戦争の回想」とタイトルをつけたノートを手ばなさない。そして、初陣をひかえたカリンことカーテローゼ・クロイツェルの上気した顔……。

どのような別れが、またどれほどの流血が彼らを待つのか、それらを承知してはいても、イゼルローン回廊はヤン艦隊にとって祭りの広場だった。せいぜい陽気に、にぎやかに、彼らしかなしえない祭りを楽しもうではないか……。

宇宙暦《SE》八〇〇年、新帝国暦二年の三月。ラインハルト・フォン・ローエングラムとヤン・ウェンリーは、イゼルローン要塞からエル・ファシル星域にかけての〝解放回廊〟をめぐって、バーミリオン星域会戦以来はじめて直接に戦火をまじえようとしている。それが彼ら両名にとって最大の衝撃をもたらすことを、彼ら自身もいまだ予測しえなかった。

戦争はカッコいいか？

久美沙織

一九七一年八月、右のようなタイトルを掲げた雑誌を読んだ。

家が〈朝日新聞〉をとっており、〈週刊朝日〉も毎週届いた。「戦争はカッコいいか？」はその増刊号である。

ニクソン政権のこの当時、戦争といったらベトナムだ。わたしは小学六年生。小松左京原作の『復活の日』がマンガで掲載されていて男の子がひとりぼっちで「誰かいませんか」と無線に呼びかけていたこと、ソンミ事件について初めて知ったことなどを漠然と記憶している。雑誌の意図はよく理解できたとは言えないが、印象的なタイトルは忘れられなかった。

『銀河英雄伝説』（以下『銀英伝』）に解説を書かないか、せっかくだから「女の立場で」と言われた時、真っ先におもいだしたのがこのコトバである。

男子にとって、おおむね「戦争はもちろんカッコいい！」ものなのではないかと思う。たとえばウチの夫は、ニュースなどにどこかの兵器が出てくると、

「なになにの何年型、通称かにかにかに。ほにゃほにゃ戦争の時にコレコレ軍で活躍したやつ。次のは……たぶん、ペケペケかな……くそっ、もうちょっと見せろ！　尾翼のカッコがわからないじゃないか！」

などと言う。毎度いう。兵器を目にすると、いつもとても嬉しそうである。

……というようなことを先日話題にすると、「それはあたりまえ」と言われた。「それで普通です。男の子なんだから」ちなみにかくおっしゃったのは、高千穂遙さんである。

夫本人にいわせると彼は「戦争オタク」なのではなく、ただの「兵器オタク」らしいが、それでも戦争全体にもけっこう詳しい。歴史も地理も戦争がらみだと実によく理解しているようにみえる。

女子でそういうヤツはあまり見たことがない。ＳＦ関係で心当たりがないのだから、おそらく、鉄チャンに対する鉄子の割合よりも、さらに少ないに違いない。

わたしなど、たとえば飛行機はヒコウキだということは一応わかる、航空会社のマークがついていなくて大きいのは戦争用なんだろうなぁとは思うが、戦闘機なのか戦略爆撃機なのか輸送機なのかなど、いくら噛んでふくめるように説明されてもわからない。たぶん永遠にチンプンカンプンだろう。

親は太平洋戦争の頃にこどもだった世代である。体験談は聞かされた。市民生活もたいへんだし、兵隊にとられたひともたいへんだ。戦争はコワイ。いま、この国が戦時中じゃなくて、ほんとうに運が良かったと思う。

でも、たとえば『トップガン』の最初の二十分は好きだ。カッコいいと思う。名曲「デンジャー・ゾーン」が鳴り響き、空母だか戦艦だか（ほらわからない）の甲板《かんぱん》でキビキビと準備がすすみ、なにやらスゴいヒコウキがみごとに飛び立っていくところ。あの部分だけは繰り返し繰り返し、たぶん二十回は見た。そのあとのドラマ、特に恋愛関係はどうでもいいので、最初に一回通した以外ちゃんと見たことはない。

戦争、ここでいまされると困るけど……人類はじまって以来、完全になくなったことって一回もないんだからなぁ。たぶん、必要悪ってやつじゃないかな。動物を殺すのイヤだけどお肉は食べたい、みたいに。戦争のおかげで道具も知恵も発達したし。仕掛けられて全然対応しなかったら、蹂躙《じゅうりん》されちゃう時代もあったし。明らかにカモにされそうだってことがわかってる時に、なんの対策もとらないってことは、して欲しくないなぁ。そんな国、カッコよくないもん……。

わたしの「戦争観」はだいたいこんな感じである。

すると、親しい女ともだちに絶交されかけた。

ある国で内戦っぽいことが起こり、戦車の前に徒手空拳《としゅくうけん》立ちはだかった学生さんが話題になった時のことだ。「ひどいよね、ゆるせない」といった彼女に「ウーン……でも、戦車相手にタイマン勝負できて、ある意味幸福だったかも。そのひとにとっては、人生でいちばん晴れがましい場面だったんじゃないかな」と洩らしたら、人格を疑われてしまったのである。なんとか自分の真意をつたえたかったのだが、話しても話しても平行線、いや、ねじれの位置だった。「こんなつまんないことでケンカなんかしたくない。あたしはただ『そうね、戦争はイヤよね〜』って言って欲しかっただけだったのに」と言われた。

典型的な「女の立場」を言うのなら、正しいのは彼女のほうなのかもしれない。

「戦争、イヤよね〜」「やめて欲しい」「どうして戦争なんてするの」

ケンカはやめましょう。仲良くしましょう。

ミラ・ジョボビッチでもシガニー・ウィーバーでもアニメのヒロインでもない多くの女にとって、戦争は「当事者として立ち向かうもの」ではなく、あくまで「巻きこまれるもの」だ。孕《はら》むもの、育《はぐく》むものである女子にとって、人生は平穏無事がいちばんである。華やかできらびやかで波瀾万丈《はらんばんじょう》であるよりは、むしろ平凡なほうがいい。競うこと、誰かに勝つことよりも、目立たず、はみださず、周囲とうまくやっていくことのほうが望ましい。だから、生活を破壊し、日常を混乱させ、常識や安全を脅《おびや》かす戦争なんて、真っ平御免なのである。それは、夫や恋人、息子、兄弟を危険などこかに連れ去ってしまう。自分を守ってくれるもの、大切にしてくれるものを奪ってしまう。だから、イヤだ。そんなものに少しでも意味があるなんて思いたくない。しょうがないと認めたくもない。カッコいいと感じるなんて許し難い。カッコいいかどうかについて議論することも不謹慎だ。問答無用。

男性の中にも、たとえばジョン・レノンのようなひともいるわけだが。

これこのように戦争嫌い（というかむしろアレルギー？）な女子にこそ……戦争について「考えるのもイヤ」なひとたちにこそ、『銀英伝』を読んでみて欲しい。解説のために、正編、外伝、十五冊を通読してつくづく思った。なぜなら、このシリーズは、我々女子には正直いまひとつピンとこない男子の本懐《ほんかい》を、裏から表から、その因果応報やら時間的経過やらなにやら、とことん見せてくれるものだからである。

ヤンもラインハルトも、戦争が「人殺し」であること、それも、極悪非道な大量殺戮であることぐらい、じゅうじゅう承知している。どっちもけっして、それが「好き」な変態であるわけではない。ただ、やらないわけにいかないからやる。他に任せられるひとがいないからやる。やるからには、全身全霊をかけてやる。他にどうしようもない場合、ひととして有限なものにできる限りの最良のことをなんとかしようと苦闘するのである。

ヤンたち主人公ばかりではない。多数のさまざまな人物が、みな、それぞれの与えられた立場と運命の中で、もがいてもがいて、せいいっぱいの自分らしさを生きていく。たった一度の人生を生きつくす。

そのすべてのひとの気持ちが、実によくわかる。他のキャラクターや例の「未来の歴史家」などの目からみて「これはどういう人間なのか」「なぜこんなことをしたのか」「どんな気持ちでこのような発言をしたのか」など、たびたび解説してもらえるので、わたしのようなものにも、とてもよく理解できる。

わたしが最も気になったのは、金銀妖瞳《ヘテロクロミア》のオスカー・フォン・ロイエンタール提督だ。

――おれは生まれたときから正しい判断と選択のみをかさねて今日にいたったわけではない。

――女ってやつは、雷が鳴ったり風が荒れたりしたとき、なんだって枕に抱きついたりするんだ？（中略）だったらおれに抱きつけばよかろうに、どうして枕に抱きつく。枕が助けてくれると思っているわけか、あれは？

――父親の代までもっていた特権を失ったのが、それほどくやしいか。お前の父親や祖父は、自分の労働の成果でもないのに、毎日遊んでくらしていたわけだろう？（中略）貴族とは制度化された盗賊のことだ、と、まだ気づかないのか。

——少年時代が幸福に思えるとしたら、それは、自分自身の正体を知らずにいることができるからだ。

女癖の悪いので知られる彼だが、こんな小粋《こいき》なセリフをしばしば口走るような男に出会ったら……まして、それが、オッドアイの白猫を思わせる風変わりで高貴な美形なら……わたしも、間違いなく、たちまち惚れこんでしまうだろうと思う。このひとのためになるならなんでもしたいと願い、このひとと運命を共にできるなら生命なんかいらないと思うだろう。彼に出会えた自分を、この上もなく幸福だと感じるだろう。


もちろんロイエンタールさまも、すこぶる強く、向かうところ敵知らずである。

戦争がカッコいいと言うと抵抗があるとしても、次のようには断言できる。

「戦争がうまい男はカッコいい、へたくそな男はカッコ悪い」

うまいといっても、やたら戦争をしたがる男や、なんでも暴力で解決づけたがる男を称揚《しようよう》しているのでは、もちろん、ない。戦争という化け物をなんとかコントロールしようとして智略をつくす男たちや、バトルにそなえて訓練をし常に自分の限界に挑戦している男たちについて言っている。戦う覚悟を決めており、妥協や言い訳をせず、時代や運命や他人に責任をなすりつけない男たちを言っている。基本的にはおのれ自身の主人であるが、明らかにおのれの上に立つものはきちんと認め、仕える喜びをも知るものたちのことである。

碁盤や将棋盤の何手も先まで徹底的に考えぬく頭脳を持ったものたちや、国立競技場での決勝戦に向けて日々ドリブルを研鑽《けんさん》するサッカー選手は、カッコよくないか？　勝負事一切合切、スポーツや競技のすべてで、「戦う姿勢」は称賛される。戦って勝つのは気持ちいい。勝ちめのない時はうまく逃げてチャンスを待つこともふくめて。

気持ちいいことをしてみせてくれるやつは、カッコいい。

これなら、男も女もおとなもこどもも、全員うなずけると思う。

それにしても、なぜ、そんなカッコいい連中が、何度も何度も戦って殺し合わなければならないのだろう？　なぜ協調できないのだろう？

ヤンとラインハルトが、もし同じ陣営にいたら……あるいは、まったく別の平和な時代に生きていたら？　『銀英伝』は、このようには描かれなかったことになる。作者は、とびきり素敵な男たちを多数生み（女性キャラクターも多々生み）、わざわざ過酷《かこく》な戦いの場に投じてみせた。そのことによって何を描きたかったのだろう？

勘違いかもしれないが、わたしは「陰陽魚太極図」なのではないかと思う。黒と白の勾玉《まがたま》がくっついて円を埋めている道教のシンボル、韓国国旗にも描かれているアレである。

黒が陰《イン》、白が陽《ヤン》。黒の太いところにポチッと白い点があり、白の中に黒の点がある。この点を、それぞれ陰中の陽、陽中の陰という。陰陽思想についてはわたしも生かじりだが、陽の特徴は「求心力」陰の特徴は「遠心力」だそうだ。陽が光、太陽、表であるなら、陰は、闇、月、裏である。男が陽、女は陰。

この二極分類でいうならば、帝国は銀河の覇者であるから当然、陽であろう。陽の中心には案の定、その名もラインハルト・フォン・ローエングラムがいる。そして帝国に反逆する立場である同盟軍の陰の中心にはヤン・ウェンリーがいるのである。たしかに、性格はヤンのほうがいかにも陽だ。温かく快活で父性的で。包容力があり、飄々《ひょうひょう》としている。対して、ラインハルトはどう見ても陰である。クールで抑制的で、非常に重要な姉の「弟」であることから終生逃れ得ない。彼に「いわゆる男らしさの欠損」を感じるのはわたしだけではあるまい。女性性や同性愛的傾向ではなく、むしろ、幼児、あるいは、天使のようだ。キルヒアイスとの友情、アンネローゼへの感情は、第二次性徴前の少年の潔癖と純粋を思わせる。おまけに、あまりに美しい。背が高くなろうと、いかな武勲をたてようと、ちっとも男臭くならない。最高司令官になっても「金髪の孺子《こぞう》」。マッチョでヘテロな「まっとうな男」でなければ人間《マン》ではない世界では、「おんなこども」は「二級市民」であり「異形」であり「蛮族」であり、陰である。銀河を支配する帝国の繁栄の中で、ラインハルトはまるでネガになった太陽だ。これらのことはただの偶然なのだろうか？

互いに相反《あいはん》しかつ補完する陰陽があるゆえ、万象は変転する。人類種全体を大きなひとつの生命とみたてれば、死なぬためのホメオスタシスだ。住み良い社会も、善政の時代も、長く続けばどこかが淀む。だから、どんな世の中にも民族にもある一定の割合で邪悪としかいいようのないものが存在する。過半数を占める善良なものたちにとっては迷惑であり恐怖でもあるが、「痛み」は病気を教えてくれる。「みんないつか死ぬ」から、「次に生まれてくるもの」のための場所があく。

優しく、シャイで、内省的な田中芳樹（たとえば、『キング・コング』や『月蝕島の魔物』巻末の膨大な参考図書を見ると、この超人気作家が、おのれの技量や発想にけっして自惚れを持たず、良いものを書くことそれだけを目指して必死の努力を続けておられる……とてもなく忙しいはずなのに！……さまが垣間見えて、胸を打たれる）が、あえて、この盛大な殺し合い物語を描いたのは、たぶん、このゆえなのではないかと思う。

そして、田中は、行動するものでもなく、巻きこまれるものでもなく、観察する誰かをも、配置した。

帝国と同盟、ラインハルトとヤンと他の大勢の運命を「彼らの時代よりはるかな未来のどこかから」歴史的に考察し記述する、あの「学者」の視点、太極をその外側から見つめるまなざしを。

たとえば、戦争反対を訴えることを主眼とする作品は、悲惨さや無意味さをこそ描く必要があるから、観たり読んだりしてあまり心地のよいものではなくなりがちだ。また、「真実」はおりおり、立場が違うとまっこうから対立する。なまじリアルな体験談は作者の主観に受け手を感情的に引きずり込みやすく、別の立場から考察する余裕を奪う可能性もある。

日常生活からの脱却や飛躍を主眼とするエンターテインメント作品は、とにかくスカッとすればいいので、荒唐無稽《こうとうむけい》でご都合主義だ。暴力的だったり残酷だったりするものを好むひと向けに描かれていれば、目を覆わんばかりのすさまじさである。

田中芳樹は、そのどちらでもない戦争物語をこそ、描こうと決意したのに違いない。戦争が日常である人生でそれぞれに真摯にいきる人間群像を、どの立場にも与せずに、あくまで公平に。ひとりひとりのキャラクターをこれだけ濃密に描き続けていれば、ほとんどの場合、愛情が生まれたことだろう。某悪辣《あくらつ》なキャラクターですら、家族からみればすこぶる良い父であり夫であったのだ、という記述に出会った時、わたしはオイオイ泣いてしまった。ひとはみな、どこかでいつか何らかのかたちで死ぬものだ。どんなに立派なひとでも、愛すべきものであっても、不滅で永遠にしてしまうことはできない。それでは人間でなくなる。だからこそ、最もふさわしい人生を――そして「死」も――と、考えぬかれたことだろう。それはきっと、苦しくつらい選択であり、同時に、ひとりの人生をまるごと設計するという重荷から解き放されてホッとする時でもあっただろう。

大勢の当事者の視点によって事件をみつめる複眼的でありかつ顕微鏡的である視点、未来の歴史家のまなざしという「まったく別次元からの観察」を配したことによる望遠鏡や内視鏡にたとえるべき視点。この視線の重層こそが、『銀英伝』の本質だと思う。

そのようにして見る時、やはり、言ってしまおう、「戦争はカッコいい」。

なぜなら、戦争なくして、英雄たちは存在しえないからである。

本書は一九八六年にトクマ・ノベルズより刊行された。九二年には『銀河英雄伝説8　乱離篇』と合冊のうえ四六判の愛蔵版として刊行。九七年、徳間文庫に収録。二〇〇一年、徳間デュアル文庫に『銀河英雄伝説VOL.13, 14［怒濤篇上・下］』と分冊して収録された。創元SF文庫版では徳間デュアル文庫版を底本とした。

著者紹介　1952年，熊本県生まれ。学習院大学大学院修了。78年「緑の草原に……」で幻影城新人賞受賞。88年《銀河英雄伝説》で第19回星雲賞を受賞。《創竜伝》《アルスラーン戦記》《薬師寺涼子の怪奇事件簿》シリーズの他，『マヴァール年代記』『ラインの虜囚』『月蝕島の魔物』など著作多数。

検印
廃止

銀河英雄伝説 7　怒濤篇

2008年2月29日　初版
2023年2月3日　17版

著者　田《た》中《なか》芳《よし》樹《き》

発行所　(株)　東京創元社
代表者　渋谷健太郎

162-0814/東京都新宿区新小川町1-5
電話　03・3268・8231-営業部
　　　03・3268・8204-編集部
URL　http://www.tsogen.co.jp
振替　00160-9-1565
DTP　フォレスト
暁印刷・本間製本

乱丁・落丁本は，ご面倒ですが小社までご送付ください。送料小社負担にてお取替えいたします。

ISBN 978-4-488-72507-5　C0193

創元SF文庫を代表する一冊

INHERIT THE STARS◆James P. Hogan

星を継ぐもの

ジェイムズ・P・ホーガン

池 央耿 訳　カバーイラスト＝加藤直之

創元SF文庫

◆

【星雲賞受賞】

月面調査員が、真紅の宇宙服をまとった死体を発見した。
綿密な調査の結果、
この死体はなんと死後５万年を
経過していることが判明する。
果たして現生人類とのつながりは、いかなるものなのか？
いっぽう木星の衛星ガニメデでは、
地球のものではない宇宙船の残骸が発見された……。
ハードSFの巨星が一世を風靡したデビュー作。
解説＝鏡明